# 你当向阳怒放

梁晓芹 著

IN FULL BLOOM
TO THE SUN

南京大学出版社

图书在版编目（CIP）数据

你当向阳怒放 / 梁晓芹著. -- 南京 : 南京大学出版社, 2022.8
 ISBN 978-7-305-26071-1

Ⅰ.①你… Ⅱ.①梁… Ⅲ.①传记文学—作品集—中国—当代 Ⅳ.①I25

中国版本图书馆CIP数据核字(2022)第142987号

| | |
|---|---|
| 出版发行 | 南京大学出版社 |
| 社　　址 | 南京市汉口路22号　邮　编　210093 |
| 出 版 人 | 金鑫荣 |
| 书　　名 | 你当向阳怒放 |
| 著　　者 | 梁晓芹 |
| 责任编辑 | 束　悦　谭　天 |
| 印　　刷 | 南京新洲印刷有限公司 |
| 开　　本 | 890×1240　1/32　印张 10.75　字数 203千 |
| 版　　次 | 2022年8月第1版　2022年8月第1次印刷 |
| ISBN | 978-7-305-26071-1 |
| 定　　价 | 49.00元 |
| 网　　址 | http://www.njupco.com |
| 官方微博 | http://weibo.com/njupco |
| 官方微信 | njupress |
| 销售热线 | 025-83594756 |

\* 版权所有，侵权必究
\* 凡购买南大版图书，如有印装质量问题，请与所购图书销售部门联系调换

2007年拿到录取通知书,《扬子晚报》"阳光助学直通车"来到田头(李海勇摄)

2007年7月,回答《扬子晚报》阳光助学团队提问——穷人的孩子缺什么(李海勇摄)

2009年冬,大学创业期间,刚完成三十米高云梯上的拍摄任务(朋友摄)

2010年大三时,为了父亲的"大米生意"买了人生第一辆车
(员工拍摄)

2010年上海世界博览会"小白菜"(郜梁摄)

2010年世博会,和父亲登上东方明珠最高观光层(自拍)

2010年,利群阳光助学行动十周年,《让爱传递》纪录片主角之一,并被授予"利群阳光使者"(去陈言摄)

2010年,作为读者代表参加扬子晚报25周年庆典活动(冯可摄)

2011年8月主持《扬子晚报》利群阳光助学金发放仪式,代表阳光学子接过爱心火炬(宋峤摄)

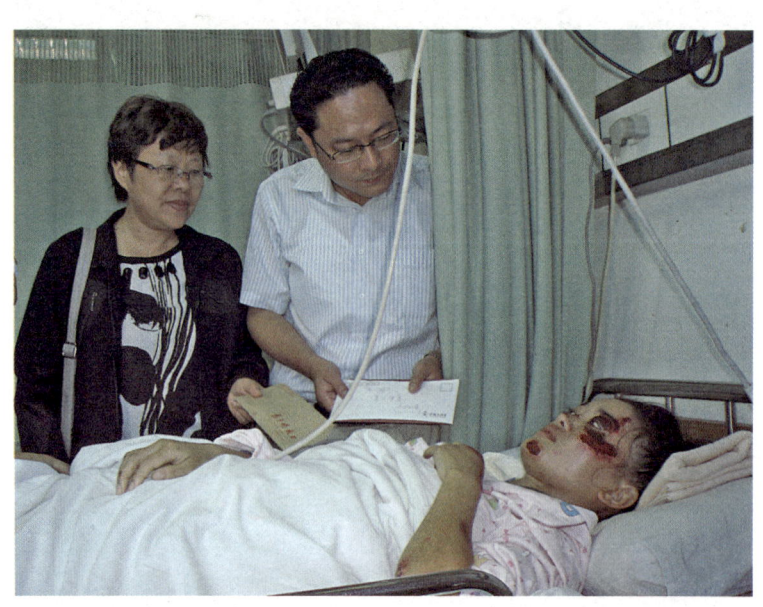

2011年大学刚毕业，出了车祸（戴千摄）

2015年，主持利群阳光十五年感恩同行暨2015利群阳光助学行动启动仪式（去陈言摄）

2015年助学活动,小学弟说:"姐姐,你是我的榜样!"(去陈言摄)

2015年创立闲猫品牌（蔡振起摄）

2018年主持《扬子晚报》阳光助学报告会，分享自己的故事勉励阳光学子（范晓林摄）

2019年,与《扬子晚报》"阳光助学直通车"一起深入田间走访,与冯可记者、如东阳光学子姚懿航合影(去陈言摄)

2019年助学活动中与阳光学子相互鼓励(范晓林摄)

2019年《扬子晚报》向上马拉松公益活动领跑（冯可摄）

2020年西双版纳助学活动中与小朋友们一起创作（吴潜摄）

2020年,回到母校复旦大学上海视觉艺术学院成立"梁晓芹助学基金",校长周斌颁发捐赠证书(黄金摄)

2020年11月,"江苏省好记者讲好故事"来到我的家乡,爸爸妈妈也来到现场听听女儿的励志故事(灌南县委宣传部提供)

2021年走访阳光学子家庭,为他们的优秀点赞(夏亚明摄)

持续不断参与《扬子晚报》阳光助学行动,力所能及将爱心传递下去(范晓林、去陈言、赵雨晨摄)

## 目录 CONTENTS

序言　我想让全世界听到　　　001

### 第一章　假如命运给了你一副烂牌

一、我的故乡　　　003
二、我的奶奶　　　006
三、我的父亲母亲　　　010
四、我的弟弟妹妹　　　017
五、那些年，那个我　　　021

### 第二章　泥土里长大的孩子

一、流浪的小孩　　　029
二、"你想害死妹妹吗？"　　　031
三、短暂的团聚时光　　　032
四、原来爸爸是爱我的　　　034
五、一场意外的火　　　040
六、梨园小屋的胆裂魂飞　　　041
七、父亲的两次夸奖　　　044
八、"你是桥洞捡来的孩子"　　　048
九、什么时候才能长大　　　050
十、感谢生活，有剥夺，也有馈赠　　　051

## 第三章　风雨求学路

- 一、那个破了洞的花书包　057
- 二、穷到连时间都"看不起"　061
- 三、我有一个小小愿望　066
- 四、"今年读完就不要再读了"　067
- 五、莫名其妙的三个巴掌　070
- 六、记忆里的三场雨　073
- 七、从"南大"读到"北大"　076
- 八、和爸爸打赌，我赢了　079
- 九、那一车"倔强"的西瓜　083
- 十、"不管石头还是砖头，捡起来就砸过去"　088
- 十一、砸锅卖铁也要继续读书　093
- 十二、对着"两个月亮"许愿　099
- 十三、"你好，我叫达芙妮"　105
- 十四、我决定了，艺考　109
- 十五、那辆开往上海的班车　113
- 十六、周杰伦是谁　118
- 十七、穷人的孩子，缺什么　122

## 第四章 越苦难越努力,越努力越幸运

- 一、那个被感动铺满的夏天 … 129
- 二、上海,你好 … 134
- 三、食堂里的微笑服务 … 140
- 四、我导我人生 … 143
- 五、"晓芹姐,有蟑螂" … 146
- 六、被众人反对的VCR … 149
- 七、"没关系,这是交学费" … 154
- 八、另一所大学 … 160
- 九、创业路坎坷,走得要铿锵 … 165
- 十、最不可能的,成为可能 … 174
- 十一、我兑现了上大学前的承诺 … 181
- 十二、最快乐的"小白菜" … 185
- 十三、上海,谢谢 … 189

## 第五章 挺过来的人生,能见到光

- 一、"医生,我就是自己的家属" … 195
- 二、"爸,你快来吧,大姐要死了" … 203
- 三、做了一道给出答案的选择题 … 208
- 四、生命中最冷的一个节日 … 213
- 五、原来这就是十级孤独 … 217
- 六、那些未署名的信封 … 221

七、像第二次拥有生命一般去拥抱生活　　225

八、缘起那句"多少钱，我马上转给你"　　227

九、越努力越幸运，越感恩越幸运　　232

十、合伙人，合的是格局和人心　　240

十一、走来了一只"悠闲的猫"　　245

十二、这是最好的时代　　247

## 第六章　拼命，就是最好的命

一、因为蜕变而美丽　　257

二、爱，有来有往　　265

三、我只是那个笨小孩　　276

四、"生个女儿多好啊"　　278

五、那个爸爸打了101分的他　　281

六、爸爸，我爱你　　284

写在最后　相信未来会有无限可能　　293

## 序言
# 我想让全世界听到

我叫梁晓芹，来自连云港市灌南县的一个小村子。我，想讲讲我和父亲的故事。

我父亲是个残疾人，三岁患小儿麻痹症，从那时起，直到去世，六十多年的岁月里，几乎拐杖不离手。父亲虽然身体残疾，却是一个很要强的人，性格刚毅，从不屈服于命运。听小叔说，每年粮食收割后，父亲会将家中的粮食放在二八大杠上，让家人把他扶上车，他一条腿蹬着车，一路不停，骑到数十公里外的城里卖。中间有多个上坡下坡，他不敢有丝毫松懈。因为他知道，一旦从车上下来，再骑上去就更难了。可想而知，对于这样一位残疾人，他的人生之路曾经有过多少沟沟坎坎，他又是怎么用超出常人的坚毅和顽强跨过去的。

如果一个人知道自己为什么而活，他便可以忍受生命加注给他的一切。父亲做了一辈子农民，他热爱并眷恋着土地，他用自己的一锄头，一簸箕，撑起了这个家。尽管命运对他没有过多眷顾，但在生命的旅程中，他正直善良，坦荡磊落。我在他的身上看到了生命坚韧的魅力，更看到了生命的希望和隽永。

小时候过年，常有乞讨的上门讨钱，出于风俗，父亲会给一元钱，对方嫌少不要，父亲会收回，不满地说："我只有一条腿能干活，都没有乞讨。你们有两条（健康的）腿，为什么还要乞讨，真没出息。"

路遥在《平凡的世界》里曾说生活不能等待别人来安排，要自己去争取和奋斗。"人穷志不能穷"，这是父亲经常说的话。

说起我，很多人说我骨子里的倔强和要强与父亲很像，我是他的"复制粘贴"版，是他精神的传承。我来自一个极少有人能想象的家庭，父母残疾，妹妹一天学都没有上过，弟弟也只读到小学三年级，我的童年是由田地里的秧苗、房前屋后的家禽、做不完的家务活，以及与父母抗争着一定要读书的信念编织而成的。"这学期读完，就不要念了。"这是父亲每学期都会跟我说的话。为了能留在学校，我拼了命地做家务活。十三四岁时，我拉着板车上四五百斤的西瓜，可以咬着牙从黑夜走到天亮，坚持走七八个小时，上坡下坡拉到另一个县城去卖，换来下学期的学费。因为我知道，我只有自己赚到学费，才能继续读书。因为我笃信，读书才是能和命运抗争的唯一砝码，直到我走出那片土地，打开了另一个世界。那是教育给我的新世界，是我生命的无限可能。

为了改变家庭的命运，我在各个大大小小，美丽或残缺的校园里度过了我年少的求学时光。我深知，一旦失败，我将和其他同龄人一样，结婚生子，扛起父亲的锄头，在那片土地上过完一辈子，同时，再把希望留给下一代。

20岁那年，在农田里插秧的我收到了大学录取通知书，面对学费，一家人愁云满面。幸运的是，我遇到了《扬子晚报》的助学活动。

"穷人的孩子，缺少的是抓住机会的能力和走出去的勇气。人生不在于拿到一副好牌，而在于打好一副坏牌，我有信心打好这副坏牌。"

我也不知道那时的我哪里来的勇气，举起手，站起来说出这样的话，我只是知道，我要抓住这个机会。那是我第一次发现，有人听到我的故事会流泪。

就这样，我从苏北的一个小村子，来到了上海。为了能自力更生，我靠在学校勤工俭学解决日常开销。我拼了命地学习，拿到了几乎所有能拿的奖学金来负担我的学费。同学们都不理解我为什么要那么拼命，只有我知道，那颗在心底种下的，要改变家庭、改变命运的种子，需要我精心呵护，才有机会生根发芽。

我大二开始创业，为此，我见过包括深夜的、凌晨的任何一个时刻上海的样子。在这里，只要你肯努力，就会有收获。

24岁，我在跑客户的路上，被小轿车卷进车底，身体压在汽车底盘下，排气管烫着后背，发出"滋滋"的声音。为了不让家里担心，我跟医生说，我就是自己的家属。手术告知书，是我自己签的字。

一路走来，我曾获得过多种荣誉和头衔，但最让我感恩的是"2007年阳光学子"的身份，因为这个身份，让我逆风启航。也因为这个身份，后来的我有能力、有信念成为一名助人者，帮助更多像我一样的寒门子弟走出来。因为自己淋过雨，所以我想做个撑伞人。

每一年去助学的时候，我能让寒门学子眼神里充满希望，因为我也是从现在的他们一步步走到现在的我。在拼搏的那些日子里，我不敢倒下，因为上有父母；我不敢逃避，因为下有弟妹；我不敢生病，因为没人照顾。拼搏的路布满荆棘，但通过努力，我走出来了。我知道，"支撑"我走出来的，是我的父亲。

残疾人、农民、没有读过什么书、脾气倔强，这是生活给予父亲的标签。

创业明星、三八红旗手、人大代表、政协委员，这是社会赋予我的光环。

我出生在20世纪80年代末，每次我在做个人成长故事分享的时候，坐在下面的，无论哪个年龄段的听众都是一脸茫然，他们觉得我的成长是他们，甚至是他们父母那一代都没有经历过的。后来我也有点惊奇，我竟然从那样的环境中一步步走了出来。

到今天，我发现，我的人生种种，是父亲的基因早就在我的血液中埋下的伏笔。

我曾经看过这样一段话，父母是隔在你和死亡之间的一道帘子，帮你挡了一下。父母在的时候，你对死亡好像没有什么感受，等到父母过世，你就会直面死亡。没有了父母，就好像突然失去了一个世界，再也没有了依赖，那是爱的最深的依恋。死亡从此在心里似乎烙了烙印，似乎所有的美好都要一件一件地离开。

3岁小儿麻痹，40岁胸部囊肿，55岁脑梗，67岁心梗离开，这就是父亲命运多舛的一生。但在一个个逆境中，父亲用坚韧的毅力、勤劳的双手、坚强的脊梁撑起了这个家。妈妈甲状腺手术，爸爸陪她到上海，寸步不离地守候，换回了妈妈的平安无恙。而他自己呢？在生命的最后时刻，疼痛难忍，掏出手机看了看，却又揣了回去。

这段时间热播的电视剧《乔家的儿女》，让我看到了那个年代，一位不负责任、自私还老犯糊涂的乔家父亲，对自己的儿女不上心，自己吃得比儿女还要好，永远把自己放在第一位。

而我的父亲总是对自己那么狠，生病的时候也没见他吃得比我们好，他就是太要强了。我多么希望他"矫情"一点，跟我说身体不舒服，陪他去看看。我多么想时光能倒流，在父亲倒下的瞬间，扶住他，护住他，就像这么多年来，他拼了命护着我们一样。

身痛、心痛、遗憾、自责、内疚……两个月来，萦绕我脑际的是这种种令人肝肠寸断的情绪，眼前叠映的是父亲平凡又伟岸的身影。我知道，我正在渡这一辈子最难的劫。

在这样的时刻，我看到了《寻梦环游记》里的那句话"人真正的死亡是被这个世界遗忘"。我想，我要写一本书，我要记录下记忆里父亲的样子，我要记录下我和父亲携手拼搏、一路成长的故事。希望这本铺陈着岁月里日常的书、这本关于我和父亲的书，能留下他的印记。他是那样好的一位父亲，我不想他的印记在这个世界上那么快就磨灭。前两天听到一句很治愈的话:"子女是父母的传承,我们是替离开的父母看这一世繁华。"无论自己未来如何风生水起,都不过是踩着父亲的肩,见识他未见过的世界。我是他的孩子,是他生命的延续,我的成长、我的一切,都是他在这个世界上创造出的最了不起的作品。没有说不完的故事,只有报不完的恩情。

父亲去世后,有一天,我的小外甥跟我说:"我梦到外公了,外公没有拄拐杖,站在花丛里,对着你笑,外公对你说'谢谢你',可是大姨你没有听到。"虽然此生我没有听过他真正说出这句话,可是我真实地感受到了。

我也想对父亲说:爸爸,谢谢你,我爱你。这是我第一次大胆地表达我的感情,用一个个毫无保留的词语。只是我再也没有机会让他亲耳听到了,但我想让全世界听到,我很爱他。

梁晓芹

2021年6月

第一章

# 假如命运给了你一副烂牌

假如命运给了你一副烂牌，要怎么打？

我出身寒门，可以说连门都没有。父亲是用一条腿在田地里耕耘，抵抗命运和贫穷的残疾人。母亲体弱多病，头脑时而清醒，时而糊涂，给了我们生的命，活的命却需要我们自己去拼。弟弟妹妹对这一切懵懂无知，也从没想过要改变这一切。在这个家里让我感受到母爱的人是奶奶，可她因为要去帮人做祈福，经常忘记家里还有嗷嗷待哺的孩子。"重男轻女"的观念又根深蒂固地埋藏在我们家，让你想改变，却又无能为力。这，就是我人生的起跑线。

我只能从这样的起跑线上拼命奔跑，因为如果我不拼，我就没有继续留在跑道的机会；就像残疾的父亲，一旦蹬上自行车就不能停下来，因为怕停下来，就没有人再把他扶回到车座上……

## 一、我的故乡

无论我走到哪里,无论在什么场合,我都会坦然介绍:"我来自连云港市灌南县的一个小村子。"

故乡,是少不更事的我们,想要拼命逃离的地方;故乡,是在外拼命生活的我们,又心心念念想要回去的地方;故乡,是浓到化不开的一段情,当我们卸下坚硬的铠甲,用软肋拥抱故乡的时候,会清晰地意识到,故乡是外出打拼的游子身上无法抽离的血肉。山一程,水一程,就算我们与故乡渐行渐远,断了筋骨,那也要连着血脉。

我出生在江苏省连云港市灌南县的一个小乡村。这里位于江苏省东北部,是连云港市的南大门。

提起连云港,大家常会与张家港混淆,但说起孙悟空的老家花果山,大家就会恍然大悟,这里有山有海还连着云。而当我提到灌南县时,很多人并不熟悉。

灌南古称"海西",因地处灌河流域,位于灌云县之南而得名,有苏北水乡之称。今天的灌南县,绿树掩映,白墙红瓦,阵阵微风拂面,条条村路平坦,往来村民笑语盈盈。而在我出生的那个年代,却没有如今这番美好的样子。灌南是江苏省有名的贫困县,老百姓靠天吃饭。说出来都让人不可思议,生于20世纪80年代末的我,幼年时,饥一顿饱一顿也是常有的事儿。不仅如此,落后的思想也桎梏了人们的头脑,信息的闭塞阻断了我们与外界的有效沟通、贫穷、愚昧、落后裹挟着这里的一切美好。

现在回想起来，儿时的故乡是真的穷，都20世纪90年代了，还有很多人家吃不上饭，需要靠"偷"来糊口。那时，多数农户都会养些家禽和牲畜，留作自己宰杀或是卖掉换钱，这样的家庭很容易招来小偷"光顾"。那时，一大清早，经常会听到村里有人喊昨晚遭贼"光顾"了，听着他们一路骂骂咧咧寻找被拖得很远的鸡笼或者是残骸。一次，我一个人守着家，晚上来了两个贼，我以为家中仅有的三只鸡会被偷走，没想到，我们"幸运"地遇到了"义匪"，他们居然什么都没拿走。或许是连他们都可怜我们家的穷酸境况，没忍心下手。

我记得在我小时候，家里的鸡蛋是轮不到我们吃的，要攒起来，等到一定数量拿到集市上去换钱，一个鸡蛋几分钱，再买回一些家里要用的生活必需品。那时候，家里孩子多，又饿得慌，父母担心孩子们会偷吃，都是把鸡蛋放在篮子里，挂在高高的房梁上。赶上哪天他们心情好，会给我拿一个鸡蛋，我也舍不得吃，会跑到村里的小卖部，换一块渴望了很久的"大大牌"泡泡糖。小时候的我们，能嚼着泡泡糖，吹出大大小小的泡泡是一件很"嘚瑟"的事。

那个时候，上课的教室条件也远比不上现在，漏风漏雨是毫不夸张的形容。到了冬天，尤其是下雪天，教室里没有任何取暖工具，真的跟冰窖一样。上课的时候，大家靠跺脚、搓手取暖。下课铃声响起，大家就一溜烟跑到教室门口，倚着墙根，互相"挤兑"。

两头的同学用力往中间挤，直到有人从队伍中被挤出来，这是同学们发明出来取暖的有趣游戏。也有人到教室门口，踢毽子、跳绳、翻单杠，不是贪玩儿，是要让自己动起来，才能暖起来。我们当时的学校简陋到教室里没有像样的桌椅，钢架子上钉块木板就是桌子，连放书包的地方都没有。没有椅子，需要我们每天背着板凳上学放学。到今天，我印象最深的不仅仅有教室的阴冷，还有每天背着的"学习工具"——四条腿的小板凳。

随着国家经济的快速发展，人们的生活越来越好。我的家乡经过一系列的打造和重建，展现出了被掩盖多年的美。在我看来，家乡的变化着实惊人，虽然还有很多地方不尽如人意，但相比从前还是有着天壤之别的。

我现在工作、生活在上海这座国际化大都市，但我知道我的根在连云港市灌南县。我是曾饱经艰辛的农村少年，偶尔回到故乡，便积极参与家乡建设，贡献自己的一份绵薄之力。走在那些熟悉的道路上，我心绪难平。花还是那花，树还是那树，只是十多年的光阴，家乡的一草一木比儿时更加茂盛和秀丽，老树的枝枝杈杈也比儿时更茁壮了……

一方水土养一方人，故乡作为一个人的起点，自我呱呱坠地那一刻起，就给我的人生烙下了印迹。贫穷也好，富足也罢，如今都化作美好的回忆。记得爸爸还在的时候，故乡是藏在我心底的一抹温柔，无论我离家多远，只要她轻轻泛起涟漪，就能轻易地扰乱我的心房，时时发作，无法终止。

## 二、我的奶奶

我叫梁晓芹,芹菜的芹。

我呱呱坠地后,奶奶担心妈妈因睡觉的时候翻来覆去,不知轻重,把我压着闷坏,就把我抱到她的身边。小时候常听奶奶说,我出生的时候只有筷子长,看着黑黢黢,都不像能养活的样子。那个时候,奶奶每天早上会煮一大锅烂红薯"犒劳"家里快要下崽的母猪,会特意从中挑两个好一点的放在锅边,蒸熟了喂我吃,配上米汤,就这样竟然也把我喂得越长越"像个小人儿"了。可能是我的生存欲望足够强吧,同龄孩子还在吃奶粉、米粉等各种补充营养品的时候,我早早就跟大人一样每餐吃玉米稀饭了。奶奶常说:"真没想到这孩子能长这么大。"每次她说这话的时候,看着我的眼神里仿佛有很多要说的话,却欲言又止。

奶奶坚信勤劳可以摆脱贫穷,一般人家对女孩儿的期许是"望女成凤",而我那勤劳了一辈子的奶奶,更多的是想把如何在苦难中用勤劳的双手经营生活的艺术传递给我。加之父母残疾,奶奶希望我长大后能勤快点,帮父母分担更多的家务,所以给我起名为"晓勤",勤劳的"勤",通过"勤"改变家庭的底色。上户口的时候,因为村干部的文化水平有限,或者根本也没有人在乎到底是什么意思,就随便写了个"芹"字。于是,我就有了"晓芹"这个带有"乡土气息"的名字。

奶奶生于1928年，4岁失去母亲，12岁没了父亲，是个苦孩子。后来经人介绍，在虚岁17岁那年嫁给我爷爷。那个年代，为了能活下去，勇敢的奶奶带着爷爷讨饭来到我们现在住的村庄，开始了新的生活。奶奶共生育14个孩子，只成活了8个，尝尽了人间的苦。当时人的命真的要靠天赐，能挺过来就算是挨过了坎儿。

奶奶常跟我说："你爸是从'恶魔'嘴里夺回来的。"父亲在家里男丁中排行老三，大家喊他"三哥"。实际他是活下来的第二个男孩，因为在父亲前面夭折了几个孩子，奶奶怕父亲也过不了这一关，索性唤他"老三"，希望他能活下去。无奈，造化弄人，父亲挺过了"生存关"，却在三岁那年患上了小儿麻痹症，落下了终身残疾。然而，艰难的生活和窘迫的家境并没有压倒奶奶，反而练就了奶奶吃苦耐劳的精神和坚忍执着的生活态度。常挂在她嘴边的一句话是"冻死迎风站，饿死不吃猫碗饭"。即使在吃"救济"的年代，奶奶也不愿担上吃"救济"的名声。所以，她拼了命地干农活，拼了命地为家里的几个孩子遮风挡雨。我觉得基因这东西真的很神奇，是不是一家人一眼就看得出，仿佛我是女版的爸爸，爸爸又是男版的奶奶。我们都在各自的人生跑道上用同一种状态奔跑着。

奶奶的伟大不仅在于对命运的不低头，不妥协，更在于她对教育的尊重，她意识到只有读书才能有机会摆脱贫穷，改变命运。在她的坚持和努力下，在村里，我们家走出来的大学生最多。奶奶还经常教育我们，做人一定要正直、正气，她一辈子没有到别人家地里拔过一根葱，也不允许我们拿人家的一针一线。奶奶虽然没上过学，可她懂的道理一点都不少。

奶奶是一位慈祥而善良的老人，瘦削而棱角分明的脸庞总是挂着笑容。奶奶个子不高，裹着"三寸金莲"，但她能掌控全场。她的手掌粗糙厚实，那是一辈子辛苦劳作人的手。奶奶乐于助人，在我们村里是出了名的，而且不图任何回报，一生帮助了很多人，村子里谁家有个大事小情，都能看到奶奶忙碌的身影。

因为那个年代思想的束缚，"重男轻女"的传统观念在奶奶的心里根深蒂固，在最难的日子，奶奶会让家里的女儿回家干活赚工分，全力供儿子读书，我的几个姑姑都是被硬生生辍了学，而几个叔叔都至少读到高中毕业，还有三个是大学生。她的这种"观念"似乎也传承给了爸爸，但奶奶对我读书的愿望是特别支持的。或许是从小把我抱在身边照顾的原因，抑或是她给我起的名字，又或许是心疼残疾的父亲，对我就多了份牵挂，多了份疼爱。

小时候家里穷，爸爸每天要把全部精力放在一家人不被饿死的目标上，其他任何事情都是无暇顾及的。初中时，我想买件女孩子衬底的衣服，怀着忐忑的心情开口，而每到这种情况，他都不假思索地问："那你去年怎么穿的？"我很委屈，但不敢辩驳，躲到奶奶的房间哭泣，奶奶见状，一边抱怨自己的儿子，"从小他就这样，家里没钱买盐都要不到他一分钱，你想从他口袋掏钱比要他的命还难"，一边又毫不犹豫地给我拿了十块钱，那是我第一次拥有属于自己的钱，只属于我的十块钱。

奶奶的前半辈子可能是饿怕了，后来生活好了，赶上子女送她好吃的，总是舍不得吃，要留着，经常放到后面过期了，她更是心疼，赶紧拿出来分给我和弟妹吃。每每此时，爸爸都很气愤，而我又很开心。我想，爸爸的气愤是饱含了对我们的爱，他让我们饿，让我们馋，但不至于"中毒"。我想，奶奶给的食物可能是过期的，但爱肯定不是。爸爸平日里的不近人情确实"可恨"，但他的气愤又确实是因为爱我们。这是我自己感受到的，但我再也没有机会问问他们了。

奶奶的爱是执着的坚守、永恒的无私。不管人生如何百味，命运如何苦涩，她总是一心一意，从不打折。后来，我考上大学，能感受到她是由衷地开心，逢人就说："我们前面的那家出了个人才，就是瘸腿的那家，考到上海的大学了。"后来，我能感受到她的自豪，为爸爸高兴和欣慰。离开家乡后，陪着她的时间少了，每次回家，她都特别开心，拉着我的手问这问那。"哎呀，我的晓芹是不是长高了？""你穿得这么少，不冷吗？"这是我听到为数不多的对我关心的话，寥寥几句温暖胜过千言万语，我知道这个世界还有人爱着我。

奶奶是2018年去世的，享年91岁。我记得，那天我接到四叔发来的信息"回家奔丧"，我感觉整个人都是乱的，那条最熟悉的回家的路，我却不知道怎么回事，一直开错道。

那天我是一路哭回去的。奶奶是这个世界上唯一让我感受到什么叫作母爱的人。虽然那份爱有点少，但也足以温暖我的一生。

## 三、我的父亲母亲

我的父亲是土生土长的苏北人,和所有生于20世纪50年代的中国人一样,他的童年和少年时代正逢新中国诞生、成长的时代,新生国家所特有的激情和朝气渗透在他蓬勃的血液当中。与此同时,那个年代国家所经历的崎岖与不易也不可避免地融入他成长的记忆中。赶上"三年困难时期",幸运的是,改革开放的气息扑面而来,让父亲意识到只要勤劳肯干,只要肯动脑筋,日子总会一天比一天好。就这样,带着那股"欲与天公试比高"的拼劲儿,父亲把日子过起来了,而且一点也不比其他人差。

父亲是残疾人,六十多年的岁月里,几乎拐杖不离手。也正因为如此,纵然父亲勤劳善良,英俊端庄,在那时的苏北农村,也难以说上媳妇。年近三十,才娶了邻村一位身材瘦弱、精神状态不太稳定的姑娘,这个姑娘就是我的妈妈。记忆里,奶奶常说:"刚进梁家门,你妈经常倚着灶台站,仿佛灶台没了都站不稳,风一吹就会倒。"这样的婚配在旁人看来,实在难以称其为佳偶,只能算是两个同样命运悲惨的人,凑在一起勉强过日子。

可能是自身有残疾,加上沉重的生活负担,让父亲的性格脾气有些暴躁,不苟言笑,甚至有点不近人情。但每当他笑起来的时候,仿佛换了一个人,映衬着棱角分明的五官,格外英俊。后来,我和弟弟妹妹的到来,让他既要当爹又要当妈,从身到心都筋疲力尽。因此,实在无暇再和风细雨地跟三个嗷嗷待哺,有时候胡闹起来让人心力交瘁的孩子讲道理，而是用较激烈的言辞和冷冷的眼神"教育"我们，让我们望而生畏，似乎决然不可亲。然而，这种暴躁的表面下，却潜藏了他发自本性的好强、善良、忠厚，以及对儿女深沉的关爱，这种关爱最终形成了我每每怀念父亲时最深的情感。

父亲虽然身体残疾，但是很要强。他性格刚毅，从不屈服于命运，而是用超出常人的坚毅和顽强撑起我们这个家。从小，无论是下塘摸藕，还是田里插秧，他都不肯落在正常人后面，正常孩子怎样做，他要比人家做得更好。父亲还是一个很"硬气"的男子汉，听奶奶说，父亲十多岁的时候，因为兄弟之间拌嘴，被爷爷打了一顿，他觉得受了委屈竟然离家出走。后来听小姑回忆说，他在外流浪期间被一户人家收留，原因竟是他有好手艺，可以帮人家编出有漂亮花纹的簸箕、笆斗，这是爷爷传承给他的。这些事我却从未听父亲自己提起过。

父亲出走的半年多时间里，杳无音讯，一家人也一直在寻找，贴告示，逢人就打听，可一点关于父亲的消息都没有，家里人甚至怀疑父亲是不是不在了。没想到，有一天，他突然出现在家人面前，所有人都愣住了，受生活洗礼的父亲变得高冷起来，从那以后他就把编织这门好手艺做成了一门生意，后来也成为他谋生的重要手段。

那个年代是不允许做买卖的，所以他白天照常下地干活，晚上骑自行车，走到每个村里，晃动铃铛，叫卖或是修补农具，真正做起了"小生意"。现在回想，那个时候的父亲真的是愈挫愈勇，敢想敢干。直到提笔写这本书，我才恍然发现，我们竟然那么的相似，每次都能把坏事转化为力量，攀登下一座高峰。这一切都源于父亲深入骨髓的勤劳肯干，不肯落于人后，更重要的是他对生活敏锐的观察力。

我后来听小姑讲起父亲，听着他那些年拼命的故事，心里会隐隐作痛，心疼他。苏北的冬天，凛冽的寒风吹得人瑟瑟发抖，正常人躲在房间里烤火都不足以让身体全部暖和过来，而父亲却在冷风中下河捞鱼。因为没有捕捞工具，只能用最传统的办法，将河拦起来，保证水不流动，用脸盆将一侧的河水全部倒到另一侧，直至看到鱼。把这一侧的鱼捞起来，再用同样的办法捞起另一侧的鱼。每天从早忙到晚，那么冷的天，可他到家的时候都是汗流浃背，可想他当时是多么卖力。我知道，父亲为什么这么拼，他就是想证明，他的"三条腿"不比别人的"两条腿"差，甚至要更好，这也是他拼了一辈子的根源。

就这样一点一滴积累着，皇天不负有心人，父亲近乎"自虐"般的拼命，换回了全村为数不多的一台上海永久牌二八大杠自行车。在那个年代，结婚能用上自行车接亲估计跟现在用宝马奔驰也差不了多少。其实，我曾一度奇怪他一个残疾人怎么想到要去买自行车的。今天的我知道了，那辆车是当年父亲的骄傲，是他的证明。

自行车买回来，新的问题出现了，残疾的父亲该怎么骑呢？从不肯低头说一句软话的父亲，只好开口请家里的兄弟姐妹帮忙。我听小姑说，父亲把车买回来，请家人帮他扶稳车子去练习，而孩子们都贪玩，不想陪，还挖苦说："你瘸着腿，买什么车啊。"后来嫌他烦，又觉得父亲练得有点基础了，就不理他了。

没办法，父亲就一个人，一瘸一拐，把车子推到村里那条最直的路上。路两旁栽满了茂密的洋槐树，他把车倚在树上，扶着树，爬上车子，用好的那条腿踩着脚踏板，一抬一踩，一只手扶着车把，另一只手扶着树，坐稳后，用扶着树的手推一下树，有了助力，车子就向前走了。正常人学车都要摔上几跤才能学会，我想父亲也不例外吧！

听了小姑的回忆，父亲拼了命学车的场景浮现在我眼前：那个倔强的、不屈服命运的父亲，那个果敢的、拼尽全力的父亲，那个凡事都不甘落后，要证明自己"我能行"的父亲，是那么让我钦佩，让我想念。我可真是他的女儿，没错了。还记得大三时，为了帮助他的大米生意稳定落地上海，我刚拿了驾照就去提了一辆四个轮的加长版银色货车，说真心话，这么大的车我根本没开过。我和爸爸有一样的脾性，没有人能帮你的时候，就会燃起更强的斗志，只能自己硬上了。后来我把车子完好无损地开了回来，而坐在车上的员工吓到差点送去医院。

听小叔说，每年粮食收割后，父亲都会将家中的玉米、黄豆、绿豆放在自行车上，让他们把他扶上车，他就一条腿蹬着自行车，载着三四百斤的粮食，一路不停，骑到几十公里外的城里卖，只为了中间几分钱的差价。他一般天不亮就出门，只要上了车，不到地方他是不会停下来的，渴了、饿了、累了，哪怕是想去洗手间，都不能下车，要一鼓作气骑到目的地。因为，他害怕，一旦下了车，便没有人再扶他坐回车座上。

记得有一次，父亲回忆起当时的拼命，很自豪。路上遇到查货的稽查人员，就是专门抓像父亲这种跨地区卖粮食赚差价的行为。父亲看到后，远远地就开始喊："不要拦我下来，下车后我上不了车，你们是负不了这个责的。"这气势汹汹的"恐吓"把人弄得愣住了，真的就没有让父亲下车接受检查。我想，可能是稽查人员看到这样一位风风火火的残疾人奋斗的样子，也是出于善良，就睁一只眼闭一只眼。小时候，听父亲讲起当年的故事，总有听武侠小说的感觉，他风风火火的奔波中从未有过一句怨言。1983年分田到户，父亲就是靠着这样的乐观向上、勤劳苦做，在那一年盖上了全村第一间瓦房。

心地善良，乐于助人，是村里人给父亲的另一个标签。农忙时节，自己家的农活就够累的了，父亲还会主动去帮助其他人。父亲去世后，我回家住了一段时间，在父亲生活的地方，也是生我养我的地方，用力感受他的气息。其中正赶上农忙，遇到好多同村的人说："每年三哥都会来帮我们，现在他不在了，今年不知道该怎么搞了。"我有点愕然，仿佛看到他一只脚卷着裤管，一只手拄着拐杖，大跨步地奔来跑去，张罗着一切的景象，看到他开着三轮车，冲锋在各家的田头。

农忙那段时间，会有大型收割机到村里，今年来的时候，师傅问："每年都是一个拄拐的残疾人在帮忙张罗，今年怎么没看到他？"

我说："他不在了。"

师傅说："哎呀，太可惜了，这个人多好啊，每年都是他跑前跑后地帮忙。"

我说："那是我的父亲。"

跟乡亲们聊起父亲，我的情绪再次崩溃，那个我以为已经被生活压得喘不过气来的父亲，那个把全部精力都倾注在我们这个小家的父亲，在村里竟有这么好的口碑，会让那么多人记得，记住，那是他点点滴滴做出来的。这个命运坎坷，本应在深夜痛哭的男人，用拼搏、隐忍，疗愈了心灵的创伤。更难能可贵的是，他一生坎坷，却一直在帮衬着身边的人。

想念往往不是刻意的，而是在很多我们无法控制的瞬间忽然出现的。听到他们口中的那个忙前忙后的父亲，仿佛他就在眼前。

在我的印象中，妈妈好像是个没长大的孩子，有些任性，有些固执。刚结婚时，身体孱弱，面色枯黄，奶奶常说看着当时气都喘不匀的妈妈，甚至担忧她随时会撒手而去。妈妈精神不太稳定，有时明白，有时糊涂，给了我生的命，但活的命全是父亲和奶奶给的。都说母亲是人间第一亲，母爱是人间第一情。母爱是什么呢？我给不出确切的定义。前段时间很火的电影《你好，李焕英》，我也去影院看了，我瞪着眼睛看周围的人哭得稀里哗啦，可是我真不知道那是什么滋味。只记得童年的时候，妈妈对我们三个孩子不是打就是骂，但对于母亲，我没有怨恨，我知道这不是她的本意，只是因为身体原因不受控制,哀其不幸,我更多的是无奈。

"你是大北桥捡回来的。"这是妈妈经常对我说的话,她说我不像她,不是她亲生的。我清楚地记得,有一次,也不知道发生什么了,她追着我打,手里还拿着镰刀。我慌慌张张地往前逃。奶奶在后面用力喊:"丫头,快跑啊!"眼看追不上,妈妈居然从后面把镰刀扔了过来,好在镰刀飞过来那个瞬间我跳起来了,否则我不敢想象会发生什么。

我可能遗传爸爸更多一点,有点倔,更多的时候她莫名打我,我自认为自己没有错,不逃也不反驳,就站在那里。奶奶心疼地喊着:"你这死丫头,你跑啊,打你就要跑啊。"我竟然能纹丝不动,咬着后板牙,忍受着疼痛袭来。

鲁迅先生曾经说过:父母存在的意义不是给予孩子舒适和富裕的生活,而是当你想到你的父母时,你的内心会充满力量,会感到温暖,从而拥有克服困难的勇气和力量,以此获得人生真正的乐趣和自由。

如果有人问我,这辈子最感激的人是谁,我的答案一定是父母。因为生在这样的家庭,我没有任何的退路,逼着自己必须前进,我从父母身上获得的人生体验和精神财富是很多人无法理解的。无数次,当生活残忍地将我一次次打倒,我都告诉自己要站起来,一家人都在看着你,你的责任牵着家人,只有奔跑家人才有期待。"起点"不会注定未来的好与坏,梦想要靠自己去主宰。

我感觉,当我把一张张奖状贴满整面墙的时候,父亲就以我为傲了。后来，我当选连云港市的政协委员，每次回老家开政协会，他都会开着柴油三轮车到汽车站接我，然后送我去开会。尽管冬天坐着"敞篷车"会冻得瑟瑟发抖，但我看到父亲开过村庄时微微上扬的头，我知道他是自豪的，而那时的我，内心也是充满无法言说的喜悦，我很享受父亲以我为傲的那种感觉。现在想想，尽管父亲不善言辞，不会把夸奖我的话挂在嘴边，但是这种细微的动作是在感染我，塑造我，催我奋进，让我人生道路的每一步都走得更坚定，更踏实。

### 四、我的弟弟妹妹

前段时间，给小外甥过生日，吃饭时，妹妹给来家里玩的每个孩子分了一瓶核桃饮料，我看到其中一个小朋友没有兴冲冲地打开喝，而是把饮料悄悄地放进了口袋里。

我好奇地问："你怎么不喝呀？"

他回答："我想留给弟弟喝。"

"留给弟弟"，这四个字让我很受触动，他的这一举动，像极了小时候的我。作为家中的长女，那种责任感好像是与生俱来的，我的脑子里始终会绷紧一根弦，时刻告诉自己，家里有弟弟妹妹，好东西要留给他们。

记得有一次，邻居的亲戚给了我一瓣苹果，我一直攥在手里，他们还不停地问我为什么不吃，我不回答也不吃，心里就想着要带给弟弟吃的。我出生后的第二年，妹妹来到家中。为了追生男孩儿，我和妹妹被留在老家由奶奶照顾，父母又出逃了。终于，在一年后，随着弟弟的降生，父母盼儿的夙愿终于实现，我们梁家也拼上了"好"字。

父母的想法也可以理解，那个年代，在农村没有男孩会被瞧不起，会被欺负。还有爸爸好强的个性，别人家有男孩儿，我们家也得有。加之，农村的很多劳作都需要劳动力。还有最重要的一点就是被"养儿防老""嫁出去的女儿泼出去的水"这样的传统思想束缚着。那种简单粗暴，甚至可以说是狭隘的想法，幼年的我没有能力改变或是阻拦，我只想让自己不断强大，证明女儿不输男儿，甚至是更强的，让父母感觉女孩子也完全可以撑起这个家。只是，爸爸万万没想到，自己后来竟然后悔了，总把"早知道不生你这个不争气的东西了"挂在嘴上。

其实，一直以来，我发现自己和爸爸最像的是骨子里的那股劲头。我们都想证明自己，他要证明自己不比正常人差，而我要证明自己不比男孩差，为此，我们俩都在不同的跑道上努力着，拼命着。

暮去朝来，弟弟妹妹每天一声声"姐姐"的呼喊催我成长，催我思考如何才能做个好姐姐。都说"长姐如母"，弟弟妹妹的生活起居，一家人的洗洗涮涮，就成了我童年的全部。作为长姐，我也责无旁贷地替他们扛风扛雨，甚至是扛打。

或许是不适应父母的"散养式"教育，抑或是太习惯于我的保护，弟弟妹妹从小就不是特别上进。每次父亲让我们姐弟干农活，我都是毫无怨言地冲上去，而他们俩总是磨磨蹭蹭，稍有机会就一溜烟地跑走玩去了。就算被强行扣住,留在那里,也好像"绣花"一样,有时还会帮倒忙,我看不惯,索性把他们赶走,一个人干反而还快些。

小时候,最让我觉得心累的不是弟弟妹妹的偷懒、贪玩,而是他们看不懂别人为什么欺负他们,身处这种处境也不想着要努力改变。

记得有一次,他们俩走在路上被同村的小孩莫名其妙地打了,没有理由,人家扬言说看他们不顺眼,就是想揍他们。他们哭着跑回家,我看到后很生气,跑到那户人家理论,打人那个男孩还是我同学的弟弟。我去的时候,同学就坐在屋子里看电视,明知道是他弟弟不对,却假装看不到,不理睬。他们家的父母看到也不说什么,任由家里的孩子撒泼,我说了他几句,没想到那个男孩居然拿起砖头向我砸来:"打的就是你们,我还想砸死你……"记得那天,有很多人围观,还有些人在起哄,那个画面萦绕在我的脑海里,挥之不去,好像全村的人都在看这场闹剧,看我们家的笑话。

那时候,我多么希望我的弟妹可以和我一起,一条心,遇事一起扛,让他们看看我们家不是好欺负的,但他们没有,早就不知道又跑到哪里去了。更可气的是,没过几天他们俩又偷偷去人家窗户跟前"蹭"动画片去了,气得我直跺脚,恨铁不成钢。我很纳闷,为什么别人家的兄弟姐妹都可以抱团,一致对外,而我们家总是一盘散沙,我在外面辛辛苦苦地为家里撑着,而他们总是没心没肺,被打了就哭哭啼啼,也不知道要去理论,转眼间又好像把刚才的事情忘得一干二净。我总是想,家里穷不怕,别人瞧不起也不怕,只要我们一家人能拧成一股绳,将来一定有机会改变。

不知从何时起,我和爸爸形成了一种默契,组成了一个"战队",他主外,我主内,我开始陪着爸爸撑着这个家。

后来,我更加地刻苦学习,每天天不亮就爬起来背书,那个时候也没有人教我学习方法,就是单纯死记硬背。虽然很苦,但我很坚定,我知道,我这么做的目的是什么:我知道读书才是我,甚至是我们家的唯一出路。

那些年,对于弟妹,我常常怒其不争。为了撑起这个家,我一直很努力,很拼命,他们非但不能帮我一把,还要捣乱,弄得屋里屋外鸡犬不宁,有时候我也会有那种深深的无力感,甚至是绝望,经常感到那种日子是看不到头的。

妹妹一天书都没有读过,真的是大字不识,连自己的名字都不会写。等我到高中的时候,突然意识到这是个很严重的问题,在这个社会不识字就好像盲人一样,她将来一个人出门连公交车都不会坐,甚至连男女厕所都分辨不清。于是,我跟爸爸说,希望妹妹去读书。可当我把这个想法说出来的时候,所有人都觉得我在发神经,没有人认同我的想法,包括妹妹她自己都觉得女孩子不需要读书。

父亲突然去世,妈妈还有我们三个孩子作为继承人要去公证处签字。我们这一家剩下的四个人,有两个人连自己的名字都不会写,弟弟写出来的字也是歪歪扭扭的。我自己签好名字后,要握着妈妈的手,再握着妹妹的手写下她们的名字,她们的手僵硬到根本不听使唤，一堆文件，签名字签到崩溃。那一瞬间，我百感交集。这个家，再也没有一个人，能像父亲那样，与我并肩作战了。

## 五、那些年，那个我

我出生在苏北的农村。父亲是残疾人，母亲体弱多病，有时会神志不清，后来家里又添了年幼的弟弟妹妹需要照顾，这就是我人生的起跑线。父亲虽说残疾，但他勤劳、肯干、爱动脑筋，凭着自己的一条腿，盖上了村里的第一间瓦房，在当时也算是"豪宅"。盖好了房子，却没钱装修，屋里只有承重墙，真正意义上的"家徒四壁"。不知何年，窗户的玻璃碎了，那扇窗户就一直用蛇皮袋子遮挡着，赶上刮风下雨，滴滴答答没有节奏的雨滴声，真的会刺痛你的耳膜，扰乱你的心。

在我出生的那个年代，"重男轻女"的思想在农村还是普遍存在，我的父母也不例外。刚开始我也不理解，也有过抱怨，但到最后也慢慢释然，学会接受，期待家中快点来个男孩。我很佩服父亲为了生儿子的毅力和坚持，东躲西藏、担惊受怕、寝食难安都没有压垮他们。这种举家"折腾"在20世纪80年代的苏北农村是很常见的，所以也会经常上演小小年纪的女儿被迫与父母分离的凄凉景象，多了份离愁，多了份伤感。终于，在我五岁那年，随着家里的第三个孩子——一个男孩儿的到来，我们家才结束了颠沛流离、躲躲藏藏的生活。

小时候，因为家里穷，我发现自己的日子与同龄人是不同的。别的小朋友可以跟父母撒娇，去买自己喜欢吃的零食。而我只能呆呆望着小卖部形形色色的食品袋，就算再渴望也不会想着让父母买，仿佛那是一种本能。到了上学的年纪，我看到平时的玩伴都背着漂亮的书包兴高采烈地奔向学校，那种渴望像极了看见话梅糖的感觉。而我依然被留在家里喂鸡喂猪，做着自己力气允许的全部家务，我常常躲在角落偷看他们上学放学。

小时候，最期待过年，不是盼着新衣服，也不是盼着压岁钱，因为那在我们家是不可能的，而是盼着每年过年，家里会炸一次坨子，也就是肉圆子，我们每个孩子会分到两个。我们就守在灶台边上，分到了圆子，舍不得一口吃下，就一点点，小口小口吃。吃完了还要把手指上的油舔干净，回味无穷。爸爸怕我们偷吃，会把剩下的肉圆子放在为我们"量身编制"的自带盖子的竹篮里，挂在房梁上。孩子们肚子里缺油水，经常会嘴馋，有时候弟弟妹妹吵着问我要，说实话，我也馋，我就把桌子搬过来，再把椅子一个个摆上去，踮起脚小心翼翼去够，然后还要把余下的肉圆子拨弄一下，看起来像没有被动过一样，以为这样爸爸就看不出来了。现在想来，爸爸肯定是知道的，但是他好像从来没提起过这件事。

家里穷，吃穿用度都要省着来。我记得有一次，妈妈不知道什么原因，又赌气离家出走了。到了饭点，我开始准备做饭，炒萝卜干，在倒油的时候不小心倒多了，这把我吓坏了，特别害怕爸爸回来看到菜里油多会骂我，就下意识地用锅铲去捞，想取出来一些，但又捞不起来。我同村的同班同学当时在我旁边，看到我惊慌失措的样子，很不理解，疑惑地说："这油很少了呀，你怎么说放多了呢？"回家后，她还跟她妈妈说"梁晓芹家做菜都不放油"。小时候的我也不知是出于什么心理还去争辩，说我确实放了很多油。如今想来，很好理解，各自的参照物不同，结论也就大大不同。

一直以来，我们家都是养猪大户，这种情况最怕猪瘟来袭。有一年猪瘟，十几头已经养得白白胖胖的猪在几天内陆续死掉。那都是我一点点从小喂到大的，很多时候我自己都没有吃饭，就先去搅和猪食喂猪。在我看来，它们不仅是家里的糊口主力，更是我的伙伴。爸爸让我背上竹篓把死猪扔掉，我背起它们，很重，有些都有一百多斤了，一头一头地送它们最后一程，放下最后一头猪的时候，我的腿都软了。看着那些曾经的小伙伴，七倒八歪地躺在河堤上，我瘫坐在它们中间，哭得上气不接下气。看着它们，我感到很心痛。不是因为猪死了卖不了钱，也不是心疼自己这么长时间的喂养，就单纯觉得它们一下子不在了，感觉整个心被掏空了。爸爸出殡的第二天，他养的猪都绝食了，仿佛知道了什么。我本来反对家人快速处理它们，后来也只能作罢。

我记得还有一次，家里的一棵桃树，一棵我每天都不会忘记去浇水的桃树，因为长毛虫被父亲锯了。我回到家，发现长得茂盛的桃树躺在门前的菜园里，也是哭得歇斯底里。现在回想，当年的我为什么会那么在意家里的一切，可能是那些年的那个我太缺少爱了，以为它们的陪伴就是爱。桃树倒了，我心痛不已，当天为了表达对父亲这种行为的不满，我默默地绝食抗议，但又害怕他看见，就端着饭碗坐在树边低声抽泣。后来，爸爸看到了，嘟囔着："你这死小孩，哭什么哭？"我知道爸爸的责骂是对我的心疼，也不知道过了多久，才从那份悲伤中走出来。

那些过去的岁月，画满了人生的圆缺。回想那些年，其实我从来不怕家里条件不好，吃穿不好，我只是期待家里也能有像别人家那样的温暖时光。可是贫贱夫妻百事哀，爸爸脾气有些暴躁，稍微没有顺着他的心意，就会换来冷冷的眼神和责骂。妈妈精神状态不稳定，经常离家出走，对我动辄就是打骂，好几次差点要了我的小命。再加上对弟弟妹妹的恨铁不成钢，我也曾绝望，但绝望后又继续燃起斗志。

我第一次亲眼看到别人的父母爱孩子的样子是在初一时，那时梅婷主演的《绿萝花》《不要和陌生人说话》风靡一时。有一天我的同学说我长得很像梅婷，非要拉我去她家看看。那天，我们坐在电视机前，她就一边看一边哭，我看到她妈妈手捧着面巾纸"服务"着，她爸爸帮忙剥着瓜子，递着水果，当时我觉得这也太不可思议了吧。我第一次在吃上吃到很爽的感觉是刚上大学那会儿，以前我们家的鸡蛋是用来卖钱的，到了大学后发现鸡蛋是最便宜的食物（荤食），我经常忙到吃不上饭，然后一天下来我就买五六个鸡蛋，一口气吃下去，那种满足还会跟好朋友去炫耀。

每个人都是哭着来到这个世界上的，我不知道我出生时，声音是洪亮，还是凄苦，是多大的时候开始由衷地笑。我只知道从我记事起，我就成了一个要为弟妹挡风遮雨的强大姐姐，也是一个在父母面前谨小慎微的胆怯女孩儿，生怕有个闪失，惹怒了谁。小小的年纪，洗衣、做饭、种地、除草、喂养家禽，我样样精通，生活把我逼成了一个走路带风的女孩儿，只有带着风，才能用有限的时间多做些家务。碰上妈妈心情不顺离家出走时，我还要哭喊着四处寻找妈妈，每天在家、奶奶家、村头巷尾间穿梭。在承受中慢慢长大，在光阴里被迫成熟，这是那时的我最深的感触。

"你这孩子真倔。"这是奶奶和爸爸常常说我的话。现在回想，当年的我为什么那么倔，或许是我早早就知道了，倔一点，万事都能熬过去。我庆幸，当年的我倔强在那一亩亩的秧苗上，倔强在那一车车西瓜上，倔强在与命运抗争的其乐无穷上。

我也曾迷茫，彷徨，也曾为现实感到失望。一路走来，跌跌撞撞，当我一个人熬过了所有的苦，就懂了，那些坎坷的路，憋住的眼泪，和那些以为自己熬不过去的日子，终究会过去。

我很喜欢塞涅卡的这句话："我们何必为人生的片段而哭泣，我们整个生命都催人泪下。"今天的我，回忆起那些年的自己，我很感激，感激自己的选择，感激自己的坚持。扛得住涅槃之痛，才配得上重生之美，真正的优雅是在伤痛里开出的花。

"没有在长夜痛哭的人，不足以谈人生。"我们这一生都仿佛在和痛做斗争，战胜痛苦的方法是经历它，接受它。静下来想想，我遭遇的所有挫折、失败、打击、挑战，何尝不是一份礼物？它们磨砺了我的心智，捶打了我的品格。我在痛中治愈，也在痛中成长。

第二章

## 泥土里长大的孩子

生命来之不易，生活更加艰辛。

五岁的我，带着两岁的妹妹，不知道多少次在田间流浪。有一次妹妹饿急了，我急匆匆跑到菜地里挑了颜色最漂亮的菜喂给她，可我不知道那是辣椒，辣得她哇哇大哭。

吃饱穿暖，是幼年时期的我最单纯的愿望。

六岁开始，我寄人篱下。仅仅因为舅舅叫我时，我没有听见，他就把我推倒在地，拳打脚踢，我的脸渗出血珠。父亲拎起拐杖追打舅舅，怒吼："她还那么小，你怎么忍心下手！"

那是我第一次感受到父亲为我拼命；那份如山的父爱，足以温暖我一生。

## 一、流浪的小孩

20世纪80年代，计划生育这项基本国策在全国如火如荼地推行，我的老家当然也不例外，各乡镇把计划生育当头等大事来抓。计生委对不符合生育计划的孕妇围追堵截，只要抓到了，就统一采取措施，"漏网之鱼"会被处以高额的超生罚款。但上有政策，下有对策，那些"不生儿子不罢休"的人，纷纷使出各种招数，我们家也加入了超生大军。

当时我们家已经有了我和妹妹，因为没有男孩，这就成了父母的心病。大约是在我四岁、妹妹不到两岁的时候，妈妈又怀孕了。为了躲避计生委干部的围追堵截，父母开始了东躲西藏的生活，把我和妹妹留在老家，由奶奶照顾。

奶奶是个热心肠，有求必应，有忙必帮，也正因为如此，我们家是"烟筒站岗，锁头看家"。每到这个时候，我和妹妹就四处流浪，经常是吃了上顿没下顿，无依无靠，心里慌慌的。全村人忙忙碌碌，没有人会注意到村头角落那两个灰头土脸的小女孩儿。两人含着隐隐有泪水的、无助的眼神在努力找寻着希望。我们那时太小了，实在没有能力主宰自己的方向，就像天上的浮云，被风吹来又吹去，找不到可以让我们安心睡觉的地方。

也记不清多少次，奶奶不在屋的时候，我们回不了家，只有在外面流浪。妹妹困得东倒西歪，我抱着她睡了一会儿，后来我也困得挺不住了，就在屋檐后的草垛里扯个大洞，能容得下我们两个。

就这样，我和妹妹在草垛里，蜷着身子，相互依偎着，熬过了一个又一个夜晚。现在想想，真的后怕。因为农村的草垛，会有贪玩的小孩拿着火柴点火、玩火。经常看见有人家屋后的草垛燃起火，听见"着火了"的呼救声，大人们就急忙拿着桶、盆去救火。感谢老天的庇护，让那些个晚上，我和妹妹藏身的草垛没有被点燃，让我们能平安度过一个个相互取暖的夜。

除了在草垛里避风，还有好多次，我和妹妹找不到奶奶，就在河边玩，那是村民灌溉用的河道。玩累了，我们就把河堤当床睡，全然不知道危险，不知道过了多久才醒来。后来回忆起，我总是很庆幸，虽然河道平时是没有水的，但赶上夏季种稻子的时候，会时不时地开闸放水。如果哪一次，我和妹妹熟睡的时候，遇到上游开闸，那我们很有可能就被水流冲走了。

后来，奶奶觉得我们俩经常在外面游荡不安全，就让我们留在家里，为了"更安全"，就把房门从外面锁上，让我们出不去。我们等啊，盼啊，站在窗前守着，有一点脚步声都会踮起脚尖看是不是奶奶回来了，期待她快点出现。后来，有这种期待的，是她老人家离开后，我每次回家都迫不及待地到她家门口，看着她生前种下的月季花，恍惚间感觉她依然坐在门口。见我来时，费劲地抬起头说："上海的大学生啥时候回来的喔。""刚到的啊。"然后就笑眯眯，目不转睛地盯着我看。

现在回忆起来，当时的我真是无知，也因为无知才显得"无畏无惧"，不知道什么是危险，随时将自己置于危险中，幸运的是都有惊无险。日子里的曲折起伏,容不得我多想,我唯一知道的是,我是姐姐,要照顾好妹妹,等着父母回家。

二十多年后的今天,我依旧能清楚记得小时候流浪的很多场景,我也很诧异,五六岁的我为何如此清晰记着这些算不上美好的事情,可能是那一桩桩事情给年少的我留下了不少心理阴影,深深地烙进了心里。也或许因为那种记忆叫作"不安全感",我深深体会到我和妹妹是流浪的,没有家的。

## 二、"你想害死妹妹吗?"

善良的人,是世间行走的慈悲。

我和妹妹生下来就像流浪的浮萍,随处漂浮,父母根本无暇顾及我们,经常是饥一顿、饱一顿。现在让我回想当年的我们究竟是怎么吃饭的,吃的什么,我是回忆不起来的,但儿时的一碗米饭,却让我记忆深刻,甚至可以说终生难忘。

记得有一次妹妹饿得哇哇大哭,满地打滚儿,怎么都哄不好。没办法,我照旧把手指头伸到妹妹嘴里让她吸吮。平时的她,吸一会儿就会累,继而睡着。那天也不知道怎么回事,老办法不管用了,她哭得撕心裂肺。妹妹的哭声不仅让我着急心烦,更让我无助,茫然不知所措。

情急之下,我冲进菜地给妹妹找吃的,因为我那时也才五岁多,很多菜不认识,看见红颜色最好看,就摘下来喂给妹妹,可我不知道那是辣椒呀。妹妹啃了两口后，被呛得号啕大哭，那声音让我终生难忘，一下子慌了神。好在邻居阿姨听到了哭声，跑过来，看到妹妹哭到憋红的脸，肿起的嘴唇，再看到攥在我手中的红辣椒，知道发生了什么。她一巴掌拍掉了我手上的辣椒，然后心疼地抱起妹妹，拉着我的手往家里回。

"你想害死妹妹吗？"

那时的我才五岁多，而这句话我到今天还记得，好像烙在了我的心口。我想那天可能我也并没有理解她的意思，只是觉得她实在是太凶了吧。因为委屈，因为无助，更因为那天的我真的害怕了。

邻居阿姨看我们可怜，给我们一人盛了一碗米饭，妹妹呼哧呼哧地狼吞虎咽，我却不敢，小心翼翼地吃着，但内心还是很满足。

感动往往发生在一刹那间，一次帮助，会让我感动一生；一句安慰，会给我带来永恒的温暖。

多少心酸的事情，现在讲起来，毕竟最终的结果不算不好，还可以笑中带泪地回忆。而当时的我们年幼懵懂，心思又浅，不知忧虑，所以，日子也就这么一天一天过去了。

## 三、短暂的团聚时光

这个世界最可爱的地方，就是总会有这么一束光，驱散我们心头的阴霾，照亮昏暗无光的生活。

突然有一天，爸爸回来了，说要接我和妹妹去找妈妈，那天我们高兴坏了,原来是父亲知道我和妹妹的流浪遭遇,惦记我们安危,偷偷把我和妹妹接到他们躲避的地方。此时弟弟已经出生了,弟弟是在全家人担惊受怕、东躲西藏的窘境中来到这个世界的,这是他的幸运,更是我们一家人的愿望。

原来父母躲避在一个远房的亲戚家,我们喊那家的主人为"太太",就是太姥姥的意思。太太脾气不好,但对我们还算是友善,白米饭管饱——那时的我们,能吃饱一餐饭都是件很奢侈的事情,干米饭对我们无异于"恩赐"了。虽然心中有疑问,也不敢去问个究竟,反正能填饱肚子就是最开心的事了。

太太定下了一个我们必须要遵守的餐桌规矩:不许有剩饭,哪怕是一个米粒都不行,要吃得干干净净。太太盛饭喜欢盛上一大碗,然后用铲子狠狠压两下,弄得很扎实,但那个时候我才五岁多,有时候真吃不下。这时,她就会很生气地用筷子敲桌子,看着太太的脸色,我特别慌张,逼着自己把碗里的饭吃光。其实现在想来,这是太太全部的爱啊,她经历过饥寒交迫的年代,到我们童年,大家的生活过得也还是很紧巴,她却那么舍得给我们。今天的我,真心地很感谢她当年的收留和喂养。

既然是要躲避搜查,我们一家就不可能光明正大地住到太太家的正房里,只能被安排在地窖。地窖狭小无比,阴暗潮湿,只有一盏煤油灯发出忽明忽暗的微弱光亮。一听到外面有动静,可能是来搜查的,煤油灯都要立刻吹灭。不能有光,也不可以有声音,我和妹妹害怕极了,瞪大了眼睛,互相捂着对方的嘴巴,妈妈捂着弟弟的嘴巴，怕他有哭声，每一次都是惊险无比。

　　恶劣的环境，紧张焦虑的心情，但不管怎么样，地窖总算是给了我们家一个栖身之地，在这里我们度过了短暂的团聚时光，那时也并没有感觉到苦，有时反而是幸福的味道。还有让人开心的是，在父母身边，我和妹妹偶尔能蹭到妈妈坐月子吃剩下的营养品。虽然鸡蛋这些是轮不到我们的，但馓子泡糖水还是偶尔能吃到，让我们开心坏了，吃到嘴里，感觉油炸的香味能从舌尖一路冲到心坎上，甜滋滋的。我们俩整天开开心心、蹦蹦跳跳地围着妈妈和弟弟转。现在回想起那段特殊的时光，还有些怀念，因为我和妹妹终于不用再流浪了，那是独属我们全家人的温暖。长大后，妹妹生二胎小外甥的时候，我从小外甥女围前围后守着弟弟的状态里看到了当年的场景。

## 四、原来爸爸是爱我的

　　那些年，繁重的体力劳动，身体的疼痛难忍，家里要忙碌的大事小情，长年累月的重压，让父亲处于一种力不从心的焦灼状态。严肃，不苟言笑，让人敬而生畏，父亲在对待孩子的教育和引导上总是扮演着严厉的角色，即使心中有爱也总是行动大于言语，所以我从小是不太敢亲近他的，生怕说错了话，做错了事，惹怒他，被大骂，更担心他脾气上来抡起棍子就打。

　　这样的父亲，我实在想象不到他竟然是爱我的，爱得那么深沉。

妈妈生完弟弟出月子以后，我们就从太太家搬出来了，结束了昏暗无光的地窖生活。阳光下的感觉真好，暖暖的，天空那么亮，空气那么甜。

尽管妈妈已经顺利生下弟弟，可我们依然不敢回老家，担心被处以罚款。可是这一家五口人，也是个不小的队伍，该去哪里呢？思前想后，父亲决定带着一家人投奔到邻乡的外公家。心想着，毕竟是至亲，多少能有个照应，然而日子并没有因为我们搬到阳光下就变得明亮起来。因为在外婆家，我们属于外姓人，小朋友不喜欢和我们玩耍，我总是有种游离在他们之外的感觉，这种寄人篱下、无法融入的日子，到今天都忘不掉。而在这段难过的时光里，发生了一件让我终生难忘的事。

因为知道自己是外乡人，也从外公外婆平日里的态度感受到我们在这里是不受欢迎的，所以我每天的生活多了份察言观色，谨小慎微。

一天，我看到小舅在跟小朋友"打宝"，这是20世纪90年代农村非常流行的一种游戏，就是将四方形的"宝"放置在地上，通过石头剪子布决定谁先拍打，如果将对方的"宝"拍打过翻面，就算作赢，并将对方的"宝"放入自己的口袋。

从小过着居无定所的生活，吃饱饭对我来说都是奢侈，更别提孩子间的游戏，因为从未见过，所以我好奇地凑上去看。更让我没想到的是，小舅居然将赢来的"宝"交给我保管。拿着花花绿绿的

"宝",真的是喜出望外,我也试探着看自己能不能将它拍翻面。可能是我太专注了,以至于没听到小舅喊我把"宝"给他的声音。

小舅跟母亲有点像,头脑、情绪有时不太稳定,可沉浸在游戏中的我,早就把这些危险因素忘得一干二净。小舅见我没有理他,怒上心头,一掌过来将我推倒,我一个趔趄,脸撞在了门槛上。他还不解气,对我拳打脚踢,我的脸立刻渗出了一串串鲜红的血珠。

疼痛、害怕、恐惧、委屈……太多的情绪一下子涌了上来,我哭着往家跑。

父亲长久以来的教育理念是,自己家的孩子在外面与别人产生纠纷,哪怕是被打了,都会第一时间质问我们,是不是你错了,要从自己身上找原因,在我们农村的说法是"不护短"。所以我无论受了多大委屈,回到家的第一反应是忍着,不能让父亲发现,眼泪都不敢正大光明地流。

我记得,那段时间父亲犯胃病,一直躺在床上哼哼唧唧地忍受着病痛的折磨,看到狼狈不堪,还试图用手遮住脸上伤痕的我,他噌地一下从床上爬起来。

"怎么回事?"

父亲的声音很大,我第一反应是害怕,怕父亲责骂我。

"小舅打的。"

我低下头,小声回答。

他一听,火冒三丈,脸上的青筋条条绽出,站起来,拎起拐杖,冲出房门找小舅算账。

"你这么大个人，怎么能把一个女孩子打成这个样子？"

那时外公家住着四间瓦房，我们一家五口住在厨房。小舅看到父亲的追打也吓坏了，跑到屋里，关上房门躲起来。父亲不罢休，砸着门大喊。

"你给我出来！"

"她脸上留下疤怎么办？"

外公、外婆看到父亲这次真生气了，急匆匆跑来劝，让父亲吓唬一下就算了。但那天的父亲不知道怎么了，闹了一晚上，很多邻居也来劝。此时的我因为害怕，因为父亲的举动，早已停止了哭泣，呆呆地站在那。

这是我长这么大，第一次看到父亲为我发这么大的火，那么拼命地为我去讨说法，一种说不出的感觉涌上心头，似乎疼痛感都没有那么强烈了。甚至还有一种幸福感，那一刻，我很享受爸爸维护我的样子，觉得这顿打挨得好，让我感受到了父亲对我的在意。那一次，我印象深刻，可能还因为这次爸爸口中说出的"好孩子"是在保护我，我有明显的感觉。

回到我们自己的小屋，父亲没有责怪我。偷偷地瞄着父亲，我从他的眼神里看到了心疼，一股暖流涌上心头。原来父亲是关心我的，原来他是爱我的。

是啊，我从他的这份"拼命"中，第一次感受到了什么叫父爱。坦白说，小时候我埋怨过父亲，为什么每次我们在外面受了委屈，回来的第一时间得不到他的保护，还要我们反思自己身上的问题，有时还要被骂。到今天，我意识到了，其实最好的教育是父母的"不护短"，要让我们正确地看待问题，也让我们培养了承受挫折的勇气和能力。一个人经常犯同类型的错，常常是因为有人替他埋单，抑或是有人包容。人生路这么长，受委屈是基础课，越早上越好，这堂课教会了我学会隐忍。

因为父亲的"不护短"，因为父亲常挂在嘴边的"吃亏是福"，所以这么多年来，我习惯了遇到问题先从自己身上找原因，习惯了"退一步海阔天空"，去接纳、包容、消化人生的不如意，让我有更宽广的胸襟去容纳所有难容之事。细细想来，其实父亲的这种教育对我的成长是有很大意义的。人生是一种平衡，你拥有了这样，必然会错过那样。不用去奢望人生中有绝对的公平，公平就如天平的两端，一端的付出越多，另一端才能承载更多的希冀。父亲的"不护短"从另一个方面成就了我，假如我一直停留在被包容、被骄纵里，那也不可能有今天的获得。

渡边淳一的《钝感力》，告诉我什么是"迟钝的力量"，即从容面对生活中的挫折和伤痛，坚定地朝着自己的方向前进，它是"赢得美好生活的手段和智慧"。在成长的道路上，我并不是感觉不到委屈，感觉不到疼痛，而是因为这种感觉是常态。苦久了，突然等来一颗糖，我就会感觉等待的过程都是甜的。我的钝感力也不是天生就有的，是父亲在点滴教育中塑造出来的。后来我突然有了一种觉悟，所有坎坷的经历都在磨砺我的意志。所以，我逐渐形成了面对挑战就像迎接机会一样的个性，以至于后来的人生路才没有中断。

父亲潜移默化的教育，让我形成了一种观念：我自己吃多大的亏都可以不吭声，但是如果牵扯到我的家人，这是我的底线，那是绝对不能触碰的。

小学的时候，经常有男生追着我，学爸爸走路，侮辱他是残疾人，我每次追上去，他们就躲进男厕所。有一次我气急了，不知道哪里来的勇气，跟着冲进男厕所，把他们拽出来，对他们吼道："你们还学不学了！"他们害怕，连忙承认错误，这个事情才算罢了。甚至，我会以此"收编"他们，我不揍他们，但得答应我的条件：其一，他们以后不许再学了；其二，他们以后看到有其他同学恶意学父亲走路，要帮我去男厕所抓人。

有一次爸爸突然问我："你冲到人家家门口去打架了？"

"谁让他们学你走路。"

换作平时，我都不敢说话，这次却理直气壮地回复爸爸。

"你管他呢。"

爸爸很随意的回答里好像没那么有底气。

"你允许，我还不允许呢。他们再骂，我还会揍他们，直到他们闭嘴为止。"

那天爸爸默默无言，但我想那天的爸爸应该能感觉到自己的女儿有多爱他吧。尽管此生，我们都没有对彼此说过一句"我爱你"。

## 五、一场意外的火

人这一生真的不容易，总有这样那样的事情发生，不管你愿意不愿意。

"小舅事件"发生以后，父亲便萌生了搬出去住的想法。可随即到了秋收的季节，搬家的事儿就被搁置了下来。父母带着妹妹和弟弟回老家收庄稼。我因为要在这边上学，就独自留在外婆家，没想到意外又发生了。

外公外婆有吃宵夜的习惯，每到夜晚的时候，就是我最痛苦、害怕、无助的时候。外婆经常使唤我到外面取柴，帮他们烧火做饭，很多时候我都已经睡着了，会被生生叫醒。冬天的夜晚，伸手不见五指，呼啸的寒风令人瑟瑟发抖。人越是在恐惧的情况下，大脑转得就越快，平时大人讲的恐怖故事就会充斥大脑。每次我都是特别慌张地冲出去，随便拽两把柴火就往回跑，明明是黑灯瞎火的什么都看不见，我还是要闭着眼睛，以为这样就不会有"鬼"跟着我了。

柴火抱回来，可以煮饭了，有时还会有意外发生，那时，我最怕饭没熟，柴火没了。

那时外公外婆住在房子锅灶的另一端，他们的床上挂着一层白色条纹纱布蚊帐，夏天可以防蚊子，冬天用来遮风避寒，我的床则被安排在锅灶旁边。帮外公外婆煮完宵夜，我就又迷迷糊糊上床睡了。不知道什么时候火星溅到我的被子上，那个时候的棉被都是老棉花压实做成的，遇火会燃烧，但不会一下子就烧起来，就好像抽烟一样，是一点点侵蚀过去的。

刚开始，我还觉得身体暖和了，下意识去靠近，感觉烫了就又本能地缩回来。我从床的这一头慢慢缩到另一头，烤着暖暖的火，睡得很沉，梦里似乎在想今天怎么这么暖和。直到外公外婆被浓烟呛醒，才把我从被窝里揪出来。

"你这小孩，被烧死了都不知道！"

这下我彻底清醒了，第一时间意识到我闯了大祸，吓坏了。那晚，我没有听到关心的声音，只听到大人们不停念叨被烧了一个大洞的被子。记忆里，仿佛我也没觉得有什么问题，似乎我也认为被子比我重要。后来，这条破洞被子又陪伴了我好多年。

那一晚的火，让父亲决定立刻要搬出去。

## 六、梨园小屋的胆裂魂飞

爸爸答应为外公免费看管梨园，和外公商量让我们在他家的梨园盖间茅草屋，这就是我印象中的梨园小屋。梨园小屋的建造是爸爸从和泥、制作土坯到晾干、垒砌再到披上茅草，一手操办的。小屋建成后，虽说是摆脱了寄人篱下生活的酸楚，但我仍然感到孤独，没有小朋友和我们玩耍，我也不知道为什么。平时弟弟妹妹在还好，但每到农忙季节，父母就带着他们一起回到老家，我一个人留守在梨园小屋，恐惧感就加重了。白天还好，有太阳公公为伴，家里鸡鸭为伍,和煦的微风吹着,虽然日子过得清苦,但每天可以去学校上课,还是感觉甜滋滋的,而每个如期而至的夜晚才是噩梦的开始。

散发乡土气息的茅草小屋,晶莹剔透的朵朵梨花,皎洁如银的似水月光,一闪一闪的满天繁星,本应该是让人舒舒服服休息的夜晚,我们家的茅草屋却是独处在梨园的角落,与村里的其他人家是隔开的,赶上村里有人去世,村民还会在梨园小屋的另一头烧纸祭奠,那恐惧感就如甩不掉的魔咒,包围着整间小屋。

记得那段时间,经常听到大人们说,谁家又遭贼了,又有东西被偷了之类的事儿,我一个人住,心里很害怕。

有一天,爸爸回来取东西,我小心翼翼地跟爸爸说:"最近邻居家经常遭贼。"我内心的想法是,他听到我的恐惧后会把我带走,或者留下来陪我。

"你睡觉的时候把门敞开,这样小偷就以为大人在家,就不敢偷了。"

父亲也不知道哪来的智慧,我想是《三国演义》看多了,让我摆"空城计"呢。当时我那么小,怎么能体会到父亲说这些话的含义?不仅如此,爸爸还特地把小床拖到门口,这样我就可以直接看到猪圈。虽说没理解,或是说很不理解,但习惯性的听话,我还真的乖乖按父亲说的去做,睡觉的时候把门都打开,睡在了门口的小床上。

其实,那个时候家里穷,真的没有什么值钱的东西,唯一"拿得出手"的是刚买回来没多久的两只小猪和三只小鸡；小鸡还小不能下蛋，我知道要将小鸡喂大，下蛋给弟弟补营养，小猪养肥了卖钱，所以每天早起第一件事就是去检查猪圈和鸡笼是否无恙。

"空城计"上演了没几天，意外还是发生了。那天晚上，我半夜醒来，看到猪圈前面站着两个人，一会儿站起来，一会儿蹲下去。

我本能地裹紧被子，紧张得心都提到了嗓子眼，胸口像揣着一只小兔子，怦怦乱跳，但全身的血液却又好似凝固住了，手脚冰凉，真的是不知道该用什么词语形容那天的害怕。我敛气屏息，两腿微屈，不敢绷直，只要一绷直就会不停地发抖，整个身体就像一根木桩，僵了一夜。那一夜，我多么希望那条被单能变成铁皮，紧紧地裹着我。

无限的恐惧，让我供氧不足的大脑几乎停止了转动。后来不知道怎么回事，我莫名其妙地睡着了。现在想想，小孩子的心真够大的。

第二天，天还没有大亮，我迷迷糊糊睁开眼睛，下意识的反应是弹跳起来，跑到猪圈前查看，惊喜地发现两头猪在猪圈里哼唧，三只鸡在梨园乱窜，估计昨晚也被"陌生人"吓到了。我又惊又喜，简直不敢相信眼前所看到的一切。后来，我听大人们说，小偷也有"道规"，就是不把所有的东西一次都偷掉，免得下次来了就没有偷的了。也可能是小偷看到猪和鸡都太小了，拿回去也卖不了几个钱。但我宁愿相信，他们是看我们家实在太穷，没忍心下手。

有惊无险的一幕过去了，我也算是守住了家，但恐惧留下的阴影一直刻在我的脑海里。

我现在回想都有些纳闷儿，当年只有八九岁的我，怎么就那么听爸爸的话，明明自己已经害怕到骨子里，我为什么不是把门窗关得紧紧的，我为什么没有拼命求爸爸留下，我为什么没有嚷着要他带我走，我怎么就乖乖留下来，还完全按照爸爸的交代，敞开门。对啊，为什么？因为从小就习惯了逆来顺受。我有时候想到那天的经历还会忍不住"嘲笑"一下自己，真的是"偷鸡不成蚀把米"，我跟爸爸说最近邻居遭贼了，是想让他带我走，没想到他不但没有理解我的小心思，还让我敞开大门。

暮去朝来，日子一天天过，我守着我们家的梨园小屋，盼着爸爸早日回家。

## 七、父亲的两次夸奖

童年记忆里，父亲不苟言笑，更吝啬赞赏夸奖，所以在我八岁前父亲对我仅有的两次夸奖，让我记忆犹新。

小时候我特别怕父亲，弟弟妹妹因为懒惰和调皮没少挨打，所以在我的思维定式里父亲也会抡起拐杖打我。但我现在回想，父亲真的从来没有打过我，或许在他的心里，我是他温暖的地方。而我对他更多的是敬畏。小时候，爸爸教育我根本不需要拐杖，他那一双犀利的眼睛就足以让我泪如雨下。现在想来，我虽然对生活"钝感"，对礼义廉耻却格外敏感。他的一个眼神都会让我浑身发抖，身体就会产生火辣辣的疼痛感。现在想来，爸爸看起来冷酷的眼神应该不是对我的，而是对生活和命运的。

在潜意识里面，我时刻都处于警备状态，每天做什么事情都是战战兢兢，如临深渊。我力求做得完美，不敢奢求他的赞美，只求别触怒父亲。现在想一想，不是单纯的害怕，而是年龄不相符、心智不成熟、胆量不够大的我承受了身心俱疲的父亲抛过来的过重负荷，压得我有种窒息的感觉。

童年记忆里，妈妈离家出走好像是家常便饭，和爸爸一吵架就出走，一到农忙时节也出走，甚至一不高兴说走就走。

那天，不知是什么原因，妈妈又走了，遇到这种情况，父亲的脾气就会变得更暴躁，这次刚好赶上父亲和弟弟妹妹都感冒了，两个小孩哭成了一团。越哭，爸爸越凶他们；越凶他们，他们越哭——恶性循环。爸爸一边发着火，一边给弟弟穿衣服。我忙着给妹妹穿衣服时，外面传来了卖豆腐的吆喝声，父亲让我出去买一块钱的豆腐。那个时候，中午能做上一顿白菜豆腐就很幸福了，以至于到今天，我还是很喜欢吃各种各样的豆腐，或许是在弥补童年时对自己味蕾的遗憾吧。

我按照父亲的吩咐买回来了豆腐，开始为家人做早饭，那个时候的早饭也很好做，就是烧点稀饭。烧完饭以后，我看着豆腐，不知道该怎么办，又不敢去问父亲，望着那块豆腐，我脑子里出现了妈妈每次做豆腐的情景，然后我就用刀把豆腐切成小片，然后小心翼翼地用油煎，一把锅上翻炒，一把锅下添柴火，不一会儿，一碗焦黄的豆腐就做成了。

我战战兢兢地端给父亲，谁想到父亲大吼一声："谁让你煎的？"吓得我连忙后退，靠到一边儿，不敢吱声，那真是恐惧到了极点，不知道下一刻会发生什么。父亲把豆腐放在凳子上，就让我出去了。

不知过了多长时间，父亲端着我做的用蓝边大碗盛的豆腐出了家门。那时候农村吃饭有个习惯，端着碗，蹲在大马路上，东家西家凑在一起，你一句我一句闲聊。父亲径直走向他们，特意抬高那碗豆腐，得意地说："你们看，我家晓芹长大了，能把豆腐做得这样焦黄焦黄的。一点都没糊。"

天啊！这是在夸我吗？我不敢相信自己的耳朵，我长这么大，第一次听到父亲对我的夸奖，一股暖洋洋的热流涌上心头。我都有点感激那块豆腐，期待明天卖豆腐的再来，我能有机会再做一次，再让爸爸夸我一次。这事让我感到很自豪，兴奋了很久很久。我想，后来我那"无师自通"的厨艺应该也得益于这句夸奖吧！

还有一次夸奖，是误打误撞得来的。

小时候，一年常有两次有人会来村里播放露天电影。那是一个夏夜，晚饭后，全家人搬着小板凳一起摸着黑出去看电影了。梨园小屋是土坯房子，门锁就是把两根洋条[1]弯成个弯，一端固定在门上，另一端镶嵌在土里。那天，锁好了门，钥匙由我保管。看完电影，我们心情都很不错，一路上聊着电影情节，那天爸爸拐杖落地

---

[1] 洋条，方言，指铁丝。

的声音仿佛也成了音符。到家准备开门时,我找遍了全身的口袋,却怎么也找不到钥匙的踪影。钥匙弄丢是件麻烦事,得找人借把钳子,把洋条拧断,或者把锁砸了。父亲气得顺手抡起了拐杖,我赶紧溜到一旁,躲闪之间,大喊:"别打!别打!我知道怎么把它解开!"

我平时锁门的时候,注意到我们家的土坯打得没有那么结实,这些洋条是可以从泥墙里拔出来的,从另一个角度来说,家里的门锁实际就是个"防君子不防小人"的摆设。我趴到墙边,找到洋条缠住的那根钢筋,左右松一松,洋条被我抽出来了。父亲看得目瞪口呆,半晌冒出一句:"算你聪明。"

后来,他逢人就会说起我那晚的奇思妙想,他也不怕人家知道了我们家门锁的破绽。显然,那种夸奖是不由自主的。

通过上面两件事情,我对父亲的认知有所改变,看到了他柔软的一面,也不再那么害怕父亲了。同时,我也更努力地做家务,去表现,期待再次听到父亲的夸奖,我想于我而言,那是世界上最动听的声音。

长久以来,每次回想起父亲的这两次夸奖,我都认为是我的成长得到了他的认可,我觉得特别开心,这也促使我后来努力拼搏,只想让他高兴,让他自豪。如今,在失去他以后,回望他的整个生命,我有了一种新的认识。我突然意识到,父亲太苦了。身体疼痛,负担沉重,行动艰难,家庭惨淡:生活的重担把他压得直不起腰来。他是一个那样隐忍又自强的人,他又是那样敏感而倔强。他有人可以倾诉吗?每天的生活对他来说意味着什么?繁重的劳动逼得他一刻不能停歇。他唯一期待的，就是一件一件的事情能够完成，一项一项的劳作不要出岔子。在这样的时候，任何一个意外的"坏事"，都会激发他的应激反应；他的怒吼，其实是朝向生活，是一种情绪的宣泄。

然而，在情绪过去之后，重新审视这些意料之外的状况，他注意到了我的成长，并且为此骄傲。这才是他温厚善良本性的天然流露，是他藏也藏不住的对女儿成长感到的欣慰吧。

更进一步，我又想，我的成长应该是能给他安慰的。他肩头的担子开始有人分担，每天经历的这一切，终于有个人能共同面对，共同体验，这是一种深沉的相互理解，也是我们紧密的情感纽带。即便我们之间并不多谈论什么，但我应该是他生命里的一道光。

## 八、"你是桥洞捡来的孩子"

"你是（大北）桥洞捡来的孩子。"这是妈妈经常对我说的话。

毫不夸张地说，我从妈妈身上很难感受到母爱。小时候的我，也特别希望跟其他同龄人一样，妈妈给做饭，妈妈给梳辫子。可是，别人轻易得到的这些东西，在我身上却是遥不可及的。

妈妈再不完美，我和弟弟妹妹还是本能地喜欢围着妈妈转，也会像其他小朋友那样问东问西，妈妈就会很烦。她生气时，会拎起我的耳朵绕圈，"玩黑白电视机换频道的游戏"，一边反复问："你还弄不弄了？你还哭不哭了？你还跑不跑了？"这时的弟妹早已逃之夭夭了，而我也不挣扎，因为我始终觉得自己没有错，我不理论，也不逃，我想我把爸爸的倔强遗传了吧。

妈妈正常的时候，还是爸爸的好帮手，在爸爸的指挥下，妈妈也能把农活干得很好。但她干活的前提是别人也不能闲着，否则就又要离家出走。我记得那年冬天，我也就七八岁，妈妈去菜地收白菜，让我跟她一起，她负责割下来，然后让我放到地窖去。

小时候，苏北的冬天真的很冷，刺骨的寒风呼呼地吹着，冻得人手脚麻木，牙齿也不由自主地打寒战，发出吱吱的声音。家里的衣服都是好心人救济来的旧衣服，长长短短不合身，不能完全抵挡零下的低温。

我站在菜地里一直发抖，加之手上都是冻疮，手是根本伸不出来的，太冷了。看到我磨磨蹭蹭的样子，妈妈就认为我偷懒，很生气，命令着我朝着风的方向站着，嘴里还振振有词地说："这么大了，什么都干不了，要你干什么呢？就站在这里喝西北风吧！"那天的我其实是很委屈的，但我也不想认错，不想辩驳，就那么站着，从身到心都感觉好冷，好冷。

后来，家里生活条件好了，妈妈的状态好了很多很多，但我仍得不到从小到大最渴望的母爱。我经常一个人驱车几百公里回家，进屋后连一口热乎的饭都吃不到。现实就是这么残酷，无论你接受不接受，你都无法逃避。

我本善良，但人间苦难一样都没有放过我，我希望自己救赎自己，不再有悲伤，纵使万箭穿心，自己扛着、忍着、熬着，但仍能笑对人生。

## 九、什么时候才能长大

日子循环往复，没有太多色彩，父母回老家的日子，我就一个人守着梨园小屋，在这里我可以每天去学校，学习带来的充实感无形中冲刷了空荡荡的孤独感。

这一次很奇怪，农忙结束了，也未见爸妈回来，我掰着手指，数着他们回去的时间，计算着该回来了。所以，每次听到外面有声音，还是会兴奋地朝外看，可都没有见到他们的身影，我以为是家里农活忙，也就没多想了。

一天晚上，我都已经睡下了，妈妈突然一个人回来，把我叫醒，拉起我就往外走，看着很着急的样子。我问她，她就说爸爸病得不行了，需要钱做手术，要我跟她去借钱。当时我的心提到了嗓子眼，心里慌慌的，赶忙跟着妈妈挨家挨户去敲门，这其中包括了好几家之前跟爸爸借过钱的，我们想去要回来给爸爸治病。

小时候，一到晚上就是黑灯瞎火的，我也记不清那天摸黑敲了多少户人家的大门，重复说了多少次带有恳求的话，结果无功而返。欠我们钱的，各种借口不肯还，反正没钱。没有这种人情的更是有一万个理由不借。一开始，我不懂为什么，后来我都懂了。

在借钱的过程中，我听到妈妈说父亲的病情很严重，她也说不清具体什么病，反复说人要不行了，必须住院治疗。那天一分钱也没有筹到的妈妈只有两手空空地回去了。后来听四叔说,医院看爸爸太可怜了,帮他做了简单的处理,情况暂时好转,就出院回家了。现在我才知道,他当时患的是胸腔囊肿,医生是通过穿刺用注射器一管一管地把爸爸胸腔里的脓水抽出来的,这得多痛啊,父亲的汗珠大颗大颗冒出来浸透了衣服,但他都是咬牙忍着,一声不吭。

那晚,我一个人守着冰冷的小屋,感觉自己从头到脚都冷透了,百爪挠心,坐也不是,站也不是。那是我第一次害怕自己会失去爸爸,又抱有侥幸地告诉自己父亲一定能够撑过来的,这种痛苦折磨了我好长一段时间,才听到家里传来的好消息。父亲的病好了,他是怎么熬过来的,我不知道,但害怕失去父亲的恐惧从此根植于内心,这也激励我想快点长大,让爸爸快点过上好日子。

## 十、感谢生活,有剥夺,也有馈赠

我很喜欢梁晓声在《知青》里的这段话:"人不但无法选择家庭出身,更无法选择所处的时代,但无论这两点对人多么不利,人仍有选择自己人性坐标的可能,哪怕选择余地很小很小。"

时光打磨着记忆,回望过去,在重男轻女的家庭中,作为家中长女,我几乎是被戳着脑门长大的,丫头片子早晚是泼出去的水。好在我早早就学会了自我疗愈的本事,主动承担起长女的责任,洗衣、做饭、喂猪、养鸡,全都信手拈来,可以说庄稼院的活儿没有我不会干的。

　　我感觉我是来报恩的小孩，从有记忆起就想帮爸爸分担生活的苦。为了帮父母分担，为了使家庭状况得到改善，我打小就想尽一切办法为家里赚钱，为家里省钱。编簸箕、卖西瓜，各种挣钱的手段，不用父母特别教，我都无师自通。生活的各种小技巧，更让我受用一生。小时候我可能不理解，但二十年后的今天，我回过头来看，小时候的苦是命运馈赠给我的不可多得的财富。

　　小时候，我看到泥土里的不同景色，春种秋收，当土地里失去了美丽的花朵和绿油油的麦苗，那就意味着将要收获丰硕的果实和金灿灿的麦穗。"生活在关上一扇门的时候，会为你打开另一扇窗。"如果我不生在这个苦难的家庭，我就不会那么早自强自立。生活对你的剥夺，实际上是另一种馈赠，因为我所经历的一切，不是金钱可以买来的，也不是什么东西可以置换来的，是天生有就有，没有就没有。

　　都说三十而立，但对于我来说，似乎是一出生就要自立于世。人这一生，终归是要从一个懵懂时代到一个觉醒时代，很少有人可以什么都不经历就觉醒。作为平凡人，一定是经历的事情越多，反思越多，才能尽早觉醒，然后，尽早得到人生智慧。我想，人生无须谈论公平，倘若一定要谈，那只有时间了吧。我的经历，反倒让我节约了时间，让我尽早想明白了人生价值和意义，让我有机会赢得更广阔的人生。

　　生活，或悲，或喜。教会我们成长的，不是岁月，而是经历。

我是泥土里长大的孩子，住着泥房子，吃着泥土里刨出的食物，在泥土里打着滚长大。我知道泥土是大自然最慷慨的馈赠，只要有一方土，一汪水，一缕光，就能长出茂盛的庄稼，长出绿油油的蔬菜，长出丰收的笑声。

我是泥土里长大的孩子，爸爸的严厉，爸爸的夸奖，爸爸无言的爱，铸就了我坚强、乐观的人生态度。最重要的是，无论生活多难，都没有见到爸爸抱怨过，他身体力行，教会了我要怀着一颗感恩的心去面对生活，去看待生活中的种种。如果生活是一首浪漫的诗，那感恩一定是其中最华丽的辞藻。感谢爸爸，让感恩的心深深地融入我的骨髓中。

那芬芳的、朴实的、鲜嫩的土地，孕育着丰满的喜怒哀乐，也蒸腾着生生不息的希望。

第三章

# 风雨求学路

沉沉父爱，铺就我的风雨求学路。

当拿到爸爸给我的破洞书包后，我就暗暗下定决心，无论这条求学路有多么坎坷，多么曲折，一定要坚定地走下去，寒冬酷暑总会迎来春光，只要不放弃，就会有希望。

在我们家，生活的负担很重，一家五口的吃穿住行让爸爸身心俱疲，实在无力太多考虑孩子们的学业，以至于我的求学路看似艰辛了许多。但当我拿出了全镇第三名的成绩单，当小学和初中的老师都到家来为我"说情"时，爸爸仿佛看到了希望；当我成为全村唯一一个考上县中的孩子时，他下定决心，砸锅卖铁也要供我继续读书。

父亲的支持，朋友的鼓励，社会的关爱，给了我穿越风雨的信心和力量。

## 一、那个破了洞的花书包

童年记忆里，印象最多的不是孩子间的嬉笑打闹，也不是父母给予的细腻关怀，而是一个"穷"字笼罩着整个生活。穷和苦总是连在一起的，穷人家的孩子，生活必定伴有苦涩。尽管我努力尝试勾勒当年的美好，仍想不全种种。悉数一下，童年留下的美好痕迹很少很少，但那些曾经美好的、难忘的，会让我记忆犹新。

小时候的我，有过很多"为什么"。为什么别的人家总是有说有笑？为什么别人家的孩子有漂亮的衣服穿？为什么别人家的孩子有电视看？为什么别人家的孩子可以有零花钱？毫不夸张地说，童年的我完全不知道零花钱是什么意思。这些"为什么"其实在我心中早有答案，我也知道向父亲提出这些"为什么"的"后果"，所以只能乖乖地自我消化。

上学之前，日子虽然清贫，但那个时候年纪小，心思浅，有小伙伴一起玩耍，我仍然快乐得像炉子上的茶壶，虽然壶底被烧得滚烫滚烫，但依然可以吹着开心的口哨，冒着幸福的泡泡。但是，当我看到平日里的玩伴，背上漂亮的书包，蹦蹦跳跳去上学，房前屋后再也没有同龄人陪我玩的时候，我知道，"为什么不能去上学"是我一定要问的，也是我一定要争取的。

"我想去学校。"这是七八岁的我在心里反复嘀咕的事，甚至做梦都会说的梦话。对于同龄人每天都奔赴的地方，对于那个能传出琅琅读书声的地方，我有太多的渴望。说实话，我真的羡慕能到学校读书的他们。但是,到了上学的年纪,父亲却始终没有跟我提起这件事儿,日子还是如往常一样,洗衣、做饭、喂鸡、喂猪,将我每一天的时光都装满。我常常躲在角落里偷看邻居的小伙伴上学放学,偶尔还能听到他们讨论今天在学校里发生的事情。听着,听着,我也幻想自己坐在教室里的样子。

每天早上,等目送完那些上学的喜悦脸庞后,我就开始抓紧干更多的农活,我会主动要求去田里掰玉米、挑水、抬粪,那些超出我力气范围的农活,我都会抢着干,心想表现得好一点,让爸爸看到我的行动,他一高兴,没准儿就让我去读书了。但是,父亲看到了,又好像"没看到"。

其实,今天的我回过头看,理解了父亲当年的"不近人情"。因为在我们那个村子,很少有走出去的大学生,更别提女大学生了。既然没有机会走出那片土地,索性就老老实实在家干活。加之"重男轻女"思想的深深束缚,"嫁出去的女儿泼出去的水",女孩早晚要结婚,是别人家的人,在女孩身上的"投资"是没有意义的。再想想,父亲也就读到小学三年级啊,他又何来"读书可以改变命运"的智慧?所以父亲就用这种"冷处理"的方式,想逐渐熄灭我读书的欲望。但是我的内心因为得不到而变得更加渴望,不想妥协,我们父女俩就这样僵着,谁也不肯让步。

当时的我不理解,我要反抗。从小我就知道家里穷,从来不会向父亲要任何东西,但为了读书,我鼓足勇气,提出了人生的第一个要求:"爸,我要去上学!"不出意料,爸爸毫不犹豫地拒绝了我，我的眼泪奔涌而出。

"我可以多干活，只要你让我读书。"

我咬紧牙，再次用微弱的声音恳求爸爸。而我听到了自己内心深处的呐喊："我总有一天会向你证明，我不会比男孩子差，嫁出去的女儿不是泼出去的水！"

爸爸看着一向听话的女儿有些震惊，摇了摇头，什么都没说就出去了。

后来的很多天，我每天雷打不动地站在角落里偷看小朋友上学，有几次还被爸爸碰到了。

突然有一天，爸爸回来时随手丢给我一个玫红色的小碎花书包。

"你明天就去上学吧。"

我从没想过，那个抽了一辈子烟卷的沙哑嗓子，能说出这么动听的话。我接过书包，别提有多兴奋了。我把它翻来覆去地看，发现上面破了一个洞，就在煤油灯底下一针一线把破洞补好，晚上睡觉的时候也不舍得放开，怀里抱着它，害怕醒来会变成一场梦。

就这样，在我的极力争取下，求学之路正式开启。

我知道求学路不会顺畅，但还是天真了，求学的过程可以说是步履维艰。刚入学的时候，我白天要上课，家里的农活因为少了我这样一个"壮"劳力，效率大大降低，而80块的学杂费对于我家来说是一笔巨额的开销。当全家连饭都吃不上的时候，所谓的读书、梦想都只能成为泡影。怎么办呢？

最害怕的事情还是发生了。

爸爸勒令我退学。

难道，我的求学之路仅仅走了一年多就要到头了吗？在尝到了读书的乐趣以及知识带给我的充实感之后，我更加难以放弃。整个暑假，我都在忙着繁重的农活，心想多做一些或许会有转机。可当二年级已经开学两星期时，爸爸对于学费的事儿仍只字未提。那段时间对我来说，内心甚是煎熬。我远远地看着爸爸走出家门的背影，热切地期盼他早点回来。可真的等他回来时，我却又不敢抬头看他，不敢主动说话，我恐怕一开口说出心里话，就会立刻被拒绝了。

爸爸其实知道我的心思，最终，他妥协了。父女俩形成了默契：家务活第一，读书第二。后来的日子，就有了这样紧密的日程表：

  天亮前起床喂猪

  给全家做饭、洗衣

  搬着小板凳步行到学校

  在校门口背书，等着同学来开门

  认真聆听每一堂课

  课间抓紧写作业

  下课直奔回家做饭、干农活

  做完家务做作业，直到深夜十一二点

  …………

我知道当下的很多孩子，周末被排满了补习班、兴趣班，写完作业看会儿电视、玩把游戏，是孩子们完成"任务"换来的休息时间。而干完繁重的农活坐下来写作业，却是我小时候最开心的"休息"时光，我丝毫不觉得苦，反而更卖力地做农活，心想，只有表现得更好才能继续读书。

童年是很久很久以前的时光了，但是我常常会想起这里面最美好的几个瞬间。那个夏夜，那个破旧的花书包，那句"你明天就去上学吧"，让我感恩，知足，难忘。

## 二、穷到连时间都"看不起"

八岁那年，在外婆家的村小，开启了我的艰难求学路，日子因为有了希望，因为有了除家务活、农活以外的其他颜色，变得不一样了。

我特别珍惜这来之不易的学习机会，体会着父亲从手指缝里为我挤出学费的辛苦。无论刮风下雨、严寒烈日，我都没有耽误过一节课。当时心里就想，一定要好好学习。因为年纪小，还不懂"知识改变命运"这句话的含义，但我已经意识到好好学习的重要性了，因为只有优异的成绩，才能争取到继续读书的机会。

上学的日子，我每天都是早早到学校，很多时候教室门还没开，我就在教室门口踱着步，背诵着书，等开门的同学来开门。其实真的不是我没有时间观念，而是因为家里穷，没有钟表，我看不到时间，没有时间的概念。

记忆里，那段日子，我几乎没有睡过一个好觉，半夜经常会惊醒，怕自己睡过了，所以很多时候，醒了后就不敢再睡，一点点熬到天蒙蒙亮，便爬起来，先喂猪喂鸡，给家人做早饭，一切准备好，拿起书包就往学校奔，自己也不敢吃早饭，因为怕迟到。

很神奇的是，那些年我从未迟到过。今天的我有一种能力，设置闹钟似乎是"摆设"，因为我都能准时起床。我说的准时是闹钟响的前一分钟拿起手机，然后提前关闭还没有响起的闹钟。有段时间我还奇怪过，这已经超出了生物钟的范围，因为每次起床的时间并不是固定的。直到写这本书，开始回忆起这段记忆深刻的事，我才明白其中的精髓。

我记得有一年是中秋节那几天，月亮又大又亮，我迷迷糊糊睡醒，第一反应是天亮了，吓得我赶紧爬起床。忙活完家禽，准备出门时，看着外面依旧一片寂静，再抬头看到月朗星稀，才恍然大悟。回到床上的我，睡意全无，就一点点等到天亮起来。

没有钟表的日子，让我很渴望能让家里"有时间"。六年级的时候，我在放学路上捡到一块手表，在路边等了半天也没等到失主。我只好拿回家。其实当时的我，内心很渴望拥有那块能让我有时间概念的手表，这样我就可以踏踏实实睡觉了。这个最简单的小心思，让我把手表揣在兜里，捂了一个晚上。然而，这一晚上的我，过得很不安稳，心里想着丢手表的人是不是很着急，盼着天能快点亮起来。第二天一早，我急切地跑到爸爸跟前，交代了这件事，爸爸看了一眼手表。

"在哪里捡的，送回哪里去。"

"在路上捡的。"

"那就送回路上。"

我一想，"送回路上"相当于让手表又丢了一次。思来想去，就带到学校，交给班主任老师。班主任说："这是在校园以外捡的，不用上交。"

我一听，蒙了，不知道该怎么办。从小到大，无论是老师还是爸爸，给我的教育都是学习雷锋，不拿别人家的一针一线，更何况是一块手表。而且当时的我，脑海里一直萦绕着从小就在唱的儿歌"我在马路边，捡到一分钱，把它交到警察叔叔手里边"。这一切都告诉我，不属于自己的东西，坚决不能要。最后，我把手表放在老师的办公桌上就跑掉了。

每天能够走进课堂，一切生活的苦难都会被冲刷掉。我就像是在沙漠中遇到雨水一样，巴不得让身体的每寸肌肤都去汲取知识的雨润。而每天课后，做过家务活，沉浸式地写作业又给我带来了极大的满足感。我很享受一笔一画落在作业本上的感觉，好像把希望镌刻在本子上。但那时家里穷，穷到我的作业本是要反复利用的，今天写完了作业，交上去，老师批改后，我要再用橡皮一点点擦掉，重新写第二天的作业。这样的写了擦，擦了写，让本就不太厚实的纸张更加"弱不禁风"。加之，我写起字来，下笔特别重，一横一竖，一撇一捺，都要踏踏实实地落下去，而且还写得很大,那本子的"生存期"就更短了。记得有一次,我跟爸爸说要买作业本。

"你的作业本呢?又用完了?"

"嗯,用完了。"

"那你拿给我看看。"

爸爸当众打开我的作业本,看着我有力的字迹,跟旁边的人说:"你看我闺女儿的字,活脱脱一个男孩儿,字写得这么大,这样用力,叉一叉,挑一挑,能堆成一个草堆。"

时至今日,我对爸爸这句话的印象还很深,在我脑海里,下意识地认为爸爸是在批评我,嫌我写字太重,费本子,费铅笔。而今天,我再忆起这件事,爸爸这个看似不恰当的比喻应该是另一种炫耀吧。

我读的那所小学,一个年级就一个班,我跟校长的女儿同班。多年以后,我才知道当年受到的欺负叫"校园霸凌"。因为"校长女儿"的特殊身份,她的周围会簇拥很多追随者,这个小团体经常在班级里"抓壮丁"帮她们写作业,而学习成绩还不错,平时又乖乖听话的我成了她们的首选对象。其实,每个团体都有弱势群体,我是那种一看就是被欺负的。有时候,我帮她们做了作业,她们会给我几张印卷子的那种A3纸,我可以用这些纸做作业,来填补缺少的作业本。在我看来,这样的"交易"挺好的。不过,那个女生很霸道,要班级里的追随者都听从她的,稍微有一点不顺她意,惹怒了她,就会跟你找别扭。那天,我也不知道怎么惹到她了，突然派人把我逼在墙角，只为要回那几张纸，拿不出就不让走。可是，那些纸我已经做好作业，交给老师了。逼了半天无果，她们只能放我回家，给了我一个偿还期限，记得还开了"天价"！

那段时间，是我比较难熬的时光，这样的期限就像个紧箍一样，勒得我喘不过气来。

她的跟班开始给我"出主意"，让我趁着给爸爸洗衣服的时候，偷他口袋里的钱，这是我绝对不会做的。我又不敢跟爸爸讲这件事，只能想方设法地讨好她们。那段时间，我只要领到一些例如徽子的小零食，都舍不得吃，留着，拿到学校去给她，这一切的目的就是为了让她不再计较这几张纸。现在回想，那个时候的我，是多么无助，我既渴望能像其他同学一样，有正常的纸张写作业，交作业，又要整天提心吊胆，害怕一个不小心又惹怒了这些我走路都想绕着走的人，那种极度的不安全感，也刻进了我的心里。

岁月可以冲淡记忆，可以治疗伤痛，但有些记忆，有些伤痛，任岁月如何冲刷，都不会湮灭，那才是真正的刻骨。那几张纸带给我的恐惧刻入骨髓，刻进血脉。后来，我们需要用更拼命地努力才能冲刷掉内心的伤痕。再后来，你也会发现，对于你的一生而言，这好像也不是一件坏的事情。

## 三、我有一个小小愿望

一直以来,我都不贪心,不属于自己的东西,从不觊觎。但年少的我,也有个小小的愿望,我希望能撑一次伞去上学。

那个时候,家里穷,没有钟表,自然也没有一般家庭都会准备的生活必需品,其中就包括了雨伞。每次下雨,我们家的雨具是用蛇皮口袋,两角对折,变成一个"长帽子",戴在头上。看到同学们都撑着各式各样的雨伞,我打心底里羡慕。

那天夜里,雨下得很大,家里的茅草屋没扛住,漏了。真的是屋外大雨,屋内小雨,淅淅沥沥。我是被雨水打在脸上惊醒的,我条件反射地去摸书包,床和书包都已经湿透了,我赶紧点上煤油灯,小心翼翼地一页页擦拭,试图把上面的水吸干。

等到第二天早上,雨依然没有停下来的意思,我就想着去跟外婆借把伞,也许,还有一点小心思,趁机跟同学们"炫耀"一番,我也是有雨伞的。

"外婆,我可以借用一下雨伞吗?放学就送回来。"外婆站在屋内,我站在门外,我怯生生地对外婆说。

"我们家也没有。"外婆手里衲着千层底,头都没抬地回复我。

听到这句话,我愣住了,有点蒙,因为我站在那里,一眼看过去,外婆家的伞就挂在房间内。

那天我是哭着、赤脚走到学校的,一手抱着湿漉漉的书包,还提着鞋子,一手拽着"长帽子",怕被风吹跑了,脸上的水也腾不出手来擦拭,分不清是雨水还是泪水,眼前一片模糊。我很纳闷儿,我至亲的外婆,我妈妈的妈妈,为什么明明有伞却说没有。从那以后,我讨厌去别人家借东西。那天的我,暗暗下定决心,将来有一天,我一定要把家里的所有生活必需品、农具都补充上,再也不用向别人借。

尽管生活会有一地鸡毛的琐碎,会有各种不如意,但我可以在教室里贪婪吮吸书本带给我的精神驱动力,那片刻静好的岁月,让我深深懂得,淡淡释怀。

## 四、"今年读完就不要再读了"

"今年读完就不要再读了。"

这是小学时代的我,每学年都会听到的话,每年都被辍学的恐惧充斥着。我会更加卖力干农活,用行动回应爸爸。

小学二年级下学期,我们举家从外婆家搬回老家了,我到了村里的小学读书。起初,艰难的事除了爸爸对我读书的态度,还有真的交不起学杂费时,会被赶回来要学费的窘困。有人会说,义务教育怎么有这种情况,很气愤。其实,那个时候这种情况在农村很普遍。我自己都经常感慨,这二十年的变化真的是翻天覆地,今天的美好生活是当时无法想象的。

那时,我被学校赶回家拿学费,还没到家门口,爸爸远远看到河堤上往回走的我就喊了起来。

"没放学你跑回来干什么?"

我很委屈,不知道怎么回应,站在那里发愣,然后又转身往学校跑,到了学校,老师问:"钱呢?"我不吱声,怎么问我都不说话。

"没拿来就去操场站着。"我不知道为什么站着,但内心害怕不敢问,只能走到操场站着。下午的时候太阳特别烈,荒芜的操场上零星站着几个耷拉着脑袋的同学。我经常这样来回折腾,但在期末考试的时候,竟然考了全班第一,老师好像也对我"另眼相看"了。

我每天放学后,进家门第一时间就去做家务,干农活,等将家里的一切打理好后,我才会坐下来,安安静静地写作业,而这独处的安静时光,是我最幸福的。每学期期末考试,我的成绩都名列前茅,各种奖状证书贴满了家里的土墙。

后来,当我静下来,细细回想读书的那些年,爸爸其实从未真的想让我辍学。如果真的不想让我继续读书,在每一次老师赶我回家的时候,他只要说句"家里没钱,那就不要再去了"这类的话,我是无力反驳的。所以,今天的我彻底读懂了父亲,他也知道自己说的每一句"不读了"会对我有多大触动,父亲这一句句劝退的话确实给了我另一种能力,仿佛是另一种"求生欲"。

到了五年级,爸爸又给我提了继续读书的条件:去一位亲戚家,要回他欠我们家的300块钱,拿到钱,就可以交学费。

临行前,爸爸只给我拿了6块钱,是过去的车费。就这样,为了要回钱,我整个暑假都在亲戚家做家务,洗衣做饭、打扫卫生，总之是想尽一切办法讨好他，只希望他看在我努力干活的份上，拿给我那300块钱。亲戚喜欢吃切得很细的爆炒胡萝卜丝，我每次都拎着重重的菜刀，切着细细的丝。有一次，我切胡萝卜丝，不小心切到手指，口子有些深了，鲜血喷涌而出，我赶紧拿纸巾按压止血，可是鲜血染透了一张张纸巾，却怎么样都止不住。我握紧受伤的手指，跑到街上去找医生，捧着手找了一大圈也没有找到医院，最后回到家，撕了块破布紧紧扎上，才算是止住了血。

其实，多干点活，辛苦些，我都不怕。但是亲戚的无情打击，让我感到委屈和绝望。亲戚是书法老师，假期期间，会在家里教小朋友学书法练字，每天看着他们认真练习，热烈讨论，我都很羡慕，因为没有被邀请加入，只有躲在角落里偷偷地听，心里默默地记。等下课后，去收拾桌子的时候，再多看几眼写字的技巧，就这样，我在心里酝酿了一套自己的写字方法。

那天，我抓紧时间干活，在他们吃饭的时候，我在地上捡起一张废纸，认认真真地在上面写了几个字，等亲戚吃好饭后，才怯生生地拿着纸去找他看。那天的我，内心是多么渴望他能点评一下我的字，或者给我指导。我静静期待着。

"写的什么东西，浪费纸。"

冷冰冰的一句话，犹如当头棒。如此粗暴的评语是始料未及的，我就好像小丑一样，憋着泪水回到房间，连哭都要控制着声音，泪水像那天被切伤的手指流出的血，怎么止也止不住。我一直在反问："为什么别的亲戚家的孩子能在这里学习，我却不行？"

到了离开的日子，尽管不知道怎么开口，我也逼着自己拿出万分勇气开口："爸爸叫我来拿300块钱。"好像开口讨钱是很耻辱的事情，声音小得估计只有我和他听得见。

"我们家现在也没有钱。"亲戚这句话说得轻描淡写，然后起身就离开了，留下我一个人傻傻站在那里。

第二天一早，我起得很早，赶公交车回家。整个暑假的忙碌，不仅没有要回来一分钱，回去的路费还是我之前钓龙虾换来的钱，真的是"赔了夫人又折兵"。

爸爸看到垂头丧气的我，知道了一切，没有说什么，回到屋里给我取出了下学期的学费。

## 五、莫名其妙的三个巴掌

关于成长，关于往事，能说的似乎特别多，但总是在提笔时不知如何开头，张口时不知第一句话怎么说，或许它只能蛰伏于脑海里，记忆里……

整个小学阶段，我的成绩总是名列前茅，是公认的好学生。后来，连教我的老师都说："你很有天赋，只要认真努力，用心读书，将来必成大器。"老师的鼓励让我更加有信心，更有底气。

然而，再好的成绩也不能抵扣学费，每年开学的那几天，是我最煎熬的日子。

记得第一次转学后，因为我总是拖欠学费，影响到我们班的整体交费情况，班主任总是戴着"有色眼镜"看待我，稍微有一点做得不对的地方，就会被他放大，甚至是误解。

一次下课时间，我和同学在学校里教师宿舍门口的井边喝水，老师在不远处吃饭。我跟同学聊天，小孩子间互相打趣，当时好像是说类似于"你慢慢喝，别呛着了"之类的玩笑话，具体也记不清了。

午休的时候，班主任走到我边上敲了敲桌子，让我跟他走。小时候一有这样的场景绝对不是好事情，他把我带到办公室，让我站着反思中午说了什么，当时的我一脸蒙圈。但我一向敬重老师，他让我做什么我就很听话照做。就这样，我一肚子困惑地站到了下午快上课的时候。

"你中午说了什么？"他态度很严肃地问我。

"我没说什么呀。"

"你再好好想想。"老师质问我的声音更大了。

我当时吓蒙了，完全不知道老师在说什么。

"啪！啪！啪！"他抡起胳膊打了我三个巴掌，我的脸上立刻有火辣辣的刺痛感，疼痛和委屈让我拼了命地哭起来。

"想起来没？"

后来，数学老师进办公室，问发生什么情况。

"这个死孩子，说要我吃饭呛死。"

直到这时，我才意识到，是上午那句同学间的玩笑话，被他误解了，激怒了他。我立刻辩驳说没有，还说去教室找刚刚站在我旁边的同学为我作证。

"滚！"老师大吼了一声，让我走了。

我回到座位上，写了张纸条给坐在我身后，也就是上午跟我一起嬉闹的同学，请她帮我跟老师讲清楚，我没有骂老师。

同学看到老师怒气冲冲的样子，害怕了，一句话也不说，我就这样被彻底冤枉了。老师打了，骂了，也罚站了，还是觉得不解气，加之我还是没有按时交学费的学生，他就又把我撵回家了。

回到家，爸爸看到我脸上的手指印、眼里的泪水，问我怎么回事。

"老师说我骂他，打了我。"

"那你到底骂了没？"

"没有。"

爸爸一听急了，火冒三丈，马上骑着自行车，带上我一起去学校找老师理论。具体的场景我记不太清了，只是记得，坐在车后座上的我感觉到，那天的爸爸，浑身充满了力气，单脚踩车，倾斜的身体里透着坚毅，真的是去为女儿讨说法的。而那天的我是喜悦的，我感觉爸爸在替我出头，我是有"靠山"的。

有一种爱，或许无言，抑或是严肃，在当时往往无法细诉，而在过后的日子里，越体会越有味道，一生一世也忘不了，那就是父爱，是我那个不善言辞的父亲给我的深深的爱。

## 六、记忆里的三场雨

春雨沙沙，哺育着刚刚从梦中苏醒的大地。

如今，生活在雨季居多的上海，我喜欢站在窗边，看着外面江南的细雨打在玻璃上，让我与那个曾经在雨里忙碌的小小身影，产生时空交错的奇妙对话。

天空中又飘起了雨，童年的一幕幕在眼前浮现，有三场雨，挥之不去，永远烙在我的记忆中。

第一场雨，落在梨园的茅草屋里。

梨园的茅草屋，有裂缝的屋顶，每逢雨天，外面下大雨，屋内下小雨，这是我家的常态。

又是一个农忙季，父母带着弟妹回老家了，我一个人看家。我有个雷打不动的习惯，每晚睡觉前要把书本整理好，放进书包，再把书包放在床上我伸手就能够到的地方，这样才能踏实入睡。一天半夜，我迷迷糊糊地感觉有雨水滴在脸上，猛然惊醒，不出意料，家里又成了"水帘洞"。我赶快去找书包，床上已经湿透了，点上煤油灯才发现里面的书都被泡了，急忙拿出来"抢救"，但书页还是粘在了一起，作业本上的字迹也因被水浸湿而变得模模糊糊了。

看着眼前的一片狼藉，我崩溃地大哭起来。我一边哭，一边去提水和饲料，喂猪喂鸡。到了上学的时间，我一如每个雨天，顶着蛇皮口袋，怀里抱着湿透的书包。因为要保护仅有的一双鞋子，我光着脚，提着鞋，趔趄地走上了通往学校的路。

到了学校，胶封的书已经糊在了一起，我一页一页小心翼翼地揭下来，把它们平铺在桌子上想要快点晾干，看到其他同学的书本都干干净净地放在桌面上，那种心痛的感觉现在想起来依旧清晰，后来我经常做类似的梦，书被泡了，或者怎么也找不到了。

第二场雨，落在我家的11亩稻田里。

在我家有个奇怪的规律，一到农忙的时候，妈妈就会因为各种理由和爸爸吵架，吵架后就离家出走。五年级的一天，妈妈又走了，爸爸叫住刚要出门去学校的我。

"今天别去了，地里那么多活谁干？秧插不完就别去了。"

那天下着瓢泼大雨，视线模糊到看不清前方的路，我一个小个子，在空无一人的田地里，争分夺秒地插着秧苗。

雨砸在身上生疼，周围是哗哗的雨声，却让人觉得安静得可怕。雨天的稻田里多是蚂蟥和蛇，一把秧苗插完，我就环顾四周，再看看腿上有没有被蚂蟥吸住。雨太大了，为了防止秧苗被水冲浮起来，我要用很大的力气往下插。不过，即便怕得浑身发抖又累得筋疲力尽，我还坚持做着，因为我想上学。雨水、泥水、汗水、泪水，我一把把地擦拭。就这样，我赢了，插完了那11亩秧田，我重新坐回到教室里。

第三场雨，赶在了六年级的期末考试前。

那天我家母猪要生崽了，爸爸说："赶紧把猪圈打扫干净，全部清洗一遍，还得消消毒。"我很委屈，上午是要去考试的，我怕来不及。那些年，考试对我来说很重要，即便再辛苦，我也没考砸过，我心里知道，考试成绩好，意味着还有继续读书的"资格"，同时也是对父母和老师最好的回报。

可爸爸却说："今天这个干不完，你就不要去考试了。"说真的，我当时很生气，也很委屈。拿着很大的桶气鼓鼓地去河边，就想一口气把所有的水都提上来。雨水使得堤坝很滑，结果一用力，水没提上来，自己却狠狠摔下去了。我更加委屈了，失声痛哭起来。气急的爸爸甩了一句："就你的眼泪不值钱！"这句话，我至今仍记忆犹新。之后的很多年，即使遇到再委屈的事儿，我也会忍一忍，眼泪值不值钱无人知晓，重要的是，擦干眼泪把该做的事儿做了。那天，我还是哭着把猪圈清扫干净，浑身脏兮兮地赶去学校参加考试。

其实，现在想来，爸爸所有的急躁都因为他一条腿的力不从心，我再不帮他干活谁能帮他呢？于他而言，全家人的生计问题才是第一位的啊！秧苗插不下去，我们没饭吃，猪不养，全家就没了收入来源。

窗外的雨声依然在响，像我真实的心跳。

现在回想，那些年淋过的雨，在不知不觉中成了磨炼我意志最好的磨刀石，生活的重担、学习的压力，为小小的我打造了强大的内心，以至于在面临之后更加艰苦的环境时，也能咬牙扛过去。

## 七、从"南大"读到"北大"

我辗转了三所小学才读完六个年级。

第一所是在外婆家的村小，二年级的时候，我和父母搬回老家生活，就读在我们大南村的小学，大家开玩笑称之为"南大"。

四年级结束，因为学校里没有开设五年级和六年级，所以"南大"没书可读了，我就转去隔壁大北村继续读，大家称它为"北大"。其他的同学都转去了镇中心小学。

现在我们经常看到，父母为了能给孩子提供一个好的学习环境，高价购置学区房，而在我读小学的时候，不提学校硬件条件如何，我们的很多任课老师都是用家乡话上课的，根本不会讲普通话。小学阶段完全没有接触过英语，二十六个英文字母我是到初一才认识的。

第三次转学，我遇到了一位对我影响深刻、受益终身的老师，她叫刘庆美，是我的语文老师，也是我遇到的第一个用普通话上课的老师。

刚到大北小学，因为我属于转校生，所以平时也不怎么讲话，但在课堂上总能有积极的表现。那天的语文课，老师要学生解读《石灰吟》这首诗。她点了班里的几个同学，要么一句不说，要么答非所问。后来，听刘庆美老师回忆说，那天我挺直瘦弱的小身板，高高举起小手，一双水灵灵的大眼睛忽闪着表达自己的渴望，"这首诗赞颂了石灰无论面临着怎样严峻的考验，都有勇敢面对、从容不迫、坚强不屈的精神。我是从'千锤万击、烈火焚烧、若等闲、粉身碎骨、全不怕'这几个词体会出来的"。

"梁晓芹讲得非常好,很精彩。你们看看,人家是因为没有书读,借调到我们这里读书的,每次都能认真思考、积极回答问题,你们都要向她学习。"

震惊、喜悦、兴奋,太多不可思议的情绪涌上心间,这是第一次有老师不遗余力地夸奖我。那天的我特别开心,表面上云淡风轻地听老师对我的点评,但内心已经乐开了花。从小到大,"表扬"这个字眼对我来说是陌生的,爸爸很少夸我,妈妈更是不会。所以,当老师在班级所有同学面前夸奖我时,我更加有信心,后来,我竟然希望通过学习得到更多的夸奖。老天不会亏待每一个努力的人,从那以后,我的语文成绩基本都是全校一、二名。

再说说数学的学习。刚转过来的时候,我的数学成绩不太好,正巧我们班的数学老师是家里的亲戚,我叫他"钱大爷",是我的表叔。爸爸去世,他也一直帮着我忙前忙后料理,账本都是他记的。因为我们住同村,所以每天晚上,我做好了家务活,爸爸就会叫我去大爷家做作业,这样有不会的问题就可以得到及时的辅导,顺便也给他做印卷子的小助手。

我们那时教学条件还很艰苦,没有像现在这样便捷的打印机,用的是油印试卷,就是用油印机一张张拓印。我每天除了写作业之外的任务,就是跟大爷一起配合,拓印班级第二天要用的试卷。油印前,调好油墨很关键,它直接影响油印质量。油墨太多,用力过重，印出的试卷一团漆黑；油墨太少，用力太轻，印出的试卷模糊不清。

每天晚上，我在大爷家做作业，这个过程中，我可以享受一下"补课"，有任何问题都可以随时问他。偶尔，他也会让我帮他在卷子上抄习题，之后再印卷子。

就这样，通过劳动换来了课后的额外辅导，也换来了我数学成绩的显著提升，到五年级下学期，我的数学成绩也冲进全校前两名。

在六年级的时候，我还去参加了奥数比赛，跟当时在县城读小学的学生一起考。那时候我不知道奥数是什么概念，就当成普通的数学考试，没想到，最后满分100分的试卷，我得了97分。最后一道大题，我都做出来了。成绩出来后，我的老师很惊讶，当着全班学生的面夸奖我，还让我讲解题思路。后来，村里在镇中心小学读书的同学特意跑到我们家来，跟我和爸爸说，她的数学老师在班里夸奖了我，说我的解法是老师都没想到的。这次考试也极大地鼓舞了我，让我更加坚定了自己的求学路。

人生每一段岁月，都应该被灿烂包围。每一段时光，我们都不应该辜负。现在回想起，那一个个油印卷子的夜晚，油印刻字是我心中一缕璀璨夺目的星光，映照着那些努力拼搏的日子。随着信息化、网络化的飞速发展，昔日的蜡纸刻写、手工油印早已被电脑打字、复印机所代替，但今天回想，我真的很感激那一张张带有墨香的卷子。

每个人的人生轨迹总在随着自己的努力，朝着想要的样子越来越近，每一次特别的经历都将会是一次难得的成长。不管前路铺满了多少荆棘，岁月留下多少慨叹，我都会用不屈的努力洗去身心的疲惫，用轻快的奔跑涤荡日子的沧桑。

遇到这两位好老师，是我一辈子的幸运。他们给予我的表扬和鼓励让我对学习更加有干劲、有信心。如今忆起那些细碎的日子，我发现珍藏在心里的都是美好记忆，所以我要感谢生活，它给了我苦难的同时也给了我巨大的财富，让我在自己的人生道路上，始终能笑着面对风雨，坦然应对挫折。回首往事，是止不住的庆幸和感恩。

## 八、和爸爸打赌，我赢了

在爸爸劝说退学的威胁声中，我读完了小学，而我努力获得的成绩，也使他之后的态度悄然转变了，这就像是父女俩之间展开了一场无形的"赌博"，我押上了全部，而他也拼尽全力成全了我的愿望。

我想，爸爸当初是没有准备让我一直读书的，但也没想到就这样让我软磨硬泡地读到六年级。整个小学生涯在辍学的威胁声中度过，就连我的老师都时刻关注着我是否能继续留在课堂。我记得是五年级下学期，开学的时候，因为没有钱交学费，我一直没有去学校，刘庆美老师就一直在问："梁晓芹呢，怎么没来上课？"

后来，凑够了学费，我到学校去交钱，上课，一进大门，碰到几位老师，他们上下打量我，然后说："这不是梁晓芹吗？梁晓芹不是来了吗?"当时我还很纳闷儿,不知道怎么回事,后来听同学跟我说了原委后,感到很温暖,因为我知道,在这个学校是有人在意我的。

小学即将毕业时,县里初中提前组织了一场小升初考试,考上了可以到县城的中学读初中,继而中考时更有机会考入县中,不过村小基本很难有考上的。这场考试的报名费是25元,班主任老师找到我,跟我说,他相信我能考上,千叮咛万嘱咐,要我一定去考试,报名费他替我出,让我回家跟爸爸商量。

"就算考上了,也没有钱去读书,没必要浪费老师的报名费。"这是爸爸的回复,是意料之中的结果,但这一次我没有再去跟爸爸争辩,因为思来想去,爸爸说得有道理。那个时候,一家五口的生活开销都靠爸爸一个人,真的太难支持我到县城去读书了。

对于我的"未来",爸爸有了新的打算。有一天,我们一家人在田里干活,我和爸爸并排凿地,弟弟妹妹播种,大家说着笑着,整个田间洋溢着我们一家人的欢声笑语。这是难得的场景,我感觉特别幸福。

突然爸爸说:"要不给你300块钱,去县城学个裁缝吧。"

那个年代,女孩子长大了去学裁缝是"很流行"的,可以进纺织厂,也算是能有一份稳定的收入了。我愣了一下,说真的,又惊喜又绝望,惊喜的是,爸爸从来没有主动给过我钱,而且我也没见过这么多钱,更何况是"投资"我去学习一门手艺,但绝望的是,我就没有机会考大学了……

当时，我感觉整个空气都凝固了，大脑飞速运转，想了想，语气坚定地和他说："如果我考上初中的实验班（实验班是初中最好的班级），你就让我继续上学。如果没考上，我就去学裁缝。"爸爸停下手上的活，无奈地看着我……这是一场残酷的赌博，我别无选择，只有拼尽全力赴考。

小升初考试前，发生了一件我今天想起来都觉得很奇妙的事儿。

我读小学的那几年，86版《西游记》电视剧非常出名，每天播出的时候，可以用万人空巷来形容。所以，我们作文考试也经常会借用到电视剧的场景，一般是给出开头，例如，师徒四人走在取经路上，遇到了妖怪，接下来就让你自由发挥，写一篇作文。这时候，就要发挥想象力了，遇到了什么类型的妖怪，怎么战胜了妖怪，写出经过和结局。但问题来了，因为当时家里没有电视机，我对《西游记》的信息获取来自偶尔在邻居家蹭看的一些片段，那自然是不全面的，师徒四人到底咋回事，根本也没搞清楚。再者，因为家里穷，我从没有向父亲开口要过一次课外辅导书，自然也没有作文选可以让我参考。

考试前一天晚上，我早早睡了，迷迷糊糊地做了个梦，梦到第二天语文考试的作文题目，就是要编写一段取经路上的故事，而我"很幸运"，在梦里，我参与了这次取经的全过程，跟着师徒四人，降妖除魔，取得了胜利。

我猛地醒过来，感觉很神奇，也很惊喜，心里想着，今天考试要考西游记,至于发生了什么,都在我的梦里,我要牢牢记住梦里的一切。就这样,我带着忐忑而期待的心情走进考场。坐在教室,试卷一发下来,我迅速翻到最后一页,我揉了揉眼睛,天啊,作文题目竟然跟梦里的一模一样。

用笔敲了敲已经愣住的脑袋,我告诉自己这是正式考试,不是梦。因为老师让我们考试要按顺序答题,不能跳题,我就又翻回第一页,快速做好了前面的所有题目,然后把"梦里的作文"写在了作文纸上。

考试结束后,大家都在对答案,我跟往常不一样,这次我并没有参与,只是竖起耳朵听,听到正确答案就会舒一口气。因为有压力,很怕听到错误答案。考试结束后,我继续着往常的生活,家务、农活,但多了份忐忑与期待。成绩公布的时候,邻居家孩子都收到了成绩单,而我却纳闷怎么没收到通知呢,难道,这场和爸爸的赌局,我输了?我觉得不太对劲,因为我确实没有听到错误的答案。

那天,我正在西瓜地里看着西瓜,远远瞅见小学班主任骑着摩托车,带着一个人朝我家开去,我赶紧跑回家,看到他们把通知书亲手送到了爸爸面前。

"梁晓芹,考了全镇第三名!"

原来,是班主任担心我会因为学费问题辍学,就带着初中年级主任专程来家里做工作。班主任名叫桑剑,也是想给我出报名费的老师,这是我终生难忘的恩师,他给予了我巨大的支持和鼓励。

"不让她读书，就太可惜了！"

"如果让梁晓芹继续读书，她能考上好大学。"

"放心，学校会尽可能地帮助你们，前10名还有600块奖学金。"

老师们你一言我一语，真诚劝说着。

毫无疑问，我赢了。

爸爸一直不说话，一口一口抽着旱烟，不答应也不拒绝。

## 九、那一车"倔强"的西瓜

等老师走了以后，爸爸抬起头，对我说："你不是想读书吗？走，我们去卖西瓜，西瓜卖完你就能上学，卖不完就没有钱。"

"好！"

又一次，我脆生生地应下了，而且特别开心，屁颠屁颠地拉上平板车，跟着爸爸就去了西瓜地。

此时，我想说爸爸真的是无师自通型的"教育家"。他这个看似有些苛刻的要求，其实对我后来的影响很大，这种方式让我明白读书机会的来之不易，让我一直抱有对学习的饥饿感，这样才有后来我做任何事情都有不懈怠的持久力和驱动力。

父爱是一本我终身无法读完的巨作，是一片我永远飞不出去的天空。多年后，在回忆这些往事的时候，我才更深地读懂，爸爸其实一直在用看似粗暴却是无法选择的方式护着我的求学路。

在村子里，父亲是种西瓜的能手，家里的瓜个儿大、皮薄、瓤红、籽黑。那天下午，我跟着父亲在西瓜地里选瓜，精挑细选出熟透了的，小心翼翼地摘下，一个一个搬到田头的平板车上，满满一平板车的西瓜，四五百斤重，看着一个个又大又圆的西瓜，我禁不住摸摸这个，又拍拍那个，好像在跟它们说："谢谢你们，我的学费要靠你们喽！"为了遮挡火辣辣的太阳，父亲还特意在上面铺上一层新鲜的西瓜藤。那天，爸爸可能有些累了，没有多言语，只是坐在田间静静地抽着烟，仿佛在想着什么。后来，我知道了，父亲应该是在心疼自己的女儿，因为他知道这条卖西瓜的路有多难走，但那时的我不懂忧愁，因为有期待，我浑身充满了力量。

我们从天亮一直忙到天黑，然后就抓紧时间回家睡觉了，为第二天大干一场养精蓄锐。

估摸着是半夜十二点，妈妈把我叫醒，她为我们一人做了两个荷包蛋。吃好饭，我们出发了。一般情况是，妈妈把平板车压平，我拿一根绳子绑在肩上，低着头，拼命往前拉。这样才能让平板车保持平衡，再一点点向前挪动。有时候是反过来，我压车，妈妈拉车。总之，重重的平板车，身材都不够高大的我和妈妈，必须要协力才能让车动起来。木制平板车，细细的车轮，加上重重的西瓜，让我们的每一步走得都不轻松。爸爸因为腿脚不便，单腿骑着自行车，在前面带路，手里还拿着一个手电筒，尽管灯光微弱，但在我心中是那么耀眼。

记得走在一段相对平坦的路上时，我和妈妈拉着平板车"竞走"起来，爸爸打趣道"幸亏晓芹不是男孩儿，否则这板车会被拉飞起来"，听到这话，我是喜悦的，我感受到了爸爸的骄傲，是对我的认可。

当年到达目的地前必经一座大桥，名叫"响水大桥"，这也是那时我见过的最宏伟的桥梁。仿佛黎明前都是最最考验人意志的，而当年的我们，要拉着西瓜，徒步上桥下桥。上桥很难，要一鼓作气，否则重重的车子不进则退。所以，每次上桥，爸爸都会把自行车停在下面，陪我们一起推，尽管使不上太大力气，也会拼了命用手帮我们撑一下。下桥也不容易，因为车身重，如果我们不保持好平衡，重力会使得一车西瓜压过来，如果倒过来冲下桥，铲在身上是会要命的。爸爸教给我们一个方法，让平板车的尾部拖地，靠摩擦力把控平板车下滑的速度。就这样，我们一家三口协力，总算可以跟跟跄跄地完成上桥、下桥的运输工作了。

那个时候，老家的路都是烂泥路，天晴的时候，我和妈妈还能勉强推得动平板车。赶上下雨天，泥泞的道路被拖拉机碾压后，地面坑坑洼洼，路面没有干透，还会很滑，我们不管怎么用力，都推不动车子。每到这时，我们需要绕很长一段，穿过另一个村，才能走上些平坦的路。这样一折腾，没有十个八个小时是到不了目的地的。但无论道路多么泥泞，每一步多么艰难，就算是暴雨淋透了沾满污垢的旧衣服，我从来没想过要放弃。我知道，脸上的汗水雨水遮不住我眼中坚定的光芒，生活的艰辛也阻止不了我内心对读书的渴望。

我到今天也忘不掉，那个年仅14岁，矮矮的、瘦瘦的我，弓着身，踱着步，气喘吁吁，汗流浃背。双手攥紧把手，好像是拼命攥紧初中校门的通行证。手背上青筋绽露，小腿紧绷着硬得像石头般，汗珠争抢着落在路面上跳舞，我知道那是在为我加油鼓劲。

到了县城，和父亲去集市摆好摊后，我就会送妈妈坐三轮车回家看家。那时的柏油马路被夏天的烈阳炙烤后，脚踩在上面能感受到升起的阵阵热浪。每每此时，我和爸爸都是心生欢喜的："今天的瓜肯定好卖。"为了区别于周围的"竞争对手"，父亲又想到了招揽客人的营商之道，"买瓜送到家"，在我们家下单的西瓜，我会抱起来送到客人指定的地方。久而久之，"瘸腿和小姑娘那一家，送瓜上门"的宣传语不胫而走，我们的生意相对好做了很多。一个个大西瓜，抱在怀里，奔跑在集市的每一个角落，我从不觉得累，脚步反而很轻快，到了目的地，一句"谢谢"，一个微笑，我得到了最好的鼓励。

回家的时候，车是轻便的，心情也是轻松和喜悦的。我和爸爸每次都是步行回家，只为了省下两个人加起来六块钱的三轮车费。

"我们家晓芹，如果是个男孩儿，那一定不得了。"

我在前面拉着平板车，父亲在后面默默说了这样一句，我开心地笑了，那一刻，我意识到，父亲是以我为骄傲的。

但并不是每一次的辛勤奔赴都能有收获。记得有一次，妈妈身体不舒服，是我和妹妹两个人拉的车，刚到县城，把妹妹送上三轮车，瓢泼大雨淋下来，秋天就是一场雨一场凉，生意自然特别惨淡，我和爸爸从早守到傍晚，还剩大半车瓜没卖掉。天逐渐黑起来了，爸爸有些着急，说降降价抓紧卖完回家。一块钱一个，五毛也卖。可我坚决不同意，这是我辛辛苦苦，一步一个脚印从老家拉过来的，本来价格就不高，再降价卖，那我的劳动就更不值钱了。

"不卖掉，还得拉回去。"爸爸强硬地说。

"不要你管，我自己拉回去。"我更加强硬地回复。

现在想来爸爸是心疼我，他根本不想我再拉回去。可那时我就是不甘心，每一个西瓜都有我和爸爸的汗水，如果就这样贱卖了，那是对我们辛苦劳动的辜负。爸爸拗不过我，也有些生气，骑上自行车自己先走了。没办法，我就一个人拉上平板车，默默走上那条熟悉的回家的路。我不知道是跟老天爷怄气，还是跟爸爸怄气，一路上，我咬紧牙，一路没停，一口气拉上了响水大桥。

那天的雨很大，水滴砸在湖面上，泛起阵阵雾气，我当时静静地望着湖面，暗暗发誓，我一定要考上大学，这样的日子，我不想再让自己过了，更不想让爸爸过了。

到了桥下，我惊喜地发现，爸爸在那里等我。

"走，我们去你二表姑家。"爸爸看着被淋成落汤鸡的我说道。

因为爷爷奶奶就是从响水这里讨饭到灌南的，所以响水还有家里的亲戚。我就拉起车，跟着爸爸的脚步，一步步坚定地走着。

路上，雨越下越大，我和爸爸躲进路边的一个小卖部，老板看到浑身湿透的我们，看到因太阳暴晒后胳膊上已经脱了皮的我们，心疼地说:"这么好看的孩子,怎么折腾成这样。"爸爸没说话,默默抽着老烟卷,我知道他的心里也是难受的。

那晚,二姑家聚满了来串门的邻居,大家开心地聊着天,我提出把车上的西瓜给亲戚们分享,得到爸爸应许后,我特别开心地抱着大西瓜挨个送。虽然这样的送瓜更收不回来一分钱,但我心里是开心的,觉得是值得的。

"这死丫头,让她把西瓜便宜卖了,她舍不得卖,送人的时候却看不出她有一点不舍。"

爸爸摇摇头,无奈地跟二姑说着,但嘴角仿佛洋溢着自豪的笑意,我想他是在我小小的身影上,看到了自己年轻时候的样子吧,倔强又正气。

一车车"倔强"的西瓜,一个个天未亮的清晨,一句句"卖西瓜"的吆喝,让我那个暑假忙碌而充实。虽然身体是辛苦的,但心里是甜滋滋的。在那个满是汗水的夏季,我告诉自己,一定要好好学习,早一点让我和爸爸逃离这种生活。

如果你认定这份苦是自己应得的,在未来的某一天,光也必定会照耀到你的身上。

## 十、"不管石头还是砖头,捡起来就砸过去"

新学期开始了,拿着卖西瓜赚来的学费,我如愿坐在了初中一年级的教室里。守着窗边,阳光照进来,洒在书本上,白净的纸张发光发亮，有些晃眼。侧耳倾听，四季的风吹拂着书页，清清脆脆，我想那就是幸福吧。

因为全镇第三名的成绩，学校减免了我的学费、课本费等一些基础费用，但实验班要求住校，住宿费是没办法减免的，这就让我犯了难，不知道怎么跟爸爸开口。加之，因为我每天都在学校，实验班还有晚自习，相当于家里少了我这个重要的劳动力，收入也受到影响，在这种情况下，从家里拿出的每一分钱都很不容易。为了省钱，也为了能利用晚上到家的细碎时间做点家务活，帮爸爸减轻负担，我成了班里唯一的走读生。每天晚自习后，我会骑上家里的那辆破旧自行车，"哐当哐当"飞奔在回家的路上。

那时候村里条件差，路上没有路灯，黑黢黢的，寂静得可怕，偶尔听见蟋蟀的鸣叫，抑或是风吹过树叶发出沙沙的响声，更添加了一丝恐怖的气息。我总感觉身后有人跟着我，猛地一回头，发现什么也没有，心里像揣着一只小兔子，怦怦乱跳。最可怕的是，在我回家的路上，有一段路荒无人烟，两侧是大片的农田。这是从学校回我们家的必经之路，当年爸爸一个人扶着洋槐树学习骑自行车也是在这条路。所以，尽管道路偏僻、曲折，但这条路承载了我和爸爸彼时的希望。

在路中间位置有一条河，河边曾发生过命案，好像说是在争吵中一个人将另一个人推到河里溺亡了。当时警察、法医都来了，有很多村民围观。尽管不喜欢凑热闹的我没有在现场，但后来在各种场合，都会无意地听村里人你一言我一语地讨论着，也不知不觉在脑海中编织出了那"月黑风高""大雨滂沱"的可怕景象。

有些时候，听说的事情真的要比亲眼看见的更恐怖。恐惧感就在眼前，为了"看不见"，我又一次"掩耳盗铃"，闭上眼睛骑，屏住呼吸，两条腿拼命地蹬着，不敢有一刻懈怠。

然而，再怎么提心吊胆，小心翼翼，也还是没躲过意外的发生。

那天是周五，我跟同村的另一个同学约定好，一起骑车回家。晚自习后，已经十点多了，我扶着车子在校门口等她，左等右等还是不见人影，接学生的家长和同学也陆续走光了，刚刚还有些嘈杂的校门口一下子安静下来。此时，天已经黑透，用伸手不见五指来形容完全不夸张，没办法，我只好一个人慌慌张张地往家里赶。

没想到，在半路上，遇到了一群小混混，他们吹着口哨追我的车，我特别害怕，拼了命地蹬脚蹬，我骑得越快，他们好像起哄一样，追得越起劲儿。突然，一个男生骑到我旁边，推了我一下，我连人带车不受控制地栽进了河里。现在回忆那天的场景，很庆幸，河里没有太多水；很庆幸，芦苇根没有扎伤我。

记得一头栽下去的瞬间，我头脑一片空白，慌张加无助。感觉自己一个人被扔在荒漠一般，伸手想去抓救命稻草，但只有臭臭的泥巴和戳人的芦苇根。不知道该怎么办，我大哭，拼了命地哭，撕心裂肺地哭，哭得上气不接下气，整个人都跟着抽搐起来。没想到，我抓狂般的哭声把那些小混混吓住了，他们慌张地跑掉了。

等我意识到他们已经离开后，慢慢起身，但当时的天实在是太黑了，我根本什么都看不见。完全是凭着感觉，用脏乎乎的手，擦了擦脸上的泪水，搓了搓衣袖的泥。这时我发现自行车的车筐因为重摔，已经变形了，篮子里的书也被甩了出去，我摸着黑，把书找回来，只想赶紧回家。我慢慢回过神来，才发现自行车链条脱落了，只能扶起车子，往家的方向走。

到了那条曾经因溺水死过人的河边，我站住了，平时我还可以闭着眼，默念"老天保佑"，快速骑过去，可是今天不行了。没办法，我掉头回到刚刚经过的村头小卖部借电话求助。我家是没有电话的，所以打给了邻居，想请他们去找爸爸。可是邻居去家里找了，说爸爸没在。最后一根可能的救命稻草也没了，我只有硬着头皮走回家。我清晰地记得，那天的我，真的是一路哭着走回去的，好像要把心里所有的恐惧和害怕通过哭声发泄出去。

一步、两步、三步，我数着步子，总算挪到了村口，让我惊讶的是，远远地就看到爸爸拄着拐，焦急地张望着，眼里写满了紧张和担忧。后来才知道，原来爸爸每天都在等着我回家，那天他见我这么晚还没有到家，就到村口等我，所以才没接到我的电话。看到爸爸，我更加掩饰不住心中的委屈，哭声更大了。

爸爸看到狼狈不堪的我，急忙问是怎么回事。我把事情的经过跟他讲了一遍，爸爸一听，气坏了，拉着我往回走，要去找那些小混混"算账"。我们又回到了刚刚打电话的小卖部，因为我在打电话的时候听到老板说起，知道那些小混混是谁，住哪里。可是当我们去问的时候，他又矢口否认，说不认识。

找不到人，爸爸没有放弃，领着我去派出所报警，那是我第一次进派出所，看着爸爸愤怒的样子、急切的话语，我心里涌入一股暖流。因为没有线索，只有先备案。或许是为了让警察可以重视这件事，或许是为了让我不再那么害怕，减少心中的恐惧，爸爸当着警察的面跟我说："以后再遇到这种情况，你就随便捡起个东西，不管石头还是砖头，捡起来就砸过去，保护好自己，出了事儿，爸爸替你扛着。"

我又一次感到父亲给予我的强大力量，这一刻，我没有了刚刚那种委屈和无助，突然感觉到爸爸"护短"的样子真的很酷。

这件事情发生后，我看爸爸整天忧心忡忡的，他还提出来，晚上要去接我放学，说要抓出那群追我的小混混，我感到很吃惊，又感觉很幸福。那段时光是我一辈子也忘不掉的，每天放学后，学校大门口，也会有一个人在为我等候。回家的路上，爸爸会让我走在前面，他跟在后面并与我保持一段距离，希望"引蛇出洞"，尽管依旧黢黑，依旧会经过那条河，但我不再害怕了，因为我知道，有爸爸在。这不禁让我想起《少年的你》中的那句经典台词："你保护世界，我保护你。"

"这个小姑娘真勇敢，一个人骑夜路也不害怕。"这是那段时间的我，经常听到的对我的赞赏。其实，哪里来的不害怕，哪有天生的勇敢，只是我知道，那条路是我要留在学校的必经之路，是我心中的那团要继续学习的熊熊烈火，照亮了那条黑暗寂静的回家之路。

## 十一、砸锅卖铁也要继续读书

坦白说,初中这三年,日子过得挺苦的。

初一的时候,每天要骑车往返于学校和家之间,春夏秋冬,起早贪黑,风雨无阻。初二那年,为了我,爸爸找奶奶帮忙,这是记忆里倔强的爸爸难得的妥协。在奶奶的帮助下,我住到了奶奶曾经帮助过的一个叔叔家。但每天的床铺是用长条藤椅拼接的,睡在上面硬硬的,还随时担心两个椅子分开,自己会从中间掉下去。白天的担心,经常会闯入梦里,我常做自己跌入谷底、不知所措的噩梦,而后一次次惊醒。熬到初三,爸爸终于让我住校了。很多时候,群居更能凸显你的"与众不同"。

我们每周可以回家一趟,周一来的时候带上这一周的粮食。每到周一,看到同学们都聚在一起,分享着各自书包里的宝贝,肉、虾、蛋,听着都流口水,再看看自己的书包,只有米和一些萝卜干。听着同学们讲周末在家的时候,睡觉睡到太阳晒屁股,妈妈会做很多好吃的端到床头,我就好像听天书一样,真的是贫穷限制了我的想象。我一句话都插不进去,只好躲在角落里,远远想象着这份美好。那时候,我经常幻想着一些美好的场景,每每走在回家的路上,都会幻想,进了家门,会有热气腾腾的饭菜,会有父母的嘘寒问暖,会有弟弟妹妹的围前围后,可每当我走到屋后的时候,就只能听到争吵的声音。

"没有硝烟的战场。"这是我在日记本里对家的描述,好多次,我都会用"硝烟滚滚"来形容我的家。每次都是满怀期待回家，再带着无限的失望和伤心离开。

磕磕绊绊、跌跌撞撞，初中三年的学习时光就这么过去了，我迎来了又一次决定我命运的考试——中考。

中考一共是三天时间，学校为了方便我们考试，给我们安排了三天的伙食和住宿，需要交200块钱。但在我们家，是不能提钱的，我不敢开口，最后没办法了，才怯生生地跟爸爸提了。爸爸很自信地回复我："这么多叔叔都在灌南，住你叔叔家。"我从父亲的语气里听到的是自豪，然后爸爸很大方地给我拿了30块钱，让我这三天在他家吃住，就近参加考试。但是，这一次"就近"，差点让我彻底"走远"了。

记得那天是下午要参加英语考试，中午一到家我就准备做饭，没想到，那天中午，婶婶就一直拉着我说话，跟着我，一会儿到厨房，一会儿到客厅，阴阳怪气地说："你爸不想让你读书了，你说，你爸不让你读书，告诉我们干什么，你又不是我们女儿。"

婶婶具体还说了哪些话，我记不清了，但核心的这一句深深刺痛了我。我再也忍不住了。是啊，婶婶说得没错，爸爸为什么不信任我，三年来，风里雨里，不管这条求学路多么辛苦，我都没有崩溃过。优异的成绩是我的铠甲，用来保护我，我也希望可以早一天来保护我的家。可为什么，当我要上场"作战"的前一刻，爸爸要让我退场呢？退场为什么要让别人告诉我呢？

哭声持续着，我的心也一点点凉透了，掏空了，脑子里萦绕的想法是，我一直在拼命努力读书，而爸爸却在谋划我的退场，那种无助和绝望让我失去了挣扎的力气，甚至不想说一句话去辩驳和争取。

我想放弃了。

这是我人生第一次想放弃继续学习的机会，只是没想到以这样一种形式，在这样一个特殊的时刻。

这时，电话铃声响起。

"梁晓芹，你在干什么，考试要进场了，你人呢？"

班主任老师的怒吼，一下子将我拉回现实。我猛地反应过来，我必须要去考试，我的成绩会影响到班级的成绩，会影响到老师的评优，最主要的是，我不想辜负这三年来老师对我的殷切希望。拿了成绩再说吧！

一看表，还有15分钟就不能进考场了。我抓起书包冲出门，拦下一辆三轮车，我清楚地记得，花了一块五毛钱，这是平时的我不可能舍得花的路费。终于，在开考前，我跑进了考场。

坐在考场，揉了揉已经哭了三个小时，肿得像核桃的眼睛，尽管我拼了命让自己静下来应考，可还是控制不住自己的情绪，一直在抽泣。一直以来，我的英语成绩是很好的，但那个下午，卷子上的所有单词都好像在嘲笑我的软弱，让我认不清它们。耳朵也好像是上了锁，喇叭里放的听力考题，更是有种"鸡同鸭讲"的感觉。

迷迷糊糊地，我交了卷子，完成了中考的全部考试。我去叔叔家收拾了行李，一个人走上了回家的路。这一次，对于成绩，我没有了期待,因为我知道,就算考上,也很大可能不会继续再去读了。

没想到的是,我是全村唯一考上县中的。

这是我的中考成绩,也是这三年来我拼搏努力最好的证明。成绩出来,我没有一丝高兴。意外的是,看着我的成绩单,爸爸露出了久违的微笑,还有骄傲的目光。他甚至一瘸一拐,到全村去炫耀。我知道,这个成绩并不是最理想的,英语可以更好,那样我的择校费可以是最低档3 000元,现在要4 800元。

爸爸离开后,我回到老家,去寻找当年的那些回忆。那是多年后,我第一次回到了我的初中母校,进去遇到一位老师,她一眼认出了我,拉着我聊天,我才知道我当年的成绩是多么难得,说是学霸也不为过。我们那一届,每个班有60多个学生,共十几个班级,上千人,才有20个同学考到了县中。那是我们学校的"鼎盛时期",在那之后的很多年,每年依旧是几百上千人,却没有一个中考考到县中的。

4 800元,这对于当时的我们家来说,简直就是天文数字。我不敢想象,但好像也没那么在意能不能读书了。但这一次,爸爸却主动站出来了,他接下来的行动让我感受到,爸爸这一次是真的要"砸锅卖铁"供我读书了。

为了凑择校费,爸爸倾其所有,拿出了家里的全部积蓄,但还是不够。他带着我去学校,找到了校领导,把家里的情况一五一十地讲了,最主要的是想让学校为我出具个证明,证明我平时成绩很好,这次是失利了。后来,我们又到县中去找校领导谈判,希望将我的择校费降低一个档。然而,学校有学校的规定,校领导始终没有松口。就这样,我和爸爸来来回回折腾了好几趟,一次在路上,我们被车子刮倒,我和爸爸都重重摔在了地上,衣服磨破,身上也被蹭伤了,爸爸皱着眉角瘫坐在地上,鲜血从他的胳膊上流下来,那一刻我哭了。

"爸,回家吧,我不读了。"这是我第一次,主动地也是发自内心地说出了放弃。

"不行,爬起来,我们去学校。"爸爸很生气,呵斥我站起来,扶起车子,我们继续向着县中的方向走去。

3 000块,这一次,我们谈判成功了,学校减去了一些择校费,再加上爸爸的东拼西凑,我拿到了县中的入场券。

后来,听四叔说,在中考前,家里还发生了一件大事。因为爸爸在奶奶家门口废弃的猪圈养猪,奶奶嫌臭和爸爸争吵了起来,城里的叔叔们"一呼百应"地回家拆了猪圈,时至今日,四叔提起时也表达了歉意。怪不得中考前爸爸一直不让我回家,原来是怕影响了我中考啊!不言而喻,爸爸其实很早就决定,无论如何都供我读书。婶婶故意曲解,原因也很简单,担心我如果去了县中读书,会住到她家,成为负担。

后来,我也知道,读懂一个人不仅要靠自己的眼睛和耳朵,更要用心真真切切地去感受,没有人能告诉你答案,除了你自己。

不知不觉中,那个惊心动魄的暑假结束了,在忙碌的金秋,我正式进入江苏省灌南县高级中学。这是一个新校区,很幸运,我们是这个校区的第一届学生。"自强不息，追求卓越"的校训，我至今不忘。

那是一个骄阳似火的午后，明媚的阳光，正如我明媚的心情，灿烂无比，我怀着希望和期待踏进了灌中的大门。首先映入眼帘的是高大雄伟的教学楼，给人一种威严又神圣的感觉。一束阳光照在教学楼上，使得整栋楼变得金碧辉煌，如同神圣的殿堂。教室很宽敞，冬暖夏凉，也足够明亮，每天在这样的环境中学习，真的是我做梦都想不到的。

到了高中，我开始了住校生活，只是冬天时为了节约一块钱的洗澡票，偶尔还得去趟婶婶家。还有，爸爸总想着我在县城，有什么事情，叔叔婶婶可以照顾我些。但对我而言，发生了之前那件事后，我是打心底里排斥过去的。

"你们看，有大公鸡。"一个平常的课间，做完课间操后，同学们都在走廊自由活动，我像往常一样回到座位上准备下一节课的书本，忽然间，班级里的同学都站在阳台上起哄，看热闹，然后就听到他们喊我的名字，还隐约听到了爸爸的声音。我赶快跑到窗边，向下看，只见教学楼的每一层都有无数个脑袋也在朝下面看，而在楼前的空地上，我看到爸爸手里拎着一只活蹦乱跳的大公鸡，连编织袋都没套，四处张望着。

看到爸爸，我飞奔着跑下楼，心里开心坏了，满是得意。我已经好久没见到爸爸了，赶忙接过大公鸡，同学们起哄的声音更大了，那一刻，我只觉得自己是这个学校最幸福的孩子。

"放学后，送到你叔叔家。"

爸爸跟我交代了大公鸡的去向，扭头就要走，我拉住爸爸，帮他掸了掸身上的灰尘，理了理因为拄拐杖弄乱的衣服。之后，我把大公鸡送到宿舍，就回教室继续上课了。路上，我还纳闷儿，爸爸要给婶婶送大公鸡，他为什么不自己送过去，还要特意拿到学校来给我，让我送呢？我没有多问，还是习惯性地听话、照做。

放学后，我把大公鸡送到叔叔家，叔叔留我在家里吃饭，我也自然而然吃到了香喷喷的鸡肉。肉吃进嘴里，心里无比满足，我突然懂了爸爸这么做的目的。

现在回想起，那个课间，那只"咯咯"叫的大公鸡，那句语气并没有变得温柔的嘱咐，父爱总是在以我想象不到的方式陪我成长，爸爸总是以他独有的沉静，诠释着父爱。

## 十二、对着"两个月亮"许愿

为了能让我在灌南高中踏实学习，爸爸逢年过节就会到县城来，给婶婶家送些东西，顺便看看我。我知道他的良苦用心，希望我能得到他们家的照顾，我也知道，爸爸给予我的一定是他的全部。

那是高一的暑假，我们放学晚了些，我没有赶上回家的最后一班公交车，而宿舍楼又回不去了，没办法，我给叔叔家打电话，又是婶婶接的电话，我询问她能不能让我借住一晚。"第二天一早就走"，我印象特别深刻，那个电话里，我怯生生地问，同时反复强调第二天早上天亮就会走。没想到,电话那头的婶婶很热情,出奇的热情,让我快到家里去,还给我准备了吃的。

我受宠若惊又有些惶恐不安,总之是很复杂的情绪,在叔叔家过了一夜。第二天,天还没有大亮,我收拾好行李,准备跟叔叔婶婶道谢后就离开,可婶婶说一定要我吃了午饭,午休后再走。不管我怎么推脱,都没有拗得过她。她还递给我十块钱让我去买菜做饭。午饭后,我再次起身要走,婶婶还是以各种各样的理由让我留下。那些年我的内心一直是惶恐的,不懂拒绝也不会拒绝,甚至内心对抗拒的人和事还报有期待。

"你现在回家也没什么事,你的另一个叔叔在办补习班,你可以利用暑假时间去学习一下。正好你弟弟奥数也需要补习,你就别回去了。"

婶婶的话,让当时的我听着还挺温暖的,她还是希望我多学习的。加上可以给弟弟补习,好像也不算白吃白喝,仿佛心里找到了某种平衡。我就答应了下来,给爸爸打去电话,说明了原委,之后留在婶婶家,开始了保姆兼家庭教师的暑期生活。

因为从小吃尽了寄人篱下的苦,我很有眼力见儿,每天很早起床,给全家人洗衣服,做早饭,收拾好碗筷,打扫了家里的卫生后,我会再赶去补习班,擦黑板,擦桌椅,搞教室卫生。补习结束后,我再回家做饭,之后给弟弟补习。

就这样,整个暑假我都在婶婶家忙碌着,虽然累点,但感觉很有收获。婶婶对我的态度也客气了许多,我以为这是她的改变,对于她的变化，我是心怀感恩的。

　　暑假快结束的时候，一天我们高中同学组织聚餐，我提早跟婶婶讲了，晚上不回来吃饭，八点钟左右到家，她欣然答应。可就在这一天，就在我快到家的时候，在转角处，听见婶婶跟邻居在嘀嘀咕咕。我侧耳听，大概的意思，说我晚上不回家，不检点之类的。我听后很委屈，那时候我想不通为什么，但又没有资格去辩驳。

　　"妈妈，你不要乱讲，就你一个人在胡说。"弟弟急着要打断他妈妈话的样子，还是让我觉得有些欣慰的。

　　后来，我想明白了，有些人的心是永远焐不热的。但为了能继续上补习班，我隐忍着。没过多久，婶婶的态度愈发恶劣，原因是，叔叔要带弟弟出去旅游，不需要我辅导弟弟作业了。

　　那天晚上，我陪着她去商场给第二天出发的弟弟买了几件衣服。回家后，我熟练地拿起新衣服，剪掉商标就开始洗。我低着头干活，就听婶婶在数落，好像哪哪都不是的样子。遇到这种情况，我一般会躲着她，可那天明显是躲不过去了。我憋着眼泪开始收拾行李，她也终于不忍了。

　　"要走快点走。"婶婶大声说。

　　弟弟疯了一样，不让他妈妈再说什么，她却越来越起劲。我默默地放下钥匙，正准备走的时候，她又说："把钥匙留下。"

　　"已经放回原处了。"我憋着眼泪，低声回答。

　　离开婶婶家，我一个人在这个城市流浪，最初目光所及的还是城市里的灯红酒绿，渐渐地，街边的门市陆续关门了。过了一会儿，连路灯都灭掉了，远处的楼房里，也一点点关了房间里的灯，我的眼前变得漆黑一片，仿佛整个世界都睡着了，只有我一个人无家可归，原本还热气腾腾的一切变得冰冷下来。我漫无目的地走，边走边哭，此时天空淅淅沥沥地飘起了雨，泪水、雨水将我淹没，到后来眼睛哭花，看东西都有重影了。

我寻着亮光走着，走着走着，突然感觉天亮起来了，我抬起头，天上居然有"两个月亮"，把人间照耀得璀璨夺目。

"哇，怎么会有两个月亮！"我心里反复嘀咕着，又揉了揉眼睛，再次抬头，没错，就是"两个月亮"。我立刻握紧双手，放在胸前，看着月亮，默默地许了个愿望，我一定要考上大学，一定要出人头地，一定要改变自己和家庭的命运。许完了那个美好的愿望，我抬起头，让雨水尽情地拍打着我的脸庞。

雨越下越大，将我拉回到现实，我想回家了，可是我没有车费。我就等天快要亮的时候，联系了同学，让她给我送来车费。后来，淅淅沥沥的小雨变成了瓢泼大雨，我知道行李是拿不走了，所以请她陪我去婶婶家拿行李。我们等在楼下的角落，看到叔叔带着弟弟大包小包地出门了，看到他们走远的背影，我们才准备上楼。

"为什么不能让你叔叔知道？"同学很诧异地问。那天的她很替我打抱不平。

"我不想他们因为我吵架。"这是我发自内心的想法。

那天的我特别怕碰见邻居再去做解释，可往往是"怕什么来什么"，当我埋头准备上楼时，正巧碰见邻居出门。

"咦？怎么今天没去补课呢？"邻居大嗓门地问着。

"家里有事，准备回去了。"我小声回答，面对邻居的问题，我下意识选择了回避。

我敲了敲门，开门后，婶婶睡眼惺忪，转身进了卧室，还不忘补一句"全部拿走"。

我二话没说，和同学两个人一趟又一趟将被子、脸盆、书本搬到楼下。外面的大雨挡不住我的决心，我毅然决然地走出了大门。同学帮我叫了一辆脚踏三轮车，把行李都搬去了她家。

等一切安顿好，我一个人坐上了回家的公交车。那天的场景让我记忆太深刻了，因为雨太大，车上只有我一个人。我就像一只"落汤鸡"，落寞地坐在车上，绝望地看向烟雨朦胧的远方。此时的我已经哭不动了，只想快点到家，结束这荒唐的闹剧。走着走着，我震惊了，那不是昨晚的"两个月亮"吗？怎么是建筑工地的两盏灯？！哪有什么奇迹，都是我的妄想而已。

爸爸看到我肿得像核桃一样，还布满血丝的眼睛，问我怎么了。

"没什么，是你女儿自己找的。"

面对爸爸反复的追问，我不想说事情的经过了，说出来也无济于事。事实上，我也觉得人家没有错。直到高考前，我才知道这个故事的另一个版本，终于明白以讹传讹的可怕。我高考是借住在另一个婶婶家的，又听到一版关于"不知恩图报女孩的故事"。补习班叔叔看我没有去补习了，就给婶婶打电话问原因，婶婶居然跟他说，是我嫌弃她家的床小，不够睡，让我打地铺，我很矫情地不同意，一气之下就回家了。我只是呵呵笑了笑。

这件事情对我的触动很大，我深深意识到，想要别人真正尊重你，对你真心，必须先强大自己，一切要从改变自己开始。我告诉自己，苦难是生活的教科书，这本书，只有自己慢慢读。这件事情，我一直没有对其他人说过，直到表弟结婚，叔叔请我去给表弟接亲，我一再推脱，架不住他的一再邀请，最后还是同意了。那天晚上，我们叔侄俩进行了彻夜长谈，叔叔是后来才知道的，他也很愧疚。其实，我答应了他的邀请，说明早就释怀了。我内心其实还挺感谢婶婶，她是我人生路上的强心针，虽然疼，但很有力量。

林清玄先生在《感谢困难》中写道："困难、折磨、痛苦是多么珍贵！如果一切平顺，谁会静下来沉思，谁会生起智慧，谁又能在平凡安逸的日子中超越自我、登上高峰呢？如果没有困难，谁又会谦卑地跪下来祈祷？谁又能相信有无边的宇宙？谁又能寄情于来生呢？"文章最后，林先生发出感叹，他感谢困难、挫折与痛苦。他感恩那些曾经折磨过他的人，正是那些折磨他的人，考验了他，提升了他，增长了他的智慧。

今天的我，回过头去看过去的自己，我发自内心地感谢生活给予我的苦难与挫折，让我在一次次跌倒后，更加勇敢地站起来。我想人生最大的荣耀是，重整旗鼓与调整心态，那是历练自我的最佳选择。

## 十三、"你好，我叫达芙妮"

到了高中，优异的成绩，老师的夸奖，同学的鼓励，让我越来越自信、勇敢，对自己的未来充满了期待。

英语的学习，我接触得很晚，到了初中才认识A、B、C、D。但是，当我进入这个由二十六个字母编织起的长长短短的句子中，我发现，它为我打开了一扇新世界的大门。我希望了解更多。我想知道，在地球的另一端，是什么样的人在说着跟我们完全不一样的话，却又表达相同的思想。那些我们在书本里看到的句子，他们说起来是什么样的呢？好多个问号在我心中升起。

"实验中学有两个外教。"

当我听到同学跟我讲，实验中学居然请来了外教给学生上课后，我眼前一亮，告诉自己，我要认识他们。

要交外国朋友，那就要先给自己起个英文名吧。我清楚地记得，听到这个消息的那天中午，我没有去吃午饭，而是拿起英语词典，从头开始翻，翻着翻着，"Daphne"这个看着很美好的单词映入我的眼帘，寓意积极、自信、甜美、友好，这不正是我想表达的自己吗？好，我的英文名就叫"Daphne"。可等我后来到了上海，才发现，那是一个女鞋的品牌名。

起好了英文名，接下来就是邀约了。那个时候也没有电话，我就找了一张看起来很漂亮的书信纸，工工整整写下了想与他们交朋友的愿望。在最后写道，如果可以，我希望能在本周五的中午12

点,在我们学校北门大门口见面。

信寄出了,我的心也好像被寄出了一样,整个这一周都忐忑不安,紧张又充满期待。终于,见面的日子到了,我不确定这封信他们是否能收到,更不确定他们会不会来。那天下课后,我飞奔到学校北大门。

天啊,我揉了揉眼睛反复确认,没错,阳光下站着的正是两个金发碧眼的外国人。我下意识地整理了衣领,用力咳嗽一下,清了清喉咙,尽管内心已经激动万分,还是佯装淡定地走了过去。

"Hello, my name is Daphne."轻轻点头示意后,我用现在回想起来,有些蹩脚的英文打着招呼。

这是一对来自加拿大的夫妻,他们选择到中国工作两年,同时感受一下中国文化。后来,他们告诉我,选择来连云港的原因是,他们看到"连云港"这三个字,字面理解为,这里有海,有云,有蓝天,一定是很美的地方。但是,来了灌南后,他们很震惊。

"There is no sea, no cloud, no beauty, inconsistent with place name."他们声情并茂地向我表达着不解和诧异。但他们很高兴,能收获我这个朋友。简单的交谈中,我能感受到他们的真诚与善意,阳光打在他们笑盈盈的脸上,真美好。

后来,我带着他们到各个班级免费上英语课,同学们很新奇,他们也很高兴。之后的一年多时间,我一直跟两位外籍老师保持联系,通过和他们交流训练自己的英语口语。

高二那年,两位外籍老师任职结束,准备回国了。走之前,他们提出想去我的家看看,想知道是什么样的家庭培养出如此乐观、勇敢的"中国女孩"。

那天晚上,我给爸爸打电话,告诉他我的外国朋友想到家里来做客,爸爸一听,沉默了,不知道要说什么。

第二天中午,太阳当空照,爸爸骑着自行车到学校找我,我记得那个时候我们刚刚搬到新校区,校园里的树还是新移植的小树苗,根本遮不住夏日午后的太阳。我们俩找了一棵看着最"健壮"的小树,爸爸把拐杖横放在树下,我们坐在拐杖上。

"非要来我们家吗?我们家什么都没有。"爸爸直奔主题。

"家里不需要准备什么,卫生打扫干净就好。"我低声,略带恳求地说道。

"不能去其他同学家吗?一定要来我们家吗?"

"不能,因为他们是我的朋友。"

这一次,我斩钉截铁地告诉爸爸我的决定。爸爸再一次陷入沉默,很久都没有说话,最后慢慢站起来,骑上车,离开了。

到了去家里的日子,我带着两位外国朋友坐上了回家的公交车,路不好走,有些颠簸,他们好奇地张望着路上的一切,微风吹过,绿油油的麦田犹如一池湖水翻起层层波浪。

下了车,还要走一段路才能到村口,这段路就是初中时,我要闭眼奔跑的路,但今天感觉特别美好。

我们边走边聊天,走着走着,我看见村口笔直地站着两个人,在紧张地眺望。没错,那正是我的爸爸妈妈。我能看出来,今天的他们是精心"打扮"过的,换上了平时只有重要场合才舍得穿的衣服,衣服和鞋子都是干干净净、清清爽爽的。

我快步走上去,跟我的外国朋友介绍,这是我的爸爸妈妈。外教热情地上前,给了他们大大的拥抱,然后转身就给我竖起大拇指。

"Unbelievable, you are crazy, you are excellent."

可能在他们的想象中,我的父母应该是与众不同的,可是没想到,就是眼前这两位身患残疾的农民培养出了这样积极、乐观、健谈的"中国女孩"。

回到家后,眼前的一幕也惊讶到了我,这还是我平时回的家吗?一切摆放得整洁有序,屋里屋外打扫得一尘不染,能看得出来爸爸对这件事的重视,甚至我觉得这是爸爸的生命中,第一次如此"隆重"地对待一件事。

那天,两位外教还跟我们一起下地干农活,插秧、拉板车,体验了田里的辛苦与快乐,当他们听到这是我从小到大的"另一间教室"和"另一份学业"时,再一次瞪大了眼睛,不停地说着不可思议。

在院子里,听着我介绍各种野花野草,他们好像对一切都充满了好奇,会不时地把野花野草摘下来放在嘴里尝尝味道,从始至终,完全没有嫌弃我们家的简陋,笑起来给人的感觉特别纯净。

"村里来了老外。"大家你一言我一语地议论着,屋前屋后来了好多人"围观"。当我回头看见站在角落里的爸爸,看着他挺拔的身躯、高昂的头,我想,这一刻的他也是骄傲的吧。

那天的外国朋友带着胶卷相机,帮我们拍了很多照片,他们在后来给我的信中写道，这些照片带回到加拿大，挂在墙上，家里来了客人，都会介绍，这是他们在中国最好的朋友。在回学校的公交车上，两位外教正式向我提出：资助我读书，不管我读到哪个阶段。

没有片刻思考或犹豫，我拒绝了。一种民族自豪感在我心中油然而生，我想告诉他们，虽然我的家里条件不是特别好，但我是中国人，我可以在自己的祖国完成我的全部学业，我的父母会支持我，我的国家会帮助我。

后来，他们准备回国了。临行前，我听说他们的女儿将要结婚，我绞尽脑汁想准备一份有意义的礼物。到礼品店，我看到一个小海豚的水晶摆件很精致，海豚又是爱的象征，我想告诉他们，尽管我们中间隔着千山万水，但我会一直记着他们，让小海豚把美好的祝福带给他们。结账的时候，我才发现，这个摆件是全店最贵的。尽管囊中羞涩，我还是毫不犹豫地拿出全部积蓄买下了。

他们回国的机票是要去南京购买的，那天一早，我陪着他们坐着大巴车去了南京，当了一天的小翻译。这是我收获的第一份国际友谊，也是最让我难忘的友谊。在这两年的相处中，我愈发自信，也愈发有力量。

## 十四、我决定了，艺考

高中三年，还是发生了大大小小一系列事情，爸爸在这阶段身体不好，折腾了几次住院，我很担心出现"子欲养而亲不待"的遗憾。再加上之前婶婶的一些行为，让我感受到了无限的压力，所以，在我的心里一直有个声音在反复说：一定要考上大学。但不知道怎么回事，我越着急，越努力，成绩反而越下滑。那段时间的我，很焦虑，有时候，我坐在教室里，一边听着老师讲课，一边眼泪会不知不觉地滑落下来。

有一次考试，我的数学成绩退步很大，数学老师把我叫到办公室。

"梁晓芹，你要是不好好读书，以后给你送到农村去，让你种地、喂猪，看你怎么办。"

听到老师的话，我当时的第一反应，心底里想说的话是："老师，这些我都会。"

那时，没有人知道我的处境，也没有人理解我为了能考上大学能付出怎样的努力。

高三上学期，在一个平常的晚自习，南京艺术学院的一位学长到我们班来做宣讲，介绍艺考培训班，着重介绍了广播电视编导专业。没想到，学长一开口，下面就有同学吐槽他，让他快点走。大概的意思是，我们是实验班的学生，不需要这种考不上大学才考的专业。尽管班上的同学你一言我一语地嘟哝着，但那天的我听得很认真，而且越听越起劲，突然有一个想法闯入我的大脑，这个专业可能是我的出路。

学长走出教室，我紧跟着冲了出去。

"学长，我想学这个专业，但我家庭条件不好，没有钱让我学专业课。"

我将自己的期待以及顾虑一五一十地跟学长讲了，他听了我的文化课成绩之后，很吃惊。"给你免费，你考好了，回到灌南帮我们做宣传"，我们很快达成了这样的"交易"。

专业课的学习哪里有那么简单，这一切又回到了贫穷的家境上——因为穷，我们家一直没有电视机，更买不起各种课外书，所以我到了高中，还没有完整地看过一个动画片，一部电视剧，一部电影。

没看过电影，影评该怎么写呢？

面对广播电视编导专业的入门考试，我愣住了。好在，我的语文成绩一直还不错，尤其是作文。老师常有的评语是"写真情实感是你的优势"。就这样，在学长的带领下，我开始看电影，慢慢摸索着写影评。

那时，通常讲的艺考就是美术、音乐等，广播电视编导还很少有人知道。

其实，当个别任课老师知道我要去学艺术的时候，还是很诧异的，感觉浪费了一个好苗子，会在平日的言谈举止中流露出遗憾。好在，我的班主任刘锦锋老师非常支持我的决定，他看到了我在这个专业上的潜在优势，他也愿意帮助我走上这条艺考路。那时我没有手机，艺考报名留的电话都是班主任的。后来年级主任知道了这件事，专门来找我谈话，在他的观念里，实验班的学生不需要走艺考的路。为了说服我,他还特意跟我讲:"艺术类专业学费都很贵,就算考上了,你们家也没有钱供你去读,你为什么还要考?"我知道这也是他的担忧。

是啊,这就是我的处境,这就是摆在眼前的事实,但我就是那种愈挫愈勇的孩子。那颗希望的种子已经在我心里种下,那个五彩斑斓的世界是那么令我神往,无论如何我都不想轻易放弃这个可以让我考上大学的机会。所以,我决定,说服爸爸支持我。

我跑到操场边上的电话亭,拨通了邻居家的电话。

"爸,我想参加艺考,但老师不同意。"

"老师不同意就不考。"

"老师不同意不是因为我考不上,是怕我考上了也交不起学费。"

这是年级主任找我聊过的那天晚上,晚自习休息时,我给爸爸打去的电话。我其实是想到了爸爸可能会说那就别去考这类的话,但心中还是抱有一丝希望,希望得到他的支持。

爸爸沉默了很久,我不知道电话那头的答案会是什么,但我知道我要再为自己争取一下。

"爸爸,我考上大学,你帮我先去贷款,等我毕业后赚到钱会立刻还上的。"

"想考你就去考。"

爸爸说着,然后就把电话挂掉了。电话这头,我听到了"嘟、嘟、嘟……"的声音。虽然爸爸的声音依旧听着严肃,但是很坚定，我听得很清楚。那一刻的我非常开心和喜悦。

其实，那个时候的我，也不知道学校会有助学贷款，帮助贫困生，只是听爸爸曾经跟我说，我考上大学，他可以到信用社借贷款，所以就想这么跟爸爸约定好，请他安心，我将来会自己赚到钱还上学费，不给他太大的压力。还好，我坚定的信念换来了爸爸肯定的回复。

有了爸爸的支持，我更加坚定了，艺考。

## 十五、那辆开往上海的班车

从零开始，专业课的学习无疑是不容易的，好在有学长的耐心指导，我也利用一切可以利用的时间恶补看电影，似乎我对电影里的故事和镜头语言总能有独到的见解，就连学长对我的艺考也充满了期待。一阵补习后，学长大学也要开学了，他要带着大部队去南京，集中学习，集中参加艺考。问题来了，我没有钱，也不想找爸爸要。此时，我收到外籍朋友回国后寄来的越洋信，我在回信里写了我现在的情况，以及这可能是我人生的一次机会的想法。没过多久，我接到了中国银行的电话，说有人给我汇了200美元。

对于当时的我来说，200元人民币是我一个月的生活费，拿着200美元让我满是无措与不安。后来，我收到他们的回信，信中写道他们很开心收到我的信，了解我的近况，欣喜我的成长，也很支持我对未来的选择，鼓励我不要放弃，自己选择的道路，要坚定地走下去。

拿着从大洋彼岸寄来的信，我仿佛看到两位外国朋友就在旁边对我微笑，给我鼓励。人生第一次，我走进了银行，拿出200美元兑换了人民币，简单地收拾好行李，坐上了去南京的班车。

在南京，为了节约钱，我们一起租住在仙林校区空旷的毛坯大别墅里。毛坯房自然只能容身睡觉，客厅里、卧室里放满了上下铺，一个床铺两个人，挤得满满当当。那时的南京特别冷，让人一直打哆嗦，但无论天气多么寒冷，我的心都是滚烫的。

就这样，半年的学习与考试，我一个人走过来了。从南京集训回到灌南时，我手里已经握有北京、天津、南京等地几所高校的艺考录取通知书，很多同学觉得我一只脚已经踏进大学校门，而我却总觉得少了点什么。

刚返校就赶上了学校组织的冲刺模拟考。那时，一行几十号人，好像只有以我为首的几个同学在专业课之余还认真自学文化课的。考完后的第二天我走在学校里，路过的熟悉的老师都盯着我，正纳闷的时候，才被告知我竟然考了五百多分，正好卡在了当年的一本分数线。同学们瞬间"沸腾"了，有人跟我说："晓芹，你半年没来上课，还能比我考得好，太过分了吧。哈哈。""你在南京是练了学习内功么，也太厉害了吧。"老师也把我当典型宣传，这无形中给了我鼓励。

无论是南京、北京、天津，都意味着我可以跃农门了，去大城市发展，可看着其他同学羡慕的眼神，我总感觉心里空落落的，好像少了些什么。或许是因为，我读初中时，村里就陆续有人到上海打工，他们每次回来都穿得光鲜亮丽，还给家里人买回各式各样我没有见过的新奇玩意儿。所以，在我的脑海中，那一定是一个很有魅力的城市，"上海"这两个字在我心中留下了深深的烙印，我希望能去这个充满机会的城市找到属于自己的机会。而眼下，考上海的大学应该是最合适的路了。

有一天，我在教室旁边的走廊上晨读的时候，听到旁边的几个也是参加艺考的同学讨论，要考复旦。我一听，马上凑过去，反复确认了，没错，就是上海复旦大学，真的有一种"耳边一亮"的感觉。当天晚上，我脑子里全是"复旦"的响声。为了确保信息的无误，我开始了人生中第一次网吧之行。那时，在我的观念里，网吧是"不良少年"才去的地方，我恨不得蒙着脸进去。昏暗的灯光下，满是重击敲打键盘的声音，大家全情投入地打游戏，我找到一个角落坐下，不知所措地摸索着电脑，可是，好一会儿过去了，我连开机键都没有找到。旁边的人看不下去了，顺手帮我打开了电脑。

因为没怎么接触过电脑，记不住键盘，我只能用一根手指，"一指禅"式地敲出学校的名字。当看到招生页面上"复旦大学上海视觉艺术学院"，复旦大学的校徽，我感到热血沸腾，脑海里畅想着考上复旦的场景，站在"大上海"的场景。我下定决心，无论如何，拼了命也要试一下。细读了报名信息，我发现距离现场考试还有不到三十小时。

现实的残酷让我即刻清醒，我没有钱，连路费都没有。那时候我的妹妹订婚了，妹夫家在学校旁边开了一个小饭馆。第二天上午一下课，我就冲回宿舍取了行李，孤注一掷，厚着脸皮去找妹夫的妈妈借了600块钱，并且承诺我一定会还的。拿到钱，我连连鞠躬致谢，然后飞奔到汽车站，准备出发去上海。

那时交通不便，我们县城每天只有一班发往上海的长途汽车，我一路狂奔，在发车前跳上了那辆于我而言承载着梦想的班车。惊喜的是，车上还坐着那天一起讨论的其他三位女同学。就这样，我们四个农村女孩儿开启了征服上海的面试之旅。

开往上海的一路，夜色渐渐降临，外面的气温越来越低，车窗上满是雾气。到了上海已经是晚上10点多了。我们下了车，三月的上海，晚上凉飕飕的，湿答答的空气一下子从鼻腔扩散至全身，唤醒了晕车的我，不自主地打了几个寒战，但我仍觉得热血沸腾，感觉双脚站在了梦想的土地上，路两旁霓虹灯闪烁，前面像是星光大道，一切都是金灿灿的。我拉着同学兴奋地说："你们快闻，上海就是不一样，空气都是甜的！"大家哈哈大笑起来。

一个响亮的喷嚏把我拉回现实，这么晚了，我们去哪啊？好在，其中一个同学的叔叔在废品收购站打工，我们投奔过去，有了第一个落脚点。废品站的简易房子四面透风，酸臭味弥漫，小小的破旧木板搭的床上，四个女孩蜷缩着争抢一张床单。真的太冷了，南方的寒气袭人，深入骨髓一般，以至于现在的我，一到冬天还会想起关于那晚的清晰记忆。

因为担心迟到,第二天天未亮,同学叔叔特意为我们包了一辆小面包车载我们去了松江大学城。到了学校门口,6点左右,天刚蒙蒙亮,我们激动地一个一个从面包车里跳下来。

不一会儿,一位穿着干净笔挺呢子大衣的保安大哥朝我们走来。

"你们几个干吗?"

"我们来考试。"

"你们的父母呢?8点才开始报名啊。"保安大哥有些诧异地问。

"我们来面试要父母做啥?"我的反问也让他愣住了。

现在想想,那天的场景还挺搞笑的,我们"理所应当"地认为考试是自己的事情,完全没有想到要让父母陪。而见惯了大包小裹陪考父母的保安大哥又"理所应当"地认为这四个姑娘咋没有父母陪,自己就来了,孤零零的身影有些"特立独行"了。

我想还有一个多小时才开门,就开始"盘算"着当晚的住宿问题。报名费300元,往返车费要100多元,琢磨着手里的钱有点紧巴,那住宿和吃饭上一定要节约。

我们开始围着学校,一家一家询问旅馆的价格,转了一大圈,最便宜的也要120块钱一晚,我央求着老板:"我们住三晚便宜点。"

"最低100块一晚,你们四个人睡一间我还没说啥呢,一般都是两人一间呀,小姑娘。"老板被我说得也没了办法。

"我们都是学生,实在是没钱,100块我们也不好平摊呀。"我软磨硬泡，最终老板心软了，80块一晚的住宿费成功谈成，同学们夸我"谈判"技能厉害，我也露出"嘚瑟"的表情。

安顿好一切，我们怀着激动的心情奔向我们理想的大学。

## 十六、周杰伦是谁

我们并排站在复旦大学上海视觉艺术学院门前，看着精致的校牌，正对大门的是一座形似眼睛的大楼，楼前是美丽的喷泉。那一瞬间我有点恍惚，这就是梦想中大学的样子吧。我激动地拉着同学们的手做了一个宣誓的造型，面朝着学校大声喊道："我们非这所学校不上！"

2007年，"周杰伦"这三个字在华语乐坛，在青少年群体中是很有分量的，现在我们聚会，大家都还调侃说，"周杰伦是我的青春"。每当这时，我都会忍不住笑一笑，离"青春"那么近的一次，我却头也没回地错过了。

报名那天，志愿者学长陪我们参观校园，其中一位反复打量我，之后说："你长得好像梅婷呀，你为什么不报表演、播音主持呀，也可以多一点选择嘛。我跟你讲，周杰伦现在就在学校拍《大灌篮》呢，你想不想看，我可以带你进到拍摄场地。"

学长的话，引来了同学们的惊呼，围着他想要得到见偶像的机会。而我一心想着，周杰伦是谁，关我什么事，满脑子都是第二天面试的事情，无论伙伴怎么劝我，我都不理会，一个人开始了备考计划。

为了给考官留下好印象，我特意选了一家理发店，小心翼翼地跟店员说:"我明天要面试，我想洗个头吹个造型，多少钱呀?"

店员小哥哥非常亲切，很热情地接待我坐下，"你要面试啊!那我好好给你吹，不贵的，收你十块。"

"我是自然卷，我怕明天会乱了。"

"没事儿，明天我可以一早过来帮你再弄一下。"我当时感觉上海哪里都好，每个人都这么美好、友善。

回到宾馆，我把多次陪我披荆斩棘、上战场的"战袍"挂起来，这是我在南京艺术学院门口的地摊上，花十块钱买的白西装外套，这是我人生中第一件正装，我相信这次它依然会带给我好运。

第二天的第一场面试类似于"群面"，每个人随机抽一张图片，根据图片上的提示编故事，以我当时的知识面和生活阅历，是非常不占优势的，我刚想好手中的卡片该怎么讲，一个"机灵"的男生快速抢走了我的卡片说:"咱俩换换。"这下更糟了，他的这个题目难住我了。卡片的内容很抽象，其实我根本没太明白那张卡片上的具体信息，只能深呼吸，平复内心，脑海里快速搜索能关联的信息。记得我编了一个圣诞节给老师惊喜的故事，故事本身可能并没有特别之处，但是读书期间的小习惯却意外给我"加了分"。

我像朗读课文一样声情并茂地编故事，一边还带着手势比画着，考官们被我略显滑稽的"朗诵腔"给逗笑了，说:"你可以去掉感情再讲一遍吗?"现在回忆那个场景，我自己都忍不住想笑。

考官问："你为什么选择报考编导专业？"

这个问题让我联想起电视剧里节奏紧张的面试场景，主人公往往会通过真挚或机智的表现拔得头筹，其中有一个片段是这样的：

考官问："你们觉得记者的定义是什么？"有经验的竞聘者回答得非常高大上："我认为记者是市民最后的堡垒，为市民着想，为市民发声，这就是记者的本质。"尚且青涩的主人公则是说："虽然笔比枪强大，但是饭比笔强大，我父亲去世前曾说过，这世上的所有事都是为了混口饭吃，如果没办法吃到饭，那工作还有什么意义呢？记者应该是不能说谎的职业吧，因为知道混口饭吃比任何事情都重要，所以此刻我没办法为了当记者而说谎。我认为记者的定义就是，不说谎还能拿到月薪的职业。"最终，主人公成功晋级。

为何这个片段让我印象深刻？因为和主人公一样，我首先得能吃饱饭，才能实现所谓的理想。或许也是因为我和片段里的主人公一样，凭借着淳朴而真挚的表现，从众多的考生中脱颖而出。

那时候，我坦诚地回答说："我的钱只够报考一门，我没法像其他考生一样每门都试试，考上哪个算哪个，我是孤注一掷，只能选择唯一学过的编导专业。"

这个回答像"炸弹"一样引爆了现场，考官们不由得开始互相小声交流了起来。考官们被我勾起了兴趣，问了很多"天南海北"的问题，引导我讲了很多自己的故事。

"你非常像《亲情树》的主人公。"当时天气还有些寒意，但考官们的问题仍不间断，现场氛围热火朝天。

"好了好了，先去把羽绒服穿上，别冻着了，等到时候回到学校再聊。"

"到学校再聊？"我敏锐地捕捉到了这句话的关键词，而后高兴地和老师们说再见，那是我感觉最放松最特别的一场面试了。后来的两场笔试也非常的顺利。

完成了全部考试内容，返程又成了难题。从上海回老家只有每天早晨5：30的一趟车，早晨从松江出发到上海汽车总站时间根本来不及，而大家手上的钱，零零散散加起来也不够付住宿费了。同学们就"怂恿"我，拿出谈判技巧，给面包车司机打电话。

"哥哥，我是前天坐你车到松江考试的学生，我们只剩80块钱了，想跟您商量一下，能来接我们去车站吗？"其实，我也就是赶鸭子上架，试试而已。

"我来接你们。"没想到，他爽快地答应了。

那天晚上我们就到了火车站附近，大家小声商量着，准备不吃晚饭将省下的零钱送给司机哥哥表示感谢。他似乎看出了我们的窘迫，知道我们准备在火车站坐一晚上时，他带着我们去了附近的"乐购"超市，选了很多火锅食材和大家喜爱的零食，并且邀请我们去了他租住的地下室。在那里，大家愉快地分享着面试的趣事，吃着美味的火锅，氛围暖洋洋的。为了让我们几个女孩能休息一下，司机哥哥将房间让给我们，自己在面包车里将就了一晚，第二天一早准时将我们送上了返乡的班车。

后来再跟朋友提起这件事的时候，大家会说："你们几个女孩也太没有安全意识了,在那个'天眼'还未普及的时期,万一遇到坏人后悔都来不及。"今天的我已经记不清那位司机哥哥的样貌和名字,但我每每回忆起来,都不禁感慨我们是幸运的,我相信世上还是好人多,感谢他在我心中留下了上海最温暖的人情味儿。

最终,我这个在考官眼中"特别"的学生在满分400分的考试中,以372分的总成绩成功晋级。遗憾的是,随行的小伙伴们都落选了。

现在回想起来,从得知消息到借钱出行再到顺利面试,这一系列行动简直是环环相扣一气呵成的,倘若没有偶然听到复旦也招收这个专业的消息,倘若没有借到那600元钱,倘若那天没有赶上那一班车,倘若没遇到这些同行的小伙伴,尚且稚嫩的我或许会走上另一条高考之路。而我的人生好像一直都是这样,每一次都刚刚好。不禁感慨,那时候的我内心要有多笃定,才能在几乎所有人都反对的时候,继续坚持选择,逆势而上。有时候人生就像那唯一一辆开往上海的班车,机会只有一次,跳上去,就是另一番光景。

## 十七、穷人的孩子,缺什么

2007年的夏天,注定是让我终生难忘的,我咬紧牙关,奔赴改变我命运的人生大考——高考,高考注定是我生命之书中浓墨重彩的章节。都说高考是每个考生的"成人礼",心性会因为高考的磨砺愈发成熟,我知道那些曾经的煎熬将是我成长的"养料",助我破茧之后化蛹成蝶。在电影《高考1977》的评论区，有一句话让我印象深刻：为高考而奋斗，远比高考本身伟大得多。十年寒窗、伏案苦读，我不会用"辛苦"来形容我的求学路。反观这一路的跌跌撞撞，"值得"两个字或许更贴切。

我记得当同学们焦头烂额地翻阅着厚厚的报考指南时，我潇洒地在志愿书上填写了复旦大学上海视觉艺术学院广播电视编导专业，唯一志愿。那一届，我们这个文科实验班加上我才考了十个本科生，我想，如果不是提前做了准备，那时的我估计也轮不上填志愿吧！

虽然在高考前我遇上了没有医德的"庸医"，挂了十几天的药水，最后是班主任老师送我去正规医院检查出药水的问题，又连续几天挂水稀释排毒，高考期间我都是挂完水进的考场，但幸运的是，那年，我以高出录取分59.5分的成绩考上了梦寐以求的大学。

手捧录取通知书时，我顿时有一种从未有过的轻松感。我急切地打开通知书，飞快地阅读着，简直不知道自己看到些什么，只见文字从眼前掠过。那一刻的我，不知道该说什么，那份喜悦也不知道该与谁分享。我一步步磨蹭着走回家，将通知书放在了餐桌上。弟弟妹妹不知道这意味着什么，只觉得是一份特别的东西，反复翻看着，妈妈看了一眼后，转身去做饭。

"爸爸，我考上了。"

我看了一眼坐在门口的爸爸，一口口抽着烟，我想他一定是喜忧参半的。

我们一家五口都默契地没有说话，我也知道，入学通知书上清晰写着的22 000元学费，对我们家而言，这是比天文数字还要大的天文数字。

日子继续，我每天更早地起床去地里干活，白天到县城找一些兼职做，尽可能多攒些学费。那天，我和爸爸在田里插秧，突然路过田头的邻居吼了一声："梁晓芹，你的学校叫你赶紧去一趟。"我一听是去学校，赶快跑回家，换了一身干净的衣服，最合身的条纹T恤，牛仔裤。尽管衣服也是救济来的，有些破旧了，但我很喜欢，因为只有这件看着像是我的衣服。

我飞奔到学校，来到宽敞的会议室，当时的场景还是震撼到我了，校长、年级主任、班主任居然都坐在里面，另一侧是我们这一年级成绩比较好但家境贫寒的同学。我敲门进去的时候全场鸦雀无声，我刚一坐下，一个陌生的但很亲切的老师又重复了刚刚给同学们的命题。

"你们觉得，穷人的孩子缺什么？"

东看看，西看看，同学们都低着头，没人发言。我看到校长和老师们都有点尴尬，果断地站了起来，感觉到现场瞬间松了一口气。其实，我根本也没有想好，只觉得我应该站起来。可能这是我的条件反射，一开始我就是想缓解尴尬的气氛，也可能潜意识就想着要抓住机会。

"穷人的孩子，缺少的是抓住机会的能力和走出去的勇气。人生不在于拿到一副好牌，而在于打好一副坏牌，我有信心打好这副坏牌。"

其实放到现在,这个答案都不算差。没有任何提前的准备,对,很多人疑惑我脑子里是怎样飞速旋转出这个答案,如果一定要问我为什么这么想,我想应该就是"念念不忘吧"。要知道那些年,充斥我内心的都是"如何跃农门""改变命运""抓住一切可能"这些事,自然也就脱口而出了。我始终坚信,脸上的泥土不会掩盖我眼中热切的光芒,生活的艰辛也不会阻止我内心对于读书最纯粹的渴望。

后来记者紧追着问了很多问题,我跟着问题讲了很多我求学的故事,还有那个外教朋友的故事。我看到他们不断地抹着眼泪,我很震惊,还有人听我的故事会落泪,我第一次那么清晰地感受到陌生人的善意,甚至比平日里的亲朋还要真实。

当天下午,助学团来到我家,看见父亲正顶着大太阳插秧,我立刻下地帮忙,看到我娴熟地干着庄稼地的活,他们连连发出感叹。临别前,《扬子晚报》的何玉萍阿姨给了我一个大大的拥抱,那是我记忆里的第一个拥抱。次日,随行记者,我叫她冯可姐姐,在《扬子晚报》上刊登了5 000字的通讯《现场求证:贫困的孩子缺什么》。文章一出,迅速引起了关注。

"人穷志不穷",这是父亲一直在践行的价值观,也潜移默化地影响着我。真正的苦难是治穷的特效药,我相信,这第一年的学费,就是在给我开具药方,接下来的路,要我自己去走,去创造属于自己的未来。

从破洞花书包到白西装外套,在这条风雨求学路上,我的装备越来越好。从最开始，我对好好学习的认知是，成绩好才能争取到继续学习的机会，到后来，我意识到成绩好能成为爸爸的骄傲，再到大一些，当我看到了人间冷暖，我坚信，只有好好学习才能改变自己和家庭的命运。

从"今年读完就不要读了"到"想考你就去考"，陪伴我一路走来，父亲的态度也在悄然发生变化。这种变化是我带给父亲的，我看到了父亲提起读书的大女儿时，眼神里藏不住的光芒和嘴角边乐呵呵的微微上扬。

与风雨相伴的那程求学路，在今天回忆起来，有些不可思议。无论怎样，我经历了那些岁月，也收获了那些岁月。那些看似不起波澜的日复一日，让今天的我看到了坚持的意义，而激励我走到今天的所有的动力都来自我对家庭的责任和对未来的渴望。

漫漫求学路，我也曾迷茫过，踌躇过，但最终的我还是坚定地走下去，虽远必行。

高考结束，我就像爬上了一座高山，山的那边还有很多山，而这个登高望远的过程让我积攒了更多凌绝顶的经验，继而振奋精神，迈向下一段人生旅程。

随着时光的流逝，一切似乎都被蒙上越来越厚的尘土，只有那些亲历者，自加磨洗，尚能识得其中的一鳞半爪。留下些许的记忆，将它说出来，希望能给予正在努力前行的你一些鼓励，放手一搏吧，当未来的某一天，你回过头去看，会泪流满面地感激你自己。

第四章
越苦难越努力，
越努力越幸运

  来到上海,我意识到,只要自己肯努力就会有收获。我把时间掰碎了用,一部分脚踏实地地生活,一部分拼凑出梦想的模样,人生没有一步是浪费的。我在自己的赛道上跑出了别样的风景。

  大一寒假结束,我准备返校,临行前,爸爸从兜里掏出满是褶皱的 520 元钱递给我,我强忍着不让泪水流下,连 20 元零钱都给了我的爸爸,一定是倾尽所有了。攥着爸爸拼命为我攒下的生活费,那一刻的我告诉自己,这一定是我最后一次向爸爸要钱了,我要更加拼命,不仅要自力更生,更要早日给家人无忧的生活。

  如果不被苦难打倒,苦难就成为奋斗的动力。

## 一、那个被感动铺满的夏天

2007年的夏天,注定是刻在我心坎里,一辈子都忘不掉的,因为那一年的夏天有最感动的阳光。

那年夏天,我拿到了梦寐以求的大学录取通知书。爸爸激动地奔走相告,还特意在家里张罗了一顿升学宴,邀请了亲朋好友,那是我有记忆起,家里办的第二场大事。

第一场是弟弟10周岁的生日,还是为断了很多"剪不断理还乱"的关系。那时的农村,很多所谓亲戚仗着家里孩子多,想出各种理由办"喜事",反正有些人家就是年年有"喜事",其实只为了收礼金而已。爸爸最反感这样的事情,但这一次是为了我,如此兴师动众地办"喜事"。那天只有几桌人,但来的亲戚都知道爸爸不是为了收礼金,只是因为高兴。爸爸酒精过敏,平时滴酒不沾,这一点我也遗传了他。每次如果有人起哄让爸爸喝酒,都会有人打趣提起他当年的糗事。

爸妈结婚那天,被亲友团逼着要喝下三杯啤酒才能把人娶走。端起酒杯,爸爸说:"喝了酒,那新娘就带不回去了。"所有人都不信。爸爸果真没有说错,三杯酒下肚,随即昏睡过去,直到傍晚才醒酒,把新娘带回家。从那以后,外婆家再也没有人以长辈之威或其他任何理由逼他喝酒了。

可不知道为什么,升学宴那天,爸爸主动举起酒杯敬到场的大家,他说了很多话,语气有些哽咽,而最让我难忘的是萦绕在耳畔，挥之不去的爸爸爽朗的笑。刻在我脑海里的是听到别人祝贺"还是老梁你家厉害，出了个女大学生"时，爸爸眼神中闪烁出自豪的光芒。那一刻的我，是那么感动，也是那么骄傲。

那年夏天，因为学费问题，我们家愁云惨淡。当其他同学在聚餐、旅游，为即将开始的大学生活做准备时，我还在田地里，顶着大大的太阳，跟爸爸干农活，将渺茫的希望寄托在田里的作物上，幻想着它们的卖价暴涨，多攒点学费。幸运的是，那个平常的午后，我接到了学校老师打给邻居家的电话。我立刻到学校，赶上了《扬子晚报》组织的利群阳光助学活动。

那年夏天，我收到了太多陌生人的善意与鼓励，第一次上台分享，才知道会有人因为我的故事落泪；第一次感受到除了爸爸外，还有那么多陌生的叔叔阿姨对我发自内心的关心；第一次拥有手机；第一次坐上轿车；第一次到高档餐厅吃饭。太多的"第一次"让我心怀满满的感谢与感恩，并牢牢记住那个美好的夏天。

只要追求，就有阳光。"扬子晚报利群阳光助学行动"始于2001年，是一项大型社会公益助学活动，帮助品学兼优、生活贫困的高考生实现大学梦想，一次性对贫困学子捐助5 000元。2007年，助学活动第一次到灌南，到灌中，很幸运，我遇上了，更幸运，我被选上了。

2007年8月底，我一个人前往南京参加了《扬子晚报》举办的助学金发放仪式，活动现场四位有代表性的学生上台发言，我被安排在最后一个。其实，那个时候的我也不懂什么演讲技巧，只是将发生在自己身上的真实故事讲述出来。在演讲的最后，我铿锵有力地告诉台下的观众，我们的人生才刚刚开始，大学是我的起点，我一定不辜负大家的帮助，创造属于自己的精彩人生。让我万万没想到的是，本已经被各自苦难故事惹哭的同学们，突然都振奋起来，或许是我对未来激昂的宣言，抑或是我的坚定信念，让他们也信心满满，更期待我们的未来吧！

活动结束后，《扬子晚报》的一个姐姐让我住在她家里，那是一套位于南京市区的公寓，姐姐跟我说这是她大学毕业后，父母送给她的，属于她个人的空间，周末会回家住，平时妈妈来打扫卫生。聊天中，我了解到这个房子每平方米6 000元。听到这个"天文数字"，我惊呆了，这一切于我而言都是不可思议的，因为我们家全年的收入都没有6 000元。而更让我没有想到的是，后来发生的一切都在一点点打破我原有的认知。

助学报告会后，《扬子晚报》又出了整版新闻报道，瞬间我受到更多的关注，很多好心人打电话给报社，表示想资助我。有一位爱心人士，我称他郑叔叔，跟报社说想见见我，带上他的家人跟我一块吃个饭，我受宠若惊，如期赴约。那天，郑叔叔开着车来报社接我，郑叔叔是一位很儒雅的商人，听到我的故事也很受触动，希望我能与他儿子交流一下。上车后，我有些惶恐，僵硬地打着招呼，他们一家人也很有礼貌地回应着我。

一路上，我新奇地左顾右盼，不一会儿，我发现了"新大陆"，眼前一亮，惊喜地说："咦，我发现了一个规律，左面的车灯亮，车就向左转，右面的车灯亮，车就向右转。"说实话，本来的我是带着惶恐的心情，还想通过这样的"新发现"和大家有个互动。

突然间，车子里更安静了，空气仿佛凝固住，也没有人回应我的"新发现"。现在回忆起那天的自己，因为不知道是怎么回事，因为叔叔阿姨友善地没有现场"教导我"，所以我也没有感到丝毫尴尬，继续欣喜地看着车窗外，看着外面那个新奇的世界。我想郑叔叔一家是多么的睿智，他们明明知道早晚有一天我会懂得这个"知识点"，不需要现在让她懂，他们用这种无声的方式，善意地维护着一个女孩的"自尊心"，如此细腻的举动，让我更加感恩这些陌生的贵人。

到了酒店，首先映入眼帘的是服务员整齐的站位，很热情地迎接我们进入，我学着点头示意表示"谢谢"。进入餐厅，富丽堂皇的气息扑面而来，我默默感受着这个不一样的世界。

用餐期间，郑叔叔和阿姨很周到地照顾我，频频给我夹菜，嘱咐我不要客气，多吃些，还时不时地提醒他们的儿子多向我学习。吃饭时，我讲述了一些他们认为是苦难，而我却没有觉得有多难的成长故事。我印象很深，那个小我几岁的弟弟，好像听书里的故事一样，目瞪口呆，原本是大口大口咀嚼着菜，也一点点放慢了节奏，竖起耳朵，认真地听着。

离开前，郑叔叔给了我一个信封，说这是他们全家给我的。打开后，我震惊了，里面装着10 000块现金，这是我人生中第一次见到这么多钱，居然是一个陌生人给我的。

为了方便我与资助者联系，报社的冯可姐姐将她的一个老式诺基亚手机送给我，虽然手机键盘因为长时间摩擦已经无法分辨出字母了，但我如获至宝，因为这样我就有了与外界联系的工具。

伴随录取通知书而来的，是通知上写着的学费22 000元，住宿费1 400元。爸爸东拼西凑为我凑出1 400元，够交住宿费，而学费就只能靠爱心人士的捐赠了。郑叔叔给了我10 000元，助学行动的助学金是5 000元，再加上其他人的帮助，有些是1 000元，有些是2 000元，很快就凑够了第一年的学费。

手里握着来自陌生人沉甸甸的关爱，我的心久久不能平静，感激之情溢于言表，我认认真真记下每一位捐赠者的联系方式，给他们发去信息表示感谢。到后来我走进大学，依旧坚持每学期的期末给他们发信息，报告考试成绩和近期的自我成长，我希望让他们知道我的持续努力，让他们不后悔对我的慷慨解囊。仿佛拼命学习的意义也有一部分在于此，我希望给他们多报告好消息。

《扬子晚报》的工作人员联系我，说还有很多人想资助我，我都逐一感谢并拒绝了。但后来，我还是接到了很多好心人的电话，他们说我不需要知道他们是谁，也不用见面，以后也不用联系，给一个卡号就可以，他们说是被我的自立自强激励到，就是想表达一份心意。

那个时候的我，内心已经被感动和感恩的情绪填满了，这是我从小到大从未体会过的感觉。

我说："很感谢大家的帮助，我现在已经凑够了第一年的学费，可以实现我上大学的梦想，到了大学后我可以勤工俭学，自力更生。""我收到的关心已经很多了，请您去帮助其他像我一样贫困的学生。如果以后需要，我会再去联系你们的。"其实，我早就打定主意，今后的我，是不会因为钱再去求助社会的。那时的我，对新世界的生活充满了自信。

我当时的想法非常朴素，我是这么想的，也是这么做的。因为我深刻体会过那种处于低谷时，需要人来拉一把的感觉，所以我想让他们多去帮助别人，让更多像我一样的同学有机会实现"跃农门"的梦想。

万事尽头，终将如意。

有些话，只有经历过，才能真正懂得其中的含义。经历了风雨求学路的磨砺，经历了前20年岁月的沉淀，我所受的苦，埋藏在心底的委屈，都化作雨露，滋润着崭新的生活和被爱抚慰的心灵。

上海，我来了！

## 二、上海，你好

2007年的夏天，我带着两个愿望来到了梦寐以求的上海。因为害怕留下"子欲养而亲不待"的遗憾，我想能够尽快给爸爸好的生活，所以我在心里默默许下了一个当时看起来或许不可思议的愿望：大学毕业前改建家里漏雨的危房。

我是一个滴水之恩涌泉相报的人，当接过爱心人士帮助的时候，我就立志要让自己有能力成为像他们一样的人，把爱心传递下去。

为了尽早地实现这两个梦想，大学里，我拼尽了全力。

我见过深夜的上海，白领拖着疲惫的身躯走在回家的路上；我见过清晨的上海，清洁工早已把路面扫净，小吃摊冒着热气。在这里，在生活的路上，每个人都在拼命奋斗。

凑够了学费，我开始欣喜地准备入学的行李，四叔送给我一个鳄鱼牌的行李箱，我将衣服、生活日用品、高中没用完的笔记本统统装进去。此时的我，观念还没有从高中生活转变过来，也不知道大学里是什么样的，所以吃饭的饭盒，洗漱的脸盆，还有洗衣粉香皂等，我拿了一个大编织袋，都带上了。升学宴那天，叔叔拍着我的肩膀，很高兴，说要安排人和车送我去报到。从小到大，无论是幼儿园、小学、初中，我都没享受过父母送去上学的待遇，长大了，反倒享受了一把。我知道，他也是发自内心的高兴，毕竟我不仅是梁氏大家族第一个考上大学的"女大学生"，还是全村第一个。

开学的日子到了，这一次，真的要启程远行了。没想到，再次到上海和第一次去考试时的场景完全不一样。那个时候，智能手机还没有普及，没有百度地图、高德地图这样的软件，完全是依靠看纸质地图找方向。因为老家的司机没有开过上海那么错综复杂的高架桥，我们七拐八拐，进了上海的主城区，加上是晚高峰，道路有些拥堵，我们晕晕乎乎转了两个多小时，一路上问了好多人，才找准"正道"。折腾了一整天，我还晕车了，吐了一路，等到学校的时候,已经很晚了,我错过了开班仪式,错过了第一次和老师、同学见面的机会。

到了宿舍,我看到其他三位室友都整理好了床铺,她们都是父母送来的,叔叔阿姨忙前忙后地为自己女儿张罗着。与她们的"前呼后拥"相比,一个人提着大包小包的我显得有些不太一样。我也不敢多说什么,打了招呼后,默默收拾着自己的行李,然后就躲到蚊帐里,听着房间里父母对孩子的千叮咛万嘱咐。

后来,我的一位室友,我们称呼她董小姐,她说那天见到我,感觉我是一个很高冷的人。她还开玩笑说,来学校之前就听说读这所学校的都是家里有"背景"的学生,要么是有钱,要么是有权:她以为我是哪家的大家闺秀,不苟言笑。后来的我们再次聊起入学那天的场景,说起大家对彼此的"误会"时,都忍不住哈哈大笑起来。

入学后,就是开学典礼、安全教育学习等,我们寝室的几个同学也日渐熟络起来,董小姐也慢慢发现我其实是一个特别大大咧咧、好相处的人,与我走得越来越近了。她的妈妈因为担心她,一直在学校留到正式开学一周后才离开。我印象特别深,走之前,阿姨拉着我的手说:"晓芹,我就把女儿交给你了,她从小没离开过家,也没有干过什么活,这是她第一次出远门,很多事情,你多帮着点她。"一边说,一边还偷偷抹着眼角的泪水。几天的相处,阿姨看出来我是一个"干过活"的孩子,也比较自立,就希望我和她女儿能多交往,一起成长。面对这突如其来的信任,我有些措手不及,又乐呵呵地应承下了。事实证明,在这四年的大学生活里,我确实是保护她们的"晓芹姐",甚至全班同学都叫我"晓芹姐"。后来我才知道,阿姨待这么久就怕女儿不适应,她想如果学校不好,董小姐不适应就带她回家,现在我和董小姐见面的时候还会拿这事打趣。

正式上课后,我们迎来了第一次人生选择——分专业。如何分,是学院看大家高考时的数学成绩。数学好一点的同学会被分到文化产业管理专业,另一部分就分到广播电视编导专业。当时,我们寝室四个人都被分配到文产专业。但我仔细想了一下,文化产业管理,落在了"管理"两个字上,我就是一个学生,怎么有能力和资格去管理呢?与其这样,还不如学习一些扎扎实实的专业技能。我觉得,编导专业是技能型的,学过后,我会说、会写、会拍、会剪,至少,毕业后可以有一门手艺。所以,我就坚定地选择了广编专业,寝室里的另外两位同学选的和我一样,只有一位选择了文产专业。

广播电视编导专业的专业性质和行业要求,决定了这是一个操作性很强的专业。为了能更好吸收课堂知识,我每节课都坐在第一排,上课认真听讲,积极回答老师提出的问题。也许是我的这种"突出",在很多同学眼中是不习惯的,背地里会有些不友好的声音。然而,我也不在意,坚持做着自己认为对的事情。有段时间,我看不懂他们,他们也看不懂我。竞争班委的时候,我自告奋勇要做学习委员,当选后,我还在班级里打响了一个口号:"大一结束,全班过四级!"

班上的同学看着我的"逞能",出现了越来越多的负面声音,而当时的我完全沉浸在"一起进步"的高中学习思想中,根本听不到这些。为了保证各个不掉队,身为学习委员的我,每天都在乐此不疲地催收大家的作业,有些同学拖沓,有些同学不做,我都会不厌其烦地反复叮嘱、跟进。

平日里,大家都关着宿舍门,自顾自地做着自己感兴趣的事,可到了每学期期末,我们寝室就热闹非凡。因为我每节课都去,而且认真做笔记,尤其是老师在课堂上反复强调的"期末一定会考"的内容,我更是标上了五角星。不仅如此,我还会根据自己对这门课的理解,给考题进行分类猜测,哪些是必考的,哪些是80%会考的。有了这项"特异功能",我就成了有些同学眼中要临时抱的"佛脚"。

到了大学,我还是一直沿续高中的学习状态,就这样,第一学期结束,我的平均绩点是3.97,全年级第一名。成绩出来后,我收到了一条来自学院潘立明老师的短信,大概的意思是,他对我的成绩很吃惊,没想到我这样家庭走出来的孩子,平时要把很大一部分精力放在勤工俭学上,仍能取得这么优异的成绩,他用"了不起"来表达对我的肯定。

坦白说,当我看到这条短信,第一反应不是欣喜而是有些意外。因为,在我的固有思维里,3.97的绩点并不高啊,说明还有很多科不是满分,要达到4才是最好的。所以,在之后的学习中,我更加努力,而这条来自潘老师的短消息也在无形中激励着我,给予我无穷的前进的力量。

入学教育的时候，班主任老师鼓励我们说，要好好学习，争取拿到国家奖学金，那意味着最高荣誉，也能拿到最多的8 000元奖励。当时，我就设定了目标，要拿国家奖学金。老天真的没有辜负每一个辛苦付出的人，第一学年，我就拿到了国家奖学金。我记得，当时分配到我们学校的国奖名额一共就四个，相当于不是每一个学院都能分配到一个名额。所以，当我作为我们学院代表拿到了这份至高的荣誉时，那份喜悦感是发自内心的，热烈的。

但后来，我意识到，我不能再拿国奖了。因为拿了国家奖学金，就不能再拿国家励志奖学金5 000元了。如果我拿的是学校的一等奖学金，也是8 000元，那还有机会申请到国家励志奖学金，加在一起就是13 000元，算起来，这样的组合距离凑够我的学费，更快些。

"老师，下次我不想拿国奖了。"

我找到辅导员老师说了自己的想法，她有些诧异，但听到我的"冷静分析"后，她多了份对我的心疼，也能理解我这个"特别"的想法。

从农田到教室，从村小到灌中，从小村庄到大都市，一直以来，迈入大学是我的坚定信念，大学是我梦想的殿堂，为了来到这里，我经历了风风雨雨，体味了苦辣酸甜。来到复旦大学上海视觉艺术学院，我发现大学不仅是一片圣土，更是一个熔炉。这里融入了天南海北与社会方圆，其中有来自五湖四海的同学，有各种各样、丰富多彩的活动，形成了独有的校园文化，更包罗了世间百态和人间万象。如果说人生是一本书，那大学生活便是书中最精彩的篇章。

### 三、食堂里的微笑服务

迈入大学校门的那一天，我就给自己设定了目标，自力更生，靠自己，首先是要赚学费和生活费。再一个目标是，我要在毕业前给家里改建漏雨的危房，以最快的速度让父母过上好日子。因为父亲的身体出现过几次问题，我也越来越害怕，越来越担心了。只是，那时候的我，不知道多年后的自己依然要面对失去他的痛苦，依然无法接受这样的事情发生。

我一直认为，选择比努力更重要，但当你没有选择机会的时候，那就选择拼命努力。为了实现自己的目标，还是学生的我，唯一能想到的就是勤工助学的岗位。所以，当我安顿好后，就去找了辅导员，带上《扬子晚报》对我的报道作为证明，说我的家庭条件比较差，想要争取一些勤工助学的岗位，我需要靠自己赚钱，才能养活自己，交学费。这样的举动，这样的坦诚，这样的渴望，在那时也是与众不同的。

辅导员听了我的事儿，立刻帮我联系了后勤，安排我到食堂去擦桌子。因此，我的作息表更是满满当当了。我们当时是11点45分下课，紧接着我就飞奔到食堂，穿上雨靴，挂上围裙，端起铁盆，拿起抹布，看到有同学吃过饭离开后，就麻利地去擦拭桌上残留的饭渣和污渍。不一会儿，食堂的人越来越多，自然也有同班同学。大家看到我后也有不一样的声音，有些是鼓励，还有些是质疑。当然，我依旧是自动过滤了那些负面的杂音，把这看作一份神圣的、可以给我赚学费的工作，所以格外认真。我也真心不觉得"丢人"，用劳动换取报酬，合情合理。我大大方方地在食堂里，忙前忙后。当我看到有同学对我投来或诧异或怜悯的目光时，我没有闪躲，而是用微笑回馈，那时的微笑是发自内心的。现在想来，我的这个能力其实是父亲传递给我的，生活再苦我也没见父亲抱怨过一句，对他人都是能保持善意的，对未来都是充满期待的。后来，我明白了，你的世界的样子似乎就是你内心的样子。

当时，因为室友董小姐特别听妈妈的话，经常跟着我。所以，我的勤工俭学之路也会偶尔有她的陪伴。只不过她不愿意在外面擦桌子，就在后厨里洗碗或者负责分拣碗筷。现在想想，还是特别谢谢当时能有这么一个伴儿的。

后来，她通过自己的努力考上了复旦的研究生，还是她最向往的新闻系，如今她也成为众多"沪漂族"里为数不多能扎根上海的人，并且做着自己喜欢且擅长的工作，爱的人也恰巧爱着自己，还有个长得很像她的大胖儿子，对未来充满了期待，我想这也是给当年熬过了考研苦的她的一种回报吧！后来，她跟我说受我影响很大，每次坚持不下去的时候就想起我，然后对自己说："你看晓芹姐多努力，咱再坚持坚持。"就这样，一切也就挺过来了。

食堂的工作可以为我带来每小时8元钱的工资，还有一顿免费的午餐，这样算下来，我还是很知足的，也很珍惜。每天，差不多是在下午1点钟干完手里的活，然后花几分钟，狼吞虎咽地吃完午饭，紧接着就飞奔到教室，开始下午的课程。

后来，辅导员老师又帮我找到了在图书馆勤工助学的岗位，工作任务是把图书按位归整，把乱放的书归到原位或是把同学们归还的书送回到指定位置，依旧是每小时8元钱。就这样，每天中午和晚上吃饭的时间，我在食堂里擦桌子，到了晚上，再去图书馆搬上搬下地摆放图书。为了能找到更多兼职，我还特意办了一张"兼职卡"，兼职信息会发送到手机上，接的兼职就多了：马路上发传单，给淘宝服装店做平面模特，开业典礼的礼仪人员等。兼职形式五花八门，收益也不一样，但有一点是共通的，那就是每一次的兼职经历都锻炼了我的能力，也让我更了解这座城市。多年后的今天，再回想起当时拼命工作的自己，还是引以为傲的。

大一的日子，每天除了上课，我把所有能用得上的课余时间都用在勤工助学的岗位上，生活就像陀螺一样旋转不停，室友经常说，每天只有在教室能看到晓芹姐。因为，早上室友才起床的时候，我早已经离开了，而晚上很晚才会从图书馆回来。

忙忙碌碌了一个学期，我不敢让自己有丝毫的停歇，到了寒假，我去实习单位工作了半个月，临近春节才回家。年后，我又急着赶回学校，临行前的晚上，爸爸递给我520元钱，看着他粗糙的手，黝黑的皮肤，眼角深深的皱纹，我的心好像被鞭子抽打了一样。我很不想接过这笔我们家的"巨款",但是没办法,因为我下学期的生活费还不够,只有接过来。转过身的那一瞬间,我的眼泪不争气地落下来,心想那一定是爸爸的全部了。我在心底暗暗发誓,再也不能伸手向他要钱了,我不能把自己的梦想建立在爸爸的辛劳之上,我必须要尽快站起来,独立起来。

回到学校后,我就捣鼓着怎么多赚钱,后来我明白用体力赚钱根本解决不了问题,我开始想着做生意,批发了矿泉水到体育场卖,用专业去服务企业等。

## 四、我导我人生

广播电视编导具有电影学与广播电视艺术学相互交叉的性质,同时涉及新闻传播学、艺术学理论等学科,属于应用性较强的专业。通过一段时间的专业课学习,我的感悟能力与想象力得到了极大提高,我也越来越喜欢自己选择的专业,希望通过系统的学习,实现自我价值,导出属于自己的精彩人生。那时候,我还想着将来有机会一定要拍一部关于父亲题材的电影,让更多人能看见我那位善良、勤劳、朴实又有些可爱的父亲。

来到上海,走进大学,我慢慢意识到自己是一个与周围同学有些格格不入的人,他们口中经常讨论的话题,例如假期到国外去度假,这些对我来说无异于天书一般,不敢想象。而我,拿着按键都模糊的老式手机,因为没有笔记本电脑,每次交作业还要手写在本子上，交手写版。那时候交剧本创作的作业，我经常洋洋洒洒地写好了一整篇，但发现有不足的地方要修改，其他同学遇到这种情况，只需要在电脑上稍作调整，重新打印一份就好，而我要做的是从头到尾，重新写一遍。因为我们的作业大多是写文章，所以我特别"费本子""费笔墨"，感觉没多久一个新本子就被我用完了，得再去买新的。在这个过程中，我洞察到了"新商机"。我发现，大学城里的本子卖得很贵，要比老家贵很多，我可以从老家进货，再到学校去卖。不过，当我正为自己的机智"沾沾自喜"时，瞬间又清醒地意识到了这里面的不切实际。因为，在大学里，像我这样买本子的人也不是很多。我经常像这样蹦出一个又一个想法，也会在实践中验证，绝大部分是不可行的，但似乎人生的每一步都没有白走。

  对于自己的"异样"，我从未感到过自卑，而是更加坚定地告诉自己，我要做的是踏实走好脚下的每一步。为了实现入学前给自己定下的目标，我甚至要把一分钟拆成两份过，一份学习，一份工作。室友经常调侃我是20世纪60年代的人，因为我总是把照顾家里、照顾弟妹挂在心上。在他们的观念里，弟妹是父母的责任，不理解我为什么要扛起这个担子。面对大家的不理解，甚至有些曲解，我不想做过多的解释，我要做的是坚持自己的这份坚持。广播电视编导专业教会我如何导，如何演，我要用所学的知识，做自己的导演，无畏别人对我的指指点点，导出自己的多彩人生。

  在大学生活了一段时间，我发现这座"象牙塔"是有棱角的，一不小心就可能撞伤。第一次让我感受到被撞痛，是因为一辆自行车。

我有个关系很好的小学同学，她读到高二就没有继续读书了，记得她弃学那天，我骑着自行车飞奔去她的学校想要拦下她，告诉她不能放弃。多年后，她告诉我很后悔没有坚持下去，当初没吃读书的苦，现在要吃生活的苦，而且无止境。

她后来去了苏州，在一家工厂打工。大一那年的"十一"假期，我到苏州找她。离开前，她特意为我买了一辆折叠式自行车作为我考入大学的礼物送给我，我很开心，想着这样就可以更快地穿梭在教室、食堂、宿舍之间了，可以节省不少时间。我搬起自行车，先坐火车再转大巴车，一路跌跌撞撞，辗转好几个小时，终于把自行车抬回到学校，每天骑着车在校园里来来往往。可没过几天，一些不友好的声音出现了，有些同学在背地里议论说："她的家庭条件不是很不好吗？那为什么还有自行车？家庭条件不好，怎么又能来我们学校读书？""太虚荣了。"……

面对这些刺耳的声音，我更多的是不理解和难过，但也不想去做过多的辩解，只是在内心深处告诉自己，我们不要比现在，我们来比比四年以后，十年以后，我的这股子劲头像极了爸爸。现在想想，当时的自己还是因为年轻，才会有稍显稚嫩的想法，其实，无论何时，与他人比较都是毫无意义的。

## 五、"晓芹姐,有蟑螂"

因为上学晚,我是寝室里年龄最大的,大家都喊我晓芹姐。也可能是从小在家就是长姐,习惯了那种责任与担当。久而久之,大家在遇到一些不知如何处理的生活琐事时,也会下意识地大喊一声:"晓芹姐。"

我记得那个时候,董小姐的地盘经常会出现蟑螂。董小姐发现后,第一反应是跳起来,然后大叫:"晓芹姐,有蟑螂!"而我也是条件反射一样,腾得一下从床上跳下来,随手抓起可用的工具,"哐当"一声打死蟑螂。然后再淡定地处理好残局,还要时不时地安慰一下那几个惊魂未定的小姑娘。

还有一次,我们差点闯了大祸。当时是冬天,有个室友在寝室用电饭锅优哉游哉地煮火锅吃,我依然戴着耳机剪片子。我经常以这样的方式自顾自地忙碌着。

突然听到一阵乱叫:"晓芹姐,着火了。"

她们三个人看到火星,很团结地抱在了一起,又很团结地齐声高呼我的名字。我转头一看,真的有火苗,也吓了一大跳,瞬间有个想法"不能着火,否则我们会被开除的"。此时,她们还在叫"晓芹姐,快点快点,着了,着了"。我赶紧冲到插线板旁,没有多想,徒手把插头拔了下来。

后来才知道,因为某人的懒惰,插线板的线一圈一圈地缠绕着,用电时间久了会发热,热量到一定程度就起火了。为这事,我那天第一次冲她们发火。从那以后，我们寝室再也没有用过小电锅了。

多年后，我们聚会时再回忆起那天的一幕幕，大家都还会紧张到喉咙发紧，董小姐还说，当时如果不是晓芹姐，那后果就不堪设想了。

我们寝室其他三位室友是金牛座，我是处女座。大学四年，我们的相处还是很融洽的，因为很多时候我自认是姐姐，在很多方面是不计较的，但也不免有时候还是会有点小难过，觉得她们不懂得关心我。哈哈，现在想来是格局小了。

记得有一次，隔壁寝室的一位同学为了感谢我的帮助，特意准备了一只烤鸡送到寝室，并反复强调说："晓芹，这只鸡是给你的哦，你一定要记得吃哦。"还故意把声音拉得长长地说了两遍，因为她比我更了解那几只小馋猫。

在我的观念里，好吃的是要大家一起分享的，有两个室友没在，我又急着去勤工助学，表达了谢意后，就把香喷喷的烤鸡放在我们公共的书桌上。没想到，当我晚上回到寝室时，发现那只鸡已经只剩下骨头了。对于这件小事，我还记得清楚，自己都有些诧异自己的小肚鸡肠。其实，我只是有些伤心，在任何情况下，我都惦记着她们，而她们却总是"不小心"地忘了我。

诸如此类的小事情还有很多，但都随着时间的流逝慢慢淡了。有时在一些聚会中也会偶然当成趣事谈起，我也大大方方地告诉她们我当时心灵有点受伤。

没想到多年后的她们居然是用惊讶的表情和一些"插科打诨"

回复我。

"对哦，我们怎么没想到呀。"

"就连生日，三个人凑一顿请我。"

"都没给我过过生日。"

"那怪谁，你的生日在暑假啊。"

"礼物可以送的嘛，我每次都是精心准备，我从来没享受过收礼物的感觉。"

"你懂的，金牛座的小气和好吃，改不掉了。"

"一个寝室三个金牛，你摊上了就认栽吧。"

"谁让你是处女座呢，黄金搭档。"

……

在我们寝室，有个不知道从什么时候起定下来的规矩，谁拿到奖学金谁请客。国家奖学金、国家励志奖学金、一等奖学金、助学金等，我几乎拿遍了所有奖励，自然也就成了室友们重点关注的"饭票"了。每次奖学金公布后，我都不是第一个知道结果的人，她们会比我更在意我今年的"收益"。当我走进寝室，看着大家化好了精致的妆，穿上了平日里舍不得穿的盛装，笑嘻嘻地看向我，我就知道，"钱包保不住了"。

其实，尽管通知里是公示了我可以拿8 000元的奖学金，但她们不知道这个钱根本到不了我手里，而是直接被抵扣学费划拨走了。所以，每次请客，都是我兼职、创业辛辛苦苦攒下的，每一分钱都饱含着我的汗水和心血。

那时年轻啊！吃饭、唱歌，她们可以折腾大半个晚上甚至是通宵。这种状态不仅是得奖后的庆祝，也可能是青春的狂热吧，经常找个理由就到KTV里撕心裂肺一场。开心要唱歌，难过也要唱歌，谈恋爱了要庆祝，分手了要告别，反正理由很多。那个时候的我，总是想不明白，晚上好好躺在床上睡觉不"香"吗？为什么一定要在KTV，那么嘈杂的环境，唱着一首首"说不清，道不明"的情歌。有些时候，我因为要熬夜剪片子或是写稿子，有几次没有跟她们一起行动，就被说是"脱离组织"。为了不被扣上"脱离组织"的帽子，我只能一起行动，到了我就找个拐角睡觉，她们唱着张靓颖、周杰伦、五月天……那时我根本不知道这些人是谁。现在想来，确实是我孤陋寡闻了，明明那才是青春该有的样子啊！

现在想起来，这一切真的非常有趣，还是很感激，这三个小家伙在我的大学生活里带来了很多不同的色彩，装扮了我只知道埋头努力的平淡生活。我也充分发挥了处女座的"圣母情结"，把她们当成自己的亲妹妹一样，包容着她们的童真和没心没肺。有段时间，我甚至奢望过，"我的弟弟妹妹真的是这样就好了"。

### 六、被众人反对的VCR

大一上学期的一天，辅导员老师把我叫到办公室，跟我说，有一家企业要找一些学生代表到公司去座谈，我和同班的其他几位同学一起去了。座谈会上，老总分享了他的创业故事，原来他也出身寒门，通过自己的努力才有了今天的成就。我不知道其他人听了什么感受，那天的我很受鼓舞，心想我也可以成为像他这样的人。座谈会结束后，老总发出邀请，欢迎我们暑假的时候到他公司实习，并在离开前给我们每个人500元的压岁钱，大家都很开心，我也很开心，这还是我第一次收到压岁钱，而且竟然有这么多。

时间到了第二年的7月，暑假来了，当时说要过去实习的同学都好像忘了这件事，只有我一个人联系了那位老总，向他汇报了学习情况，并申请到公司实习。其实，后来我才知道，是这位老总在《扬子晚报》上看到了我的报道，仿佛看到了当年的自己，所以很想认识我并帮助我。于是，他让公司的驾驶员拿着那份报纸到我们学校来找我。为了避免我一个人过去的尴尬，所以他善意地组织了一场多人的座谈会。

这是一家文化传播公司，因为我还是一个在校学生，所以刚进公司的时候，也没有给我安排什么具体的工作，就是打打杂。而在我的认知中，事情是自己找出来的。

早上，我都会第一个到公司，细致地打扫着卫生，擦桌子、拖地，就连洗手间，我都清理得一尘不染。总之，只要是我眼睛里能看到的活，都会主动去做。

没过多久，公司承接了一场大型活动的策划及执行工作，主要是为某消防队策划警营文化活动。都说警营是个家，来自五湖四海的兄弟在这里相聚。那一身没有干透的消防服，裹着散不去的烟火味道，凝结成了无数消防员红门岁月永恒的记忆。文化是提高部队战斗力的精神动力，警营文化建设能够使消防员更加和谐地凝聚在一起，所以希望通过特色活动，以特别的情怀、特殊的视角、特有的方式，创造出一个独具魅力的警营文化。

当时全公司上上下下都在为这场文化活动忙碌着，我因为没有经验，只是被安排做一些跑腿的工作，活动现场缺什么，就让我去买。尽管只是跑腿买东西，我也都很认真地对待，货比三家，公司离福州路很近，我每天要跑好几趟，希望选到性价比最高的，为公司节约开支。还有，现场搬道具，搬花盆，总之，只要是我能干得动的，都会主动去做。每天看似做一些琐碎又重复的工作，我却乐此不疲，并在其中努力寻找一些自己可以胜任的事儿。

这次活动的议程上提示，活动当天会请来公安消防总队的一位将军，而这位将军正好刚从汶川抗震前线回来。在汶川发生地震的第一时间，将军及时组建并亲自率领消防总队几百名战士组成应急救援队，火速赶赴震区参加抗震救灾救援工作，他们以惊人的毅力和坚持，让一个个生命的奇迹在手中诞生，救援队共抢救出几十条鲜活的生命。

为了向消防员致敬，公司专门从北京请来一位画水墨画的老艺术家，创作一幅名为"抗震救灾"的画作，展示消防员抗震救灾的场面。公司计划在活动当天展出这幅画，当作最大的亮点，也是一个惊喜，使活动的整体教育意义得到升华。

我当时的工作任务是给这位老艺术家做助理，在陪同的过程中，我发现，创作不是一蹴而就的，老艺术家每天都很辛苦地构思，他在沉思中的每个举动、全神贯注的状态深深地感染了我。我的脑海中闪现出一个想法，可以通过VCR的方式把他创作的过程录制下来，这样在活动当天不仅展示最终的成果，还有老艺术家创作的整体构思。这是我当时的设想，那时的VCR还没有普及，一般活动还不具备拍摄条件，而现在VCR已是各个大大小小活动的必需品了。

当时的我已经在学校学习了影视拍摄的方法和技巧，知道在大型活动中，如果能穿插VCR，可以更好地引导观众的情绪，产生共鸣。于是，我就跟直管领导提出了我的想法。没想到，他一听，没有丝毫考虑一下的意思，直接严词拒绝了。他认为，只要能让活动顺利开展就行，拍视频属于多此一举。我没有妥协，怎么想都觉得是一件有意义的事儿，又跟其他同事讲了，大家都以"时间太紧，任务太重""以前没有这种形式，不知道是什么效果"等理由劝我放弃。但我有时候就是"一根筋"，自己认为对的事情，总想要做到，还要做好。没办法，我孤注一掷，跑到老总办公室，跟他讲了自己的想法，语气坚定地说："我去找人拍摄，剪片子，会在活动开场前两个小时拿出来，如果公司看过后觉得好就播放，如果不好就不用，公司也不损失什么。"紧接着，我又不忘补充说，"我也不会耽误手中的其他任何工作的"，以此来强调我的工作态度。

有时候，放弃也许很容易，但坚持真的能够打动自己，也能感动周围的人。老总也许是看到了我的坚持，抑或是有些拗不过我的坚持，就答应了。就这样，我也算是力排众议，开始了我的跟踪拍摄和创意剪辑。

那段时间的我真的很拼，白天不仅要像螺丝钉一样，哪里需要就钉在哪里，处理大大小小的杂事，还要想尽办法抢出时间拍摄。一天的工作结束后，我再静下心来打开电脑剪片子，写文案，配字幕。因为办公室在市区，而学校在松江大学城，有好多次，因为太晚了没有回去的地铁，我就在办公室的沙发上眯一会儿，醒了之后继续工作。

星光不问赶路人，岁月不负有心人。最后剪辑出来的片子效果很好，如愿在活动现场播放，惊艳了在场所有人，也将整场活动推向了高潮。

活动结束后，老总很开心，请大家吃饭，还特意送给我一个新款的LG手机，嘱咐我说："晓芹，谢谢你，这场活动成功了，你那手机总是打不通，以后要保持畅通，毕业后就到公司来上班。"我接过新手机，很开心，这位老总也用"抱怨"的方式打趣着，然后"顺理成章"地把新手机交到我手上。这是我第一份正式的实习工作，得到的这份认可让我对接下来的学习和工作更加充满期待。

鲜衣怒马少年时，不负韶华行且知。今天的我回忆20岁那年的自己，很感谢那年我的横冲直撞，感谢那年我的懵懂勇敢，才有了今天我的无所畏惧，勇往直前。

## 七、"没关系，这是交学费"

从进入大学的那一天起，"学费"两个字就烙在我脑中，时刻提醒我要靠自己的努力去拼凑和积攒。而后来回过头来看，那些年的自己，要交的学费是两部分共同组成的，一部分是交给学校的学习专业课知识的学费，一部分是交给社会大学的改变和提升自我认知的学费。

在我实习的这两个月时间，我使出全身力气工作。那场文化活动结束后，老板又委派给我一个新任务，做公司打造的《艺术在线》杂志的监工，其实就是打杂的，负责沟通联系、跟踪进度等工作。为了能在开学前完成任务，避免在学校和公司之间长距离两头跑，也为了更好的效果，我通宵达旦，以至于好几次低血糖差点晕倒。实习结束，老总将我叫到办公室，高度肯定了我的工作并给了我一万块钱作为工资和奖金。看到那一摞现金，我很惊诧，第一反应就是太多了，赶忙拿出一半递给老板。

"这是你工作应得的，两个月，一个月5 000元，不多。"

接过钱，我心里知道老板是在帮助我。那时，面对这一份份无所求的支持，我常常被感动充斥着，就更加拼命地工作回报这份肯定，不想辜负他们的一片好心。

金秋九月，迎来了大二学年，对我来说是新的希望和挑战，而不管我愿不愿意接受，都要直面一个赤裸裸的现实，因为奖学金还没有发下来，所以学费没有凑够。

我在老师办公室门口徘徊着,看到其他同学都交了钱,办了新学年的手续,老师会在卡片上敲个章,然后去领新学期的书。而我手里握着打工积攒的一万元,还有大一整年勤工助学存下的一些钱,可无论怎么凑,还是不够,也不知道该怎么跟老师开口。

我一个人跑到校园里的一个隐蔽的角落,那里是同学谈恋爱常去的地方,很委屈地哭了。眼泪里有无助,有不安,更有不知所措。这一年,我不怕辛苦,也无惧人言,以为只要自己足够努力就可以自力更生,但结果依旧凑不够学费。后来,还是那位给我发鼓励短信的潘老师知道了我的情况,找到我,跟我说:"没关系,学校不会因为学费问题让学生辍学的。"从那以后,我再也没担心过我会因交不起学费而辍学。

其实,在学校的那四年,我的时间一直是被高度挤压的,我要一边在课堂学知识,一边在课外赚学费。每年9月,我都力争按时交纳当年的专业课学费,但因为我的单纯无知和容易轻信人,那些年,我也交了不少"社会学费",让我记忆犹新又受益匪浅。

有一天晚上,我结束了在图书馆勤工助学的工作,往宿舍走,那时候天已经黑透了,我的脚步也是急匆匆的。突然,一个陌生人拦住了我,慌慌张张地跟我说:"同学,你好,能不能请你帮个忙,我在老城区开车撞倒了一个小女孩,现在在医院抢救,但我身上没有钱,我的一个朋友住在大学城这边,我来找他借钱,但他电话关机,联系不上他。你能不能借给我6块钱,我坐车去医院看看小女孩怎么样了。"

看着他一脸着急的模样，我没有多想，立刻从兜里掏钱。但翻来翻去，我全身上下就只有一张100块钱了。

"你等我一下，我到对面的小超市换一下。"我边说着，边要往路对面的超市跑去。

突然，那个人一把抓住我说："同学，你要是相信我，就把这100块钱都借给我，这样我可以打个出租车快点到医院去。然后，明晚8点钟，你在校门口等我，我把钱还给你，你记下我的电话号码，可以随时打给我。"

听他这么说，态度也很诚恳，我也就急人所急，把手中仅有的100元，也是我接下来半个月的饭钱，都给他了。还跑到路边给他拦了一辆出租车，送他上车，还无比焦急地向他挥手："快去吧。"

看着车子驶离，我松了一口气，心里默默祈祷，希望女孩平安。可能觉得自己还是做了好事，我一路很开心地走回寝室，推开门，兴奋地大喊着："我跟你们说，我今天做了一件好事。"

室友们停下正在进行着的游戏，暂停了正在播放的电影，一齐看向我，异口同声："晓芹姐，你不会又被骗了吧！"

"你们怎么这样想呢？我不喜欢你们总把事情想得那么坏。"我义正词严地反驳说。

面对她们的质疑，我很生气，拿起电话打给一位关系不错的同学，把刚刚发生的事儿又讲了一遍。

"这种话你都信啊。"

"不可能，他真的很着急。"

"人家会演啊。"

"他说那女孩正在抢救。"

但不管他们怎么说,我依旧不相信,依旧坚守着自己的那份对美好世界的认知。第二天,同学提出,陪我到校门口等那个人。可左等右等,我们从晚上8点一直等到11点,都没有见到他送钱回来。此时,我打电话给他,接电话的是一个妇女,操着一口外地口音,说我打错了。这下,我真切地知道,自己被骗了。那100块钱,又交了学费。

我当时很生气,不仅是损失了半个月饭钱,更气愤那个人为什么要用车祸撞伤人这种谎言来骗钱。我觉得这很危险,于是我到派出所去报警,告诉警察文汇路附近有人恶意骗学生钱,请警察记录一下,也提醒其他同学不要被骗了。

"这种事情,估计只有你会信。"出了门,同学还不忘嘲笑我。但这件事情发生后,我并没有对这类骗局提高警惕,还是会经常"中招"。

交给社会大学的学费,还有一笔金额更大的,那是在我大二决定创业的时候遇到的一件事情。

当时我完成了公司注册流程,紧接着就是办理税务相关手续。创业中心的老师说后期会有人通知我去买一套税控机,然后参加培训,我应下来,回去等着电话通知。

果真,第二天我就接到了电话,那天还是周末,我正在消防支队拍片子。天气很冷,我站在云梯上,升到空中俯拍全景,寒风吹来，冻得我瑟瑟发抖，手都冻僵了，还不忘牢牢抓着从学校借来的SONY牌摄像机。

就在这凛冽寒风中，电话铃声响了，"税务局工作人员"问我在哪里，让我去取税务培训材料。

我连忙说："我今天在外面拍片子，没办法过去。"

"没关系，你给我地址，我们给你送过去。全套资料是1 999元，你提前准备好现金。"

听到电话里说要专程给我送过来，一丝暖意涌上心头，我顿时感到很温暖，想着税务工作人员的服务太周到了，这么冷的天还特意跑一趟，真的是"服务到家"。

没过多久，"税务工作人员"来到消防队门口，我远远地看到一个人用围巾包裹着脸，从出租车上下来，手里抱着一大摞书。我当时还小声嘀咕了一句："哇，税务局真有钱，出门办事都打车啊。"然后，迅速跑过去，把早已准备好的两千元现金交给她，她将很重的一摞书和收据以及找回的一块钱交到我手上，告诉我下周四上午10点参加培训，具体地点会电话通知，然后迅速上车就走了。

我很诧异，自言自语地调皮了一下："不数数吗？万一少一张呢？"那时我还替她庆幸遇到我这样诚实的孩子。

转眼到了下周四，几乎不请假的我早早跟老师请好了假，坐在寝室里等通知。但眼看到10点了，还没有接到电话，我给"税务局工作人员"拨回电话，已经是无法拨通状态。我去找创业基金会的老师问情况，老师说："税控机还没开始发啊。"

我蒙了，一五一十地说了情况，原来，我遇到了骗子。

为了这个事，我又专门去找了创业基金会的沈鸿彬老师，跟他说了情况，创业还没迈出第一步，就被骗了这么多钱。沈老师也很心疼我，觉得这些骗子太可恨了。而那时的我，意识到已经是"覆水难收"，只好打碎牙往肚子里咽，尽量用轻松的语气跟老师说："没关系，这是交学费。请沈老师转告其他创业的同学，让他们小心，有人打着税务局工作人员的幌子行骗，提醒大家一定要注意。"

后来，我还被很多所谓朋友"借钱"，现在想来那也不算是借，其间的心酸只有自己知道。我是那种感情第一位，身外之物都可以靠后站的性格，虽然在别人开口的时候我也很困难，但我都能不顾一切"飞蛾扑火"般伸出援手。躺在病床上还有几个朋友借钱，后来钱没要回来，朋友也没有了。某种意义上讲，我对这个世界的认识是从上大学才开始的。通过很多类似于这样的事情，我越来越意识到，成长本就是一个孤立无援的过程，路要自己一步步走，苦要自己一口口吃。因为，有些时候有些人不会真正对你的痛楚感同身受，也不会在意你一路走来遇过的坎与负过的伤。但我相信，当我一个人熬过所有的苦，打败成长路上的一个个小怪兽，总能迎来属于自己的坦途。

## 八、另一所大学

来上海之前,我一直对这座城市充满期待,很想知道,她到底有什么魅力,能让那么多人为她倾倒,为她而来。又是有怎样的魅力,能让那么多人在这里实现梦想,创造一个个奇迹。

当我第一次来到上海,遇到那个在我的软磨硬泡下,笑着同意我们四个人住一间房还给我们优惠的旅馆阿姨,遇到那个得知我要考试,用心为我吹好头发,还答应第二天提早开门为我再做造型的理发店哥哥,遇到那个愿意贴钱来接我们去车站,冬日里把自租屋里唯一的床让给我们的司机哥哥,我感受到了这座城市的魔力,更是魅力,我看到了她最真、最纯、最友善的一面,所以我也打心里更爱这座城市。也是因为热爱,所以,我愿意相信这里的一切。但也正是这份单纯的相信,有好几次差点害了自己,将自己推向深渊。我知道,社会更是一所人间大学,她能教会我们书本里没有的很多知识,而这些正是我们将来走向社会所向披靡的铠甲。

有一次,我书包里背着两万块钱出去办事,到徐家汇地铁站下车,出站后,一个看着柔柔弱弱的小姑娘跟上我,带着哭腔说:"姐姐,请你帮个忙,我们公司在搞个活动,现在马上下班了,我还差一个名额就能完成指标,如果完不成,我会被开除的,你帮我一下吧。"我看了看时间,跟她说时间来不及,我急着去办事。

那个女孩儿又继续说:"姐姐,走过去很近的,而且不会占用你多少时间,去一下就好了。"

听着她略带哭腔，有些乞求的声音，再看到她充满期待的眼神，我心软了，跟着她走了。没想到，她口中的"很近"实则很远，我们走了好长时间，穿了好几个弄堂，还是没有到。我有些着急了，说时间来不及，不去了。那个小姑娘再一次用近乎哀求的声音让我帮忙，没办法，我只好硬着头皮随她去了。

到了地方，美容院工作人员要我躺在床上体验脸部项目，把我的书包挂在衣架上。我人躺在床上，但心里一直惦记着书包，完全无心享受他们所谓的各种增值服务。没想到，体验结束后，就开始了产品和服务卡的销售。这一次，我彻底拒绝了，没有被服务人员的"循循善诱"和"楚楚可怜"所影响，坚定地告诉他们，我不需要，我到这里仅仅是因为想要帮助那个小姑娘完成工作指标，保住工作的。然后，我抓起书包就快速逃了出来。为这事我难过了好一阵，这样看着柔弱的姑娘怎么可以用"苦肉计"来搞业务呢？

还有一次，我准备去消防队拍片子，那天我一个人，扛着重重的摄像机，拎着三脚架，在路边等消防队的车来接我。等待期间，我看到一辆银色面包车在路上转来转去，然后从车上下来一个人，跑到我面前说："小姑娘，泰晤士小镇怎么走？我们找不到路。"

"往前开，走到路口右转，之后再右转就到了。"我详细且耐心地跟他们描述着路线。可不知道怎么回事，不管我怎么解释，他好像没有听懂一样，反复地问。

"你能不能上车，送我们过去，然后我再给你送回来，或者送你到你要去的地方。"那个问路人提出了"建议"。

"不好意思，我不是不愿意帮你，我后面有重要工作。"我当时满脑袋想的是今天要完成的拍摄任务。而我手提肩扛，拿着大包小裹确实也是不方便，就反复推脱。

"你上来，上来给我们指一下路就好。"说话间，车上又下来了一位男士，开始拉扯，边说边把我往车上拽。

就在此时，远处消防队的警车开过来了，我跟他们说："看，我的朋友来接我了。"没想到，那两位一定要我带路才能找到路的男士，看到警车，好像一下子就认路了，连忙跳上车，车子快速驶离。我们正好跟在他们后面，奇怪的是，他们并没有按照我说的路径往前开后右转，而是熟练地向左转了。

"好奇怪啊，我明明告诉他们前面路口右转。"

"什么情况？"

我一五一十地讲了刚刚的经历。

"傻姑娘，我们救了你一命，你知道吗？如果你刚才被他们拉上车，就会被拉到山区卖掉了。"

现在回想当年的自己，确实是傻傻的。我经常开玩笑说，我的额头上好像贴着一张纸，上面写着"好骗"两个字。后来看到有女学生被拐卖的新闻，我不免后怕。好在，天公疼憨人，傻傻的我有着傻傻的好运，护我平安。

还有一件在大一期间发生的事儿，那个场景让我终生难忘。这件事让我当即看到了社会的另一面，善恶就在一瞬间，每个人都有自己的选择，而他的选择决定了他的人生。

之前提到过，大一那年的十一假期，我到苏州找同学，离开时，她送给我了一辆折叠自行车，还把自己的MP3给了我，让我学英语用。那天的我，浑身上下挂满了行李，碰巧手机还欠费了，想赶快找地方买充值卡。

到了上海火车站，我被人流挤了出来，看到远处走来一个很漂亮的女孩儿，穿着一条有黑色波点的白色裙子，因为容貌姣好，穿着精致，我还多看了她好几眼。可没几分钟，我还没走出车站，就感觉有人在拉我的包，我转头一看，竟然看到那个漂亮的女生就站在我身后，而刚刚还在我包里的MP3此时已经在她手中了。我看着她，也说不出当时是什么感觉，各种不可思议的情绪压过了当时的紧张和害怕。她看了我一眼，像什么都没有发生一样，无所谓地把MP3扔给我。我愣住了，站在那不知道该说什么，做什么。而更加让我没想到的是，那个女生就当着我的面，又去掏了别人的口袋。她的这个举动瞬间把我拉回现实，仿佛被泼了一盆冷水，一下子清醒了。我没有多想，提起笨重的行李，来到公用电话亭，我要报警。而当我按下"11"两个数字的时候，就发现电话亭周围站了一群人，很凶狠地看向我，眼神里仿佛在向我示威或是警告。我意识到了情况不妙，吓得赶快挂断了电话，然后拨通了家里的电话。爸爸接起电话，我用老家话跟爸爸随便说了几句，之后，那些人才散去了。

火车站这个事件对我的影响很深，触动很大，让我看到了人性的另一面。在我的观念里，包括我的成长环境中，我们家那么困难，父亲腿有残疾，行动那么不便，都从没想过任何歪门邪道。那个年轻漂亮的女孩，为什么要选择这个谋生手段呢？她以为这样是走捷径，但这种行为一定会受到法律的制裁，会让她今后无路可走的。

有一阵，我陷入了迷茫，对这些人的行为百思不得其解。在"艺术与人生"选修课上，我提出了我的疑惑，老师说："每个人的选择不同，结果也不同，当我们无法改变时，只能包容他们这样价值观的存在。"但从情感上我一直无法接受。多年后，我才渐渐理解了这种"存在"。

在学校，在课堂上，老师传授给我们专业课知识，而社会这所大学，教会我要学会用不同的视角去看待社会的多面，并在浮躁的社会中保持自己一颗纯粹的心；同时给予我经验、阅历，以及遇到突发情况的应变和处理能力。

从小学到初中，到高中毕业，关心我的老师对我叮嘱最多的是"不要轻信于人"，而我一直没有学会这一点，后来，长大了，依然学不会。直至今日，经过数次摔打后，终于明白了一些道理，尽管，我并不愿意接受人性中的弱点。反过来想，也因为这一点，我能在经历生活的苦后依旧笑对生活。幸运的是，我迈过的一道道坎竟无意中成就了后来那个无论面对何种处境都很勇敢的自己。虽然，写这些话的时候，我的眼中是饱含泪水的。因为，此时的我依然无法面对失去父亲的痛苦，太痛了，仿佛我还是能力不足，跨不过这道坎。

## 九、创业路坎坷，走得要铿锵

通过大一整个学年的努力，我的专业课成绩稳稳地排在年级第一的位置，不仅获得国家奖学金，还拿到了上海市"放飞蓝天下的至爱"慈善助学金，这是专门奖给成绩优异但家境困难的学生的。

我记得颁奖当天，是团区委的一位领导到现场，与我握手并表示祝贺后，他问我："有没有想过，毕业后要做什么？"

这个问题把我问住了，其实，在这之前我已经开始思考，未来的我要怎么做才能改变家庭的命运。那时候，很多人都还没有想这个问题，常规来讲就是考研、就业、出国。考研不现实，因为我没有钱。找一份工作也很难快速改变现状，出国于我而言更是天方夜谭。但是，因为有公司实习的经验，加之我平时给一些单位拍摄宣传片的经历，我看到了一个仿佛能够解决一切的希望。

"我想创业，开公司。"我斩钉截铁地告诉他。

"文汇路到底是创业中心，最近在搞创业大赛，你可以去了解了解。"他很友善地给我提了建议。

当时，上海市比较倡导并鼓励大学生创业，上海市创业基金会举办了创业大赛，在上海松江大学城有个分会场。得到了这样的建议，我第二天就去咨询，正好碰到了沈鸿彬老师，也是我们现在的财务顾问，这些年他一直见证着我的成长，也在尽其所能地帮助我。在他的指导下，我很快报了名，我要用自己之前拍片子、剪片子的经历作为基础，开始更大的创业尝试。

在准备商业计划书的那段时间，我非常拼命，没白天没黑夜地赶。经过几轮筛选、初审、复审、三审，终于我进了终极答辩环节。到了答辩那天，我站在门外特别忐忑，前面那一组选手进去了很长时间都没有出来，里面还时不时地传出争执的声音。我越来越紧张，两只手不停地搓着，试图掩盖当时的焦虑。

终于等到我进去了，我首先播放了一个8分钟的短片，里面涵盖了我大学里做的所有的案例，以此来证明我做这个事情的能力与创意。我介绍了我的团队，还专门邀请了我实习公司的老总做顾问，我也请了学财务的同学做兼职财务，并把曾经做过的案例的盈利模式汇报了一通。听完后，评委还是很和善的，就问了我一个问题："你才大二，正该一心一意学习。如果你创业了，你将如何兼顾学业和创业？"

"我从来没有条件'一心一意'地读书。我从小做事都是'三心二意'，因为，我要一边读书一边做家务，一边上学一边挣学费……"我坦率地讲了我的成长故事，也承认创业是我改变家庭命运最想尝试的路径。

答辩结束，我在外面焦急地等待着，真的感觉像热锅上的蚂蚁，坐也不是，站也不是。记得不远处有一个超市，我在里面漫无目的地逛着，最后我还是没忍住打电话给沈老师咨询情况。

"晓芹，你准备得很充分，评委也就问了你一个问题，你要对自己有信心啊。"听完电话，我兴奋的心情都提到了嗓子眼，就差喊出声来。此时，正晃到冰柜前面，我看见里面有琳琅满目、各式各样的冰激凌，应该庆祝一下，我大气地挑选了一款平时根本舍不得吃，要卖8块钱的八喜牌冰激凌，就这个了，算是奖励吧。我小口品味着甜滋滋的冰激凌，掩饰不住激动的心情对自己说了一声："你太棒了。"

最终，我如愿赢得了10万元创业基金，之后创立了文化传播公司，自此，我与小伙伴一起，运用专业知识开启了创业之路。

创业大赛让我获得了创业启动资金，创业基金会还提供了办公场地，第一年是免费使用，第二年是每平方米4毛钱，第三年是每平方米8毛钱。我当时的办公室有28平方米。为了节约时间，我把办公室隔成两间，一间用来办公，另一间放了一张沙发床，如果剪片子太晚了，就在办公室凑合睡一晚。

创业之初，小小的工作室以接拍、剪辑视频为主。业务主要来自学校和老客户推荐。

然而，创业之路并不是一帆风顺的，总会遇到这样那样的意外。我们当时签了第一个项目，是某单位的年终汇报片。委托我们到十几个工地拍摄，之后剪辑成片，在汇报晚会上播放。

这条片子拍摄周期比较长，素材量庞大，十几个工地拍摄，交通费都不少。当时是夏天，一整天跑下来，衣服早就湿透了。面对这样的工作量和强度，我们谈的服务费用是10 000元，但当我们准备交付的时候，对方开始讲价了，只给2 000块。面对这没有根据的胡乱砍价，我拒绝了，这个费用连差旅费都不够。后来，左讲右讲，反反复复，我们定好了8 000元。但他们还不能马上付款，说后面要走流程，而活动第二天就开始了，让我先把片子给她。我想，她是单位领导，既然价格也降了，双方也达成共识了，就没多想，又一次"急人所急"，把片子交给对方了。

可是，让我怎么也想不到的是，再次联系我们谈付款的不是对方单位的联络人，而是我们学校的团委老师，原来他们恶人先告状，说我们坐地起价，把我们数落了一番，就请团委老师把2 000元转交给我们。那时候的我，遇到被误解或者偏见对待都是不会去解释的，还会担心影响不好，迫切想要牺牲一切以达到大事化了。

当我再一次陷入迷茫和困惑的时候，之前几次在关键时刻鼓励我的潘立明老师又一次联系了我。原来，这个客户不仅给学校团委告状，还跟我们年级部痛批我们这样的学生，潘老师打电话跟我核实情况，他因为了解我的为人，没有轻信他人的一面之词，而是站在我的角度替我说话。之后还特意打电话跟我说："这个项目你们做下来，报8 000块都低了。如果你们收了低于8 000块，就不要说是我们学校的学生。"一直以来，潘老师都是了解我的，他知道我的性格里有软弱、妥协的一面，所以他的话给予我特别大的底气，但我也不想计较，此事也只是到此为止了。这一次让我学会了不要听别人说的，干活要签合同，也让我明白，一个人是否讲信用，与他"穿什么衣服"无关。

因为是初创公司，拍摄、剪辑视频的业务不稳定，为了能让公司"活下去"，我开始绞尽脑汁，拓展新业务。当时有一个朋友在卖酒，做了很多年了，我就去找他要了一款新疆1600酒的代理。

有了产品，紧接着就是推销了。因为拍片子我结识了一些客户，就主动联系他们。就这样，一个完全不会喝酒的小姑娘开始了"卖酒"的新尝试。

之前，文化方面的预算很少，所以我经常做一些赚吆喝却不赚钱的买卖，很幸运，那些与我合作过的人都很认可我，他们经常打趣说："小梁，你给我们拍片子，那么辛苦也没赚到什么钱，你有哪些酒啊，我们到别处买也是买，就在你这里买些吧。"有了大家的帮助，红酒生意一点点做起来了，但在这个过程中，也让我体会到了什么叫"生命不可承受之重"。

那个时候，我的供应商是从新疆或深圳总部把酒发出来，有一次，送货的大货车比我们约定的时间提早了很多到了上海，联系我接货的时间改到早上5点。为此，我只好临时找人来搬货，可是太早了，又是寒冷的冬季，我打了一圈电话，都没能叫醒一个熟睡中的朋友，没办法，我只好硬着头皮一个人过去。

到了我的小仓库，大货车已经到了，送货的是夫妻二人。他们完全不理会我无人帮忙的苦楚，一分钟都不愿意多等，让我做接货准备，强调说他们要赶去送下一家，如果我现在不收货，后面就要自己去很远的地方提货了。看着他们着急的模样，我只好撸起袖子干起来，心想也就六百箱嘛。

司机在货车上卸货，然后交给他老婆，我在地面接货，然后放在仓库门前的空地上，我们三个人就这样接力，把六百箱红酒卸下来。目送大货车离开，我看着堆在地上的酒，再看看小仓库的门，只有一个狭窄的入口，没有片刻迟疑，继续一个人闷头搬起来。因为门太窄，所以每次只能搬一箱酒，勉强地挪进去。就这样，我咬着牙，一次次搬起，又一次次放下，反反复复，又是六百趟。

就这样，从凌晨5点钟，黑黢黢的天，我一直折腾到上午10点钟，天已经大亮。从最开始的冷风吹过，我止不住地打着寒战，到结束时，我已经大汗淋漓，衣服都被浸湿了。本来前一天是我生理期的第一天，我痛到浑身无力，结果，经过五个小时的拼尽全力，虚脱感已经压过了身体的疼痛感。而当我拖着疲惫的身子，回到寝室洗澡时，才发现，生理期就这样被我累得提前结束了，后来连续三个月都没来。

为了这个事，我还特意跑到医院检查，医生跟我说，这是劳累过度，加上精神压力太大导致的，要注意休息，放松心情。那时的我还觉得很可笑，我并没有觉得很累啊，也没有什么精神压力啊！可能是出身的原因，我从来没有那种干体力活会伤着身体的意识，总感觉自己身体挺好的，能扛得住。

我大三那年回老家，爸爸看我一个丫头片子都能在上海这个大城市闯得有声有色，于是，一直以来就很有商业头脑的爸爸跟我提出，苏北的大米品质好，可以弄一些到上海去卖。这样，他就与小姨夫联手，开始折腾卖大米。

为了这个生意，爸爸和小姨夫两个人都很拼。从老家出发，开车要十几个小时才到上海。小姨夫不仅肯吃苦，人也特别聪明能干，在那个没有导航的年代，他可以一张地图走遍全国。

有一次，爸爸和小姨夫从老家出发，开了一整夜的车，到上海的时候是凌晨4点。开到松江区发现，这里是新城，他们绕来绕去都没有找准地方，但考虑到天还早，没忍心给我打电话，就一直在车里等到了早上7点。那是一个冬天，彻骨的寒风吹着，当我跑过去找到他们的时候，他们的脸上写满了疲惫，我感到特别心疼。

大米要批量卖，对口单位是食堂，我就开始替爸爸谈业务，其中谈妥的有一家是日资企业，他们就需要品质好一些的大米。这是爸爸的第一个客户，直至我毕业出车祸，才把客户交给了妹夫来服务。

原以为解决了销路问题，后面就顺了，可爸爸做了两单生意后就打退堂鼓了。因为，他算了一下，这可能是个亏本买卖。大米本身价格就低，利润空间更小，爸爸和小姨夫两个人，用大货车从苏北拉了一整车到上海，但对方食堂一次性消耗不掉那么多，要求一星期或者两星期送一次。这就意味着，一大货车的大米到了上海，需要一个仓库存储，而每次对方要货的时候，还要租一辆小货车送过去，这样无形中就多出很多成本。

爸爸的突然变化让我措手不及，我们当时是经人介绍，通过正常的竞价流程签约的，如果我中途终止合约属于违约，对介绍人的口碑也不好。我也考虑到日资企业很讲究信用，我要守住。

"自己选择的路，跪着也要走下去。"亏本就要想办法解决成本问题。首先是运输费，一个是从苏北运到松江的车费，一个是仓库送到企业的车费。所以,这个问题必须解决。思来想去,我做了个大胆的决定,孤注一掷,将自己身上的全部身家差不多4万元去买了一辆小货车。

那时,我在读大三,刚刚拿到驾照就去提了那辆我起名叫"希望"的银色小货车,并上了上海牌照。事实证明,在接下来的日子里,它不仅是我的希望,更是与我并肩作战的战友。

在驾校学车的时候,教练车是最普通的手动挡桑塔纳,尽管货车也是手动挡的,但相比于平时练习的车,坐上小货车的感觉是又高、又大、又长。

提车那天,找不到人帮忙。我和堂妹,就是我当时的员工之一,两个女孩子把这辆货车开了回来。停好车,我们就回家做饭了,堂妹说肚子疼,疼得受不了,好像岔气了。我看她表情很痛苦,一直捂着肚子,就说要送她去医院检查。

"姐,没事儿,不去医院,应该就是刚才吓得。"堂妹的话让我哭笑不得,她知道我是前两天刚拿到驾照,而且是除了教练车外第一次碰车,她说紧张得呼吸都困难了。

买车还算很顺利,但养车却是一波三折。买车的时候,车行跟我说,小货车需要挂靠公司,其实可以挂靠在自己的公司名下,但车行跟我说公司性质不行,只能挂在他们公司下面,还要付挂靠费12 000元,第二年是8 000元,以后每年都要付8 000元。后来,我发现这是一场骗局。人生其实就是一直在为自己的认知买单,买着买着也就长大了。

运输费解决了，第二个就是货源，必须要砍掉仓储费和苏北运来的路费。灵机一动，我想到了好办法。当时，松江区有一个砖桥贸易城，主要是做批发的，包括粮油、小商品、五金配件等。我就到里面找大米货源，找到了几家是卖苏北大米的，货比三家后，选择了一家供应商。

有了固定的供货商，从那以后，我就从贸易城进货，再开着我的小货车送到日企的厨房去。那时候，一袋大米是50斤装，但你要是仔细一称，有时候一袋是不到50斤的，总会少那么半斤八两。日资企业很细心，每次送过去，食堂工作人员都很认真地称重，少一点都按照49斤计算。别看只是差一斤，但如果每一袋都少一斤，那我的利润就摊没了。于是，我想了一个办法，找到一个竹筒，每次送货前，我都先将大米过称，超过49斤的部分，我都用竹筒搓出来，之后再送过去，每一袋都按照49斤结账，我们谁都不占对方便宜。

就这样，在接下来的两年时间里，不管是严寒还是酷暑，我都坚持用这种方式给这家企业供米。包括中途我出车祸，躺在病床上动不了，还不忘嘱咐我妹夫，一定要准时交付大米，守住了"诚信"是企业的第一要义。更重要的是，我不止一次告诉自己，也告诉妹夫，对方是日资企业，一定不能有任何差错，无论怎样，都要坚守住中华文化里的契约精神。

## 十、最不可能的，成为可能

小时候，因为母亲的精神状态不稳定，弟弟妹妹又不能让人省心，在农村，要想让我们这个小家不受欺负，我和父亲就必须站起来，撑起来。渐渐地，我们父女俩就形成了一种默契：父亲主外，做农具、卖粮食，为一家人赚生活费；我主内，洗衣做饭、干农活，照顾家里的饮食起居。好在，有我们俩的齐心协力，家里的日子虽不富裕，但也知足，对未来充满期待。

长大了，我到上海读书。通过课堂上的理论学习以及课堂外的创业实践，我开阔了视野，丰富了阅历，也提升了自己的眼界和见识。而无论何时何地，改变家庭命运的信念始终牢牢地扎根在我心中。只是，不知不觉间，我和父亲的角色发生了变化。慢慢变成我主外，折腾、张罗，处理家里发生的大事小情。父亲主内，坚守、等候，维持着家里的一切生活日常。这种转变，让我欣喜，能为父亲分担，分忧，让我有了更加强劲的动力。

这些年，我和父亲携手，做了许多事，让外人看起来的很多不可能，一点点都变成了可能。

以前，家里穷，外人理所当然地觉得我们好欺负，遇到糟心事只能自认倒霉。可当我知道家里出大事后，会第一时间站出来，和父亲配合作战，共同斗智斗勇。

在我大二那年，一个平常的晚上，我在寝室剪片子，电话铃声急促地响着，我看屏幕上出现的是爸爸，顿时有一种不祥的预感。

因为，以父亲的性格，为了节约电话费，如果不是有急事，他几乎不会主动给我打电话。

"晓芹，不好了，出大事了，你妹妹让人家拐跑了。"电话那头传来父亲焦急又略带沙哑的声音，我能体会到他的无奈，甚至是绝望，整个人都瘫掉了。

"怎么回事，你慢慢说。"我尽可能让自己保持平静，以此来安抚父亲的情绪。

原来，是我们村里的一户人家，很穷，他们担心自己家的儿子娶不上媳妇，就让两个女儿以带妹妹出去打工赚钱的名义，把她拐骗到了苏州，意图通过"生米煮成熟饭"的方法，让妹妹嫁过去。他们家的大女儿就是被人家用这种方法"娶"过去的，他们就如法炮制，想把妹妹骗过去。

听到这个消息，我感觉脑袋"嗡"的一下，有些慌了手脚，但我的理智告诉我，必须要马上清醒过来，这个时候的家里最需要我。妹妹的年纪还小，也没有什么分辨是非的能力，她的安危是我们最牵挂的。再加上，那时的妹妹已经订婚了，在农村，传出已经订婚的女儿被拐，是一件极其丢脸的事，一辈子挺直腰板的父亲是完全接受不了，也扛不住的。

"爸，听我说，你马上报警，然后你现在就到他家去，想尽一切办法，哪怕是撒泼打滚，大吵大闹，让他们说出他们女儿的具体位置，然后尽快告诉我。其他的事情，我去处理。"

紧接着，我联系了之前实习的那家公司的老总，寻求帮助。他知道我家里的情况，也很同情我的遭遇，当即让他的驾驶员开车来接我，带我去苏州找妹妹。

到了苏州，偌大的城市，我真的不知道从何下手，这时我接到父亲的电话，告诉我妹妹在某区，但没有具体的地址。缩小了一定范围后，我来到所在区的派出所报案，跟警察叔叔说，我的妹妹被人拐了，就在这个区，请他们出警寻找。为了证明我的身份，我拿出身份证、学生证，还出示了户口本照片，证明"我妹妹是我妹妹"，可问题并没有我想的那么简单。

"你妹妹已经年满18岁，是成年人了，有独立判断的能力，怎么证明她不是自愿跟人家走的呢？"

警察叔叔的反问把我问住了，有种百口莫辩的感觉。

"她精神不好，是被人骗的。"我解释说。

"那你要出具她的精神状况报告才行。"

天啊，哪里来这种报告？！我反复跟警察叔叔强调妹妹的特殊情况，但他们还是执意要我证明妹妹确实是有问题的才行。看着时间一点点过去，我好像热锅上的蚂蚁，心被揪着地疼，也从最初的请求到后来情绪渐渐失控，变得更激动。同行的驾驶员，也就是之前拿着《扬子晚报》到学校来找我的那位师傅，他了解我的家庭情况，也很同情我的遭遇，看到因为着急已经语无伦次的我，劝我冷静下来再去找警察好好解释，同时也替我请求他们帮助。

最终，警察叔叔答应了我们的请求，并问我要了当事人的体貌特征。我打电话给父亲，提供了拐走妹妹两个人的姓名和身份证号。我焦急地在派出所等待，站也不是，坐也不是，心提到了嗓子眼，感觉马上要跳出来了，但又不知道还能做什么，只有双手合十，默默祈祷最坏的结果不要发生。

很感恩，老天还是眷顾我的，数着时间，我等来了好消息，警察叔叔说找到了我妹妹。但同时也告诉我一个让我无法想象，非常气愤的消息，妹妹不肯回来，警察录了一段视频给我看："大姐，你回去吧，他们没有骗我，他们对我很好，我就留在这里和他们一起去工作，不回家了。"

看到视频里妹妹的表现，听着她的胡言乱语，我顿时感到肺都要气炸了，简直是不可理喻。警察叔叔劝我回去，妹妹成年了让我不要管，那时的我完全不能接受，那种无力感我常有，但只在面对家人的时候。熬到天都亮了，警察叔叔拿我实在没办法，偷偷给了我妹妹的地址，让我自己去想办法，自己处理。

拿到地址，我深深鞠躬谢过帮助我的警察，一刻不敢停留，跟着驾驶员师傅按照地址找过去。穿过多条又脏又乱的街道，我们来到一户人家，推开门，扑面而来的是更加脏乱的环境和刺鼻的气味。妹妹看到我的到来有些意外，但嘴里还是反复嘟囔着要留下来，跟他们去打工赚钱。那时的我已经不想再多跟她说话，用了浑身的最后一丝力气，把她"绑"出了房间，然后塞进车里。我们随即出发返回上海，此刻，我整个人好像泄了气的皮球，一下子瘫软下来，那是一种说不出的无力感，连骂她的心都没了，我望着车窗外，就像当初看到窗外的两个"月亮"一样。

回到上海，我安置好妹妹，又继续准备期末考试，打算考完试后一起回老家，可妹妹还一直嚷着没有人骗她，我是拿她没办法，但为防止她又乱跑，我就得"看着"她。直到有一天，妹妹跟我说："姐，为什么我的银行卡每天都会少钱？每次几十或者一百多。"

"你银行卡的密码都有谁知道？"

"我把密码告诉过他们，而且银行卡也在他们手上。"妹妹还是后知后觉。

"那你说为什么呢？"此时我有些窃喜。

直到这时，她才意识到谁是真的为她好，谁在欺骗她，然后乖乖地等着我，放假后，我们一起回了老家。进屋那一刻，我看到父亲眼角的皱纹多了，深了，但看到我们都平平安安地回到家，总算是长长地松了口气。

为了让父亲的耳根能清静些，我在大三的时候就把弟弟妹妹接到了上海，弟弟倒腾了几年回到了老家，妹妹就跟着我一直留在上海。妹妹因为没上过学，早早地就结婚生子了。话说回来，我觉得她还是很幸运的，生了一对特别懂事的儿女。

有段时间，大家都在说原生家庭的影响，父亲的一生没有跳脱出来，我也陪着他奋战了三十多年，更多的时候我是舍不得父亲。

以前，家里穷，父亲结婚时还可以"仗着"村里的第一间瓦房，而到了弟弟这一代，外人会认为，在农村，我们家是不容易娶到媳妇的。又一次，我和父亲配合，不仅让弟弟成家、立业，还有了让父亲疼在心尖上的小孙女，父亲也享受到了天伦之乐。

在农村，儿子结婚一定是家庭中的头等大事。于是，弟弟到了适婚的年纪，父亲就开始为弟弟张罗着。但是弟弟的情况十里八乡的也是知道一二的。弟弟第一次相亲，父亲把我叫了回来，说带弟弟去相亲，那个时候我提起这事还会脸红不好意思，但为了父亲，为了弟弟能尽早地讨上媳妇，我也就豁了出去。

记得第一次带弟弟去看媳妇，我红着脸跟着媒人，感觉像是给自己相亲一样，但两次以后，我就当成流水线操作去了。后来，我发现相亲现场除了看弟弟，主要还看我。其中有一户的姑娘说是看上了我弟，后来也当正式女朋友相处起来，没过多久就提出结婚的礼金50万，还要把灌南我买给父亲的门面房过户到他们名下。为这事我又专程连夜开车回去谈判，真的比谈生意难多了，看到那父母的嘴脸恨不得把我生吞了下去，死死咬住，不容任何讨价还价。父亲见这形势，宁愿不要这样的儿媳妇。后来弟弟自己倒腾了一阵，反正一会一个女朋友加我微信，我光标注"弟媳妇"的微信就不下三四个。

突然有一天，父亲兴奋地打电话说，弟弟要结婚了。我看了女孩的照片，觉得不对劲，这样的女孩怎么会看上我弟弟？但是经过几轮失败，父亲这一次格外兴奋。女孩的父母在宁波包地种菜，父亲非让我开车带他去找她父母谈谈。我架不住父亲的热血沸腾，真的带他去了。那天到了宁波，第一次见女孩父母，我觉得哪里不对，但也具体说不出什么。看着弟弟依偎在女孩跟前，两个人有说有笑，我也放松了警惕。父亲说媒人是女孩的亲戚，还是小姑那头的亲戚,我就更加没什么能说的了。

20万礼金,五金首饰,10辆价值百万元以上的轿车接亲……

父亲乐此不疲,很积极大方地掏出了他积攒多年的家底,剩下那就都是我的事情了。

下聘金,买彩礼,装修房子,结婚的议程和仪式一项都不少,甚至比其他人家要更丰富。父亲唯一的心愿,就是让家里的儿子成家立业,肩负起顶门立户的责任。当父亲以为心中的石头总算落地的时候,意外发生了。也是弟弟"不争气",加上前弟媳本身底子就有问题,在我们家上演了一出"骗婚"大戏,婚后没几天,弟媳就卷着礼金和金银首饰等值钱的东西跑了。

后来,父亲告诉我,媒人以前就是在外面搞假结婚的,女孩在镇上口碑不好,我一听就知道了啥情况。问题是父亲为了有个儿媳妇,真的豁出去所有了,在弟弟结婚前,媒人还向他借钱,他碍于情面,把3万元借给了媒人,可直到父亲去世都没有还。

这场骗婚大戏让我和父亲筋疲力尽,但对于弟弟的婚事,我们还是一直惦记着。所幸,后来弟弟又重新组建了家庭,还有了一个可爱精灵的女儿。说来也奇怪,也可能父亲一直以来亲力亲为照顾小孙女,相处久的缘故,小孙女的性格脾气与父亲有几分相似,这让我和父亲都很惊喜。

其实,一直以来,我们姐弟三个人的一悲一喜都紧紧地牵动着父亲的心,只是因为生活的压力,肩上的担子,他不善于将"爱"这个字说出来。因为我们是同父同母的兄弟姐妹,所以无论怎么样，我都不会对弟弟妹妹置之不理。唯愿以后的日子，他们能好好生活，好好感受已经离开的父亲对他们浓浓的父爱，早日领悟，早日成熟，早日懂得。

## 十一、我兑现了上大学前的承诺

2007年的夏天，懵懂无知但对未来充满希望的我，从小乡村来到大城市，接过爱心人士为我捐助的学费，满怀感激并且告诉自己，一定要好好学习，不辜负大家对我的信任，更要努力奋斗，早日让自己也有能力成为像他们一样的人，去帮助更多像我一样的学生，将爱心传递下去。当时，我在心里也默默地许下了一个小小心愿，大学毕业前给家里改建漏雨的危房。这一切都给予我无穷的动力，让我无知无畏地拼搏着，无论是勤工俭学，还是尝试创业，我都努力做到最好，从最初的一小时8元钱，到后来的一条片子几千块钱，我一次次地创造属于我自己的奇迹。

我人生的第一张银行卡，是进了校门在教室里办的，用来交学费。后来，不管是奖学金还是勤工俭学的工资，抑或是我创业赚的辛苦钱，我都一股脑存到了这张卡里。看着里面的数额一点点增多，我心里有一种说不出来的成就感和踏实感。

2010年的夏天，大三学年结束，这三年，我不知道洒出多少不为人知的汗水，熬过多少夜不能寐的时光，终于，我看到卡里的余额有十多万，我知道时间到了，我可以把我心中最想做的事付诸行动了。

于是，在一个平常的午后，我背着已经磨得有些发白的书包，拿着银行卡，来到银行，激动且喜悦地跟柜台的工作人员说："麻烦您，卡里面的钱，帮我全部取出来。"

工作人员有些吃惊，拿身份证反复跟我比对，不停地打量我。然后，一摞，两摞，三摞，一共是117 000元。我接过柜台递给我的钱，充满神圣感地放进书包里。当天，我背着一书包"家的希望"，美滋滋地坐上大巴车，回了老家。

那天到家的时候，已经很晚，天也黑透了。进门前，屋里一片寂静，房间里点亮的依旧是那盏为了省电而选择的最低瓦数的灯，整间屋子里我们勉强能看清彼此的面庞。父母和弟妹并没有因为我的回来有多大的惊喜，而当我把书包里的一摞摞现金倒出来，放在家里那张已经用了快三十年的八仙桌上时，我看到"震惊"两个字写在了他们每个人的脸上。

"爸，盖房子吧。"我很骄傲地跟爸爸说。

"你哪里弄来这么多钱？""你一个人在外面闯荡，要走正道。"本是满心欢喜地期待着爸爸的肯定，没想到却是有些莫名其妙的嘱咐。

我当时一脸蒙地看着爸爸，不知道该怎么回答他，委屈的情绪涌上心头。后来，我才慢慢意识到爸爸这么说的原因，在农村，大家的固有思维里，一旦看到哪个女孩儿赚了钱，那一定是走了"歪门邪道"。可当时的我完全沉浸在要给家里改建房子的喜悦中，也没有多想。

有了我带回家的"巨款",再加上爸爸这几年攒的一些钱,我们有了盖房的资本。为了筹建新房子,父母把家里的老宅拆了,那是当年全村的第一间瓦房,也是爸爸一直的骄傲,我们准备在宅基地上新建房。但当我们买好了盖房的材料,也到镇上办好了一切手续,却迎来了新上任县领导的指令,全县一律不许新建房,不准动一砖一瓦。

而此时的父母已经搬到猪圈住,就等着开工盖房了,这一道命令让他们措手不及,更是不知所措。我知道这种事情,我的父母是无力解决的。当时我还不时收到一些人的"劝导",让我别较真,"和政府对抗没有好果子吃"。但我想县领导也是普通人,应该能理解我的这份孝心。我想通过写信的方式告诉他们实况。我在信里写明了情况,说我是一名在读大学生,现在想给父母改建危房,已经按照要求办理了所有审批手续,但镇里就是不允许我们家动工,希望县里给予我们帮助。为了让人相信我的身份,我随信附上了《扬子晚报》的报道。

没过两天我就接到爸爸的电话,说镇上的领导来我家了解了情况,"现在是县里明确规定不让盖房子,但凡有松口,我让你们家第一个开工"。

没过多久,我们就等来了可以开工的好消息,爸爸全程设计,参与施工,完成了我们家的改造。那段时间,我每次回家,看到爸爸累得满头大汗,但嘴角是微微上扬的,我能感受到他发自内心的开心。那一刻的我，也是特别满足。改建家里漏雨的危房，是我上大学后最大的愿望。

到了大四那年，我的创业之路越走越顺，让我坚定了毕业后继续创业的决心，打算在这个地方轰轰烈烈地大干一场，见证她的魔力。但此时的我，头脑中又闪现了一个念头，万一创业失败了，那我父母怎么办，弟妹指望不上，只有我来赡养，我必须要给他们一个保障。那个时候，买门面房很流行，我决定在老家的县城给爸爸买一套门面房。万一我创业失败了，他还可以靠收租金过生活。

我记得去买房那天，我坐着爸爸的三轮车，到各个银行去取出每张银行卡里的所有钱。就这样，我交了首付，接下来，我要一个人面对每月数千元的贷款。

尽管，我给自己欠了一身债，但当我把门面房的钥匙交到爸爸手上，告诉他以后不要那么辛苦地干农活，可以靠收租金过日子的时候，心里有一种说不出的如释重负的轻松感。

本科四年包揽了几乎全部的奖学金、上海市优秀毕业生、优秀毕业作品等荣誉的我，在2011年的夏天迎来了毕业季。我看到台下坐着好多家长陪着自己的孩子来参加毕业典礼，来见证孩子的成人礼，我多么希望爸爸也能坐在台下，看到我这四年来的努力和优秀，我多么希望他能以我为荣。

毕业典礼上，我作为学生代表上台发言。那天的我，朝着家的方向，每一字每一句，铿锵有力，我好像想用最大的声音告诉在老家的爸爸，他的女儿长大了，她兑现了当年入学时的承诺，完成了定下的目标，那一天的我是由衷的激动和喜悦的。

## 十二、最快乐的"小白菜"

2010年，上海世界博览会如期而至，通过层层选拔，我有幸穿上了那身绿白相间的制服，成为一颗"小白菜"，穿梭在园区里，做志愿服务工作。我当时是做了两个类别的志愿者，其一是用自己广播电视编导专业的学科基础，在一个电台做志愿者。另一个是高峰期的园区志愿者，在周末，也就是园区人流高峰的时候，我要凌晨4点钟从松江大学城出发，赶在6点前安检入园，进园后参加准备工作培训，然后在正式开园前到达各自的岗位，期待着清晨的第一缕阳光，等待着第一波参观的客人，然后就是一整天的志愿服务工作。回忆起那段时光，每天脚肿得像猪蹄一样，嗓子都是哑的，有点累，有点辛苦，但是很开心，觉得很有意义。最后，我的服务工作得到了认可，获得了世博会"优秀志愿者"以及"志愿者之星"称号。

世博会做志愿者，让我看到了来自世界不同国家的不同文化，让我有机会"看世界"，那时我就想着把家里人接过来，也去看看。那一年，我大三，通过创业和勤工助学的"积攒"，也有了一些积蓄，当下决定把父母和弟弟妹妹接到上海来开眼界，也顺便"蹭"一下小白菜的"特权"，带他们去世博会逛逛。

为了节省费用，父亲说待三天就要走。时间紧，任务重，想让他们玩得开心，我早早就开始策划行程。第一天，行程安排是去东方明珠。我记得，早上从酒店出发的时候，有团体在酒店组织"关爱残疾人"的活动，所有人都坐着轮椅。父亲看到后问我："这里怎么这么多人坐着轮椅在排队啊？"我解释说这里是在办活动，父亲淡淡地"哦"了一声，好像记在了心里。

后来，我们到了东方明珠塔下，很多人在排队，里三层外三层，绕了好多圈，目测要排几个小时的队才能进去。就在此时，我们都注意到旁边有一排是残疾人的绿色通道，都是推着轮椅的人在这里排队。

"哎呀，这里也有残疾人的活动。"父亲一边说着一边感叹上海处处有残疾人的活动，似乎也在感叹上海真是座人性化的大都市，为残疾人考虑得那么周到。

"爸，这是专门为残疾人准备的绿色通道，我去借个轮椅，我陪您走绿色通道，这样你就不用一直站着了。"我跟父亲商量着，用一下他的残疾人"特权"，也确实是不想让他那么辛苦。

"不去，不去。"

父亲听我这么说，很果断地拒绝，坚持跟我们一起排队。

在排队的过程中，东方明珠的工作人员注意到了人群中挂着拐的父亲，专门过来跟我们讲，残疾人可以走绿色通道。面对工作人员的善意，父亲依旧是拒绝，执意跟我们一起走常规通道。那一刻，我是理解他也是尊重他的。我知道在父亲的心里，从来不曾也不准把自己当作残疾人，他要跟正常人一样，甚至要比正常人做得更好，这是他恪守一辈子的人生信条。

　　终于，我们一层层登上去，父亲充满好奇地看着周围的一切，左看看，右看看。我也特别开心地让他们摆出各种造型，给一家人拍照留念。那时，我才发现我的父亲原来是那么可爱，那么听话。每次都听我指挥，配合着拍照，笑容也是那样自然纯粹，仿佛还乐此不疲。当我们走到东方明珠塔的悬空观光廊的时候，看向下面，有些恐高的我吓得瑟瑟发抖，不敢靠近。没想到，父亲很勇敢地站在上面，看向远方。那一刻，我从父亲的身上看到了一种精神，一种勇于挑战自我的拼搏精神，别人不敢上的他都敢，其实从他紧紧抓住扶手的动作能看出他也害怕，只是不服输而已。我强忍着恐惧站到他的身旁，叫声"茄子"，咔嚓自拍了一张，这也成为当时我们能到达的上海最高处的纪念。

　　后来，我们又去看了关于老上海的历史陈列馆，父亲兴奋地看着老上海的"车马春秋"，再与现如今的上海对比，我从他的眼神里看到了惊叹，感叹这些年国家的迅猛发展和强大。

　　第二天，我们去了世博会。那天，我们走了很多路，去看了很多展馆，感受到不同国家风格各异的建筑、不同的民俗、不同的文艺表演。因为我是"小白菜"，就提前找其他"小白菜"帮忙在里面排了号，再加上之前做志愿者时总结出来的"攻略"，一天的时间我们还是走了很多个场馆，父亲也说是"大开眼界"，看到了很多的不一样。

　　那天最让我们遗憾的是，到了晚上，终于可以进中国馆了，但我看出父亲实在太累，走不动了，但他依然拒绝坐轮椅，我们就只在场馆门口拍了照片就离开了。

那一天，我们全家人都很开心，我为了让他们玩得好，吃得好，特意安排他们在世博会的望湘园餐厅吃饭，这也就成了父亲嘟囔了好久、"埋怨"了好久、"很贵很贵"的一餐饭。父亲一边说我浪费，吃得太贵，一边也吃得很开心，我想这一刻的他应该是无比开心的吧。

在世博园的那一天，是我人生中很快乐的一天，因为，通过我的努力，可以让一家人"不出国门，看遍世界"，这也成为父亲后来在朋友间"炫耀"的素材。我也跟父亲说了自己做志愿者的经历，能感受到父亲溢于言表的自豪感。一直在做志愿服务的我，终于有机会为家里人做服务，那天，我是一颗最快乐的"小白菜"。

后来，我又带着一家人去了我的大学，拍了照片，父亲一直在感慨，学校真好，真漂亮。那时，我就想让父亲也看看我的学校，仿佛也在恶补这么多年来心里的某种缺憾。

在上海的那三天，我们一家人走了很多路，看了很多风景，大上海的车水马龙、繁华喧嚣、人潮拥挤让他们很震撼。当即我就给自己定了个小目标，以后要多带他们出去旅游。而人生总是被期待、惊喜和遗憾编织着，后来，父亲就开始把他的全部精力放在给弟弟娶妻生子上，每次跟他提出去外面转转，他总是以各种理由说"等一等"，可这一等，就再也没有等来我们一家人的再次集体旅行，这也成了我一生的遗憾和愧疚。

## 十三、上海，谢谢

大学是什么？为什么那么让人憧憬，那么让人渴望。有人说，大学是一片广阔的海洋，可以破浪前行，寻觅内心炽热的梦想；有人说，大学是最美好的成长时节，可以领略五彩斑斓的风景，丰满羽翼，为下一段旅程保驾护航。而我的大学生活，是人生中最盛大的一次翻盘，四年里，每一步都是成长的脚印，散发着沁人心脾的芬芳。

2011年的夏天，此时的校园里，一种夹杂着淡淡伤感的温情在弥漫，四年的努力，大家的去向各不相同，有人拿到了心仪大学的研究生录取通知书，有人收到了好几封看起来都很不错的工作offer，也有人前途未卜，忧心忡忡。而这时候的我，完成了入学时许下的心愿，改建了家里的危房，还"超额"完成了任务，为父母买了老家的门面房，让父母可以有个基本的生活保障。同时，大学期间我还在力所能及地参与助学活动，践行了当初"把爱心传递下去"的承诺。

这一切都让那个夏天的我感到无比的幸福和踏实。我再次来到外滩，站在黄浦江边感受上海的气息，看着簇拥的人群和恢宏的建筑，听着黄浦江上时时传来的汽笛声，我在心底里大声地说了一句："上海，谢谢！"这份感谢是发自内心的，感谢她的魔力，让我在这里可以许愿，又能如愿。感谢她的荆棘，让我磨炼意志，无惧坎坷。感谢她的包容，让我带着一颗赤子之心，沉迷其中，塑造自我。

还是到了离别的日子，大家在宿舍里默默收拾并打包着行李，我们都默契地没有了往日的"互怼"，似乎在为最后的离别酝酿着情绪。到了执手泪眼相送的时候，因为是留在上海，所以，我走得最晚，一波一波送别着离开的同学，读研的，出国的，回老家的。每送走几位，就好像送走一段记忆，哭声也从最初的共振走向最后的哽咽。那几天的校门口，倾盆而下的是不舍的泪雨。

"天将降大任于斯人也，必先苦其心志，劳其筋骨。"现在回头看，尽管那段岁月，有过苦难，有过挫折，有过委屈，但我仍旧心怀感恩，感谢我的母校，复旦大学上海视觉艺术学院，感谢上海，这个从小就刻在我脑海中的期待。内心的愉悦和阳光，是幸福的底色。心之向阳，平凡的日子也泛着光。心怀感恩，所遇皆是美好。

写到大学这里，于我而言，就像打开了一段尘封的记忆，珍贵的东西总是不敢随意触碰。生命中最难忘的四年就这样在伤感中翻过去了，那些青春的迷惘和勇气，那些创业路上的笑声和泪水，那些无拘无束的梦想，那些没有任何杂念的友谊，都让我轻轻地揽在怀中，如珍宝一样呵护。

大学是一个很重要的篇章，落笔无声，但又好似说了千言万语。这一章节到这里就告一段落，接下来要写的是走出校园后的风风雨雨甚至是九死一生。此时的我，心头涌上一种难言的情感，我有些怕了，竟然没有了继续写下去的勇气。今天的我，知道后来的自己要经历哪些，遇到哪些，人性的种种，社会的拷打，太心疼那个二十几岁的自己了，我多么希望可以一直做那个对世界充满美好期待的、哪怕是有些傻傻的姑娘。

我不得不感叹造物主的翻手为云和覆手为雨，只是当初的自己还无法预知，当时看似美好的日子，却为我在几个月后种下了苦难的果子。在人生中，内心深处往往会有几次惨烈的战争，或因为突如其来的摔倒，或因为情感的重创，或因为亲人的离去，还有理想的破灭，而对我来说，最惨烈的是那一场几乎将我毁灭的车祸以及爸爸猝不及防的离去。而不管是什么样的战争，都会面对时间这个对手，当硝烟散尽，一个人默默打扫内心的战场时，留下的是那些触目惊心的场景和愈发超然的心境。

第五章

# 挺过来的人生，能见到光

大学毕业，正当我准备一展身手的时候，突如其来的车祸让我第一次知道什么叫濒临死亡，完全可以用"粉身碎骨""撕心裂肺"的字面意思来形容当时的我，连呼吸都是痛的。但想想家中的父母、客户的项目、公司的员工，我告诉自己，必须挺住，要拼了命地活下去。

当拄着拐杖的父亲深一脚浅一脚地走进病房，看到眼前面目全非的女儿时，他的嘴唇在颤抖。那一刻，我从他的眼神里看到的是满满的心疼。"晓芹，等你好了之后，别再创业了，找个好男人嫁了吧。"这是父亲对我说的话，跟小时候那句"我给你300块钱，去县城学个裁缝吧"在我心中产生了相同的回响。在这两句话里，我听到了父亲力不从心的爱……

虽然命运总是不期然给我一个突然袭击，但我相信，有一种战胜命运的人生哲学，那就是向阳怒放，永不言弃。

命运总是不期然给我来一个突然袭击，但我相信，有一种战胜命运的人生哲学，那就是感恩。

越感恩，越幸运！

## 一、"医生,我就是自己的家属"

"出车祸了,快来救人呐!"

"人呢?"

"在车底。"

"肯定没救了。"

"哎哟,造孽啊!"

我用力睁开眼,看着汽油嘀嗒嘀嗒落在地上……

2011年10月,距离大学毕业刚过去三个月,我被命运狠狠地压在了轿车底盘下……

回想起2011年的夏天,于我而言,不仅是毕业季,也是收获季,我用尽了全身力气给家人做了我能做到的最好的安排。一直以来,在我的生命中,我的认知里,家人永远比我自己重要,好像真的有"无我"的感觉。我经常习惯性地忽略了自己,不仅是身体上,还有精神上。那时,我也并不觉得辛苦或是委屈。因为,他们是我前进的动力。

2011年的国庆节,我回家办了一件自认为很重要的事情,取到了为爸爸购置的门面房的钥匙,然后满心欢喜地交到他手上,长长地松了一口气。我知道哪怕自己将来创业失败,他们也可以有个最基本的生活保障,可以收房租,急用钱的时候可以卖了应急。交钥匙的那一天,尽管身上扛起了重重的石头,但心里是轻松愉悦的。

"有了这套房子，你弟弟的媳妇都会好讨一些。"这是爸爸接过钥匙时说的话，我并没有吃醋。那时，只要他高兴，我就跟着很高兴，觉得这一切都是值得的。其实，那笔钱在当时是可以在上海松江区付首付，买一个属于自己的小房子的。多年后，上海的房价翻了很多倍，而老家的门面房还降价了。这些年，因为限购我一直与房子无缘，漂泊了这么多年才在爸爸离开的那周收到了上海市的落户通知，获得了一个买房资格。有人会问我，如果再来一次你会优先在上海为自己买房吗？我笃定地回答："不会。"是真的不会，直到爸爸离开我才知道这些年他是我的精神支柱，他在的时候，我才有家，他在的时候，我才有使不完的力气，奔赴一个又一个的梦想。

在老家安顿好了一切，我回到上海，又一次许了愿，摩拳擦掌做好了准备，要撸起袖子大干一场，希望能早一天如愿。然而，那场突如其来的车祸不仅"撞碎"了我的身体，更是"碾压"了我前面奋斗的一切。

2011年10月11日，我和设计师加班到凌晨。记得那天，夜空中挂着一轮皎洁明亮的月亮，可能因为项目即将圆满收官，也可能因为我们是为数不多毕业后坚定留在上海的创业者，那时的我们都没有倦意。他买了一些啤酒，我们坐在创业中心门口的台阶上"感叹"人生。

"晓芹，我觉得你真的是很现实的人。"他的话让我有些猝不及防，不知道这个"现实"要怎么理解。

"其实很多人都会选择走捷径，而这几年，我看着你都是设定了目标，然后不折不扣地去实现，说真心话，我一个男孩子都做不到。"

他的补充让我松了口气。那些年，因为我还没克服原生家庭带来的性格上的敏感和自卑，很多时候因为他人的目光，委屈自己要退一万步，或者是极其严格地约束自己。

那天，他喝了酒，为了安全考虑，我提议不要骑摩托车了，我送他回去。

"明天，我来接你。"约定好了第二天见面的时间，我们各自回去休息。

第二天，我像往常一样，还是早早来到办公室，修改完最后的稿件，QQ里和设计师约好，12点10分在他家门口见，我们一起去给客户汇报最新制作的动画宣传片，那天的我忙到早饭午饭都没时间吃。

眼看着时间要到了，我改好最后的文案，把文案发送给后期团队，就骑上电瓶车准备与设计师汇合。当我骑车到松江区文翔路立信会计学院南门的时候，一辆白色轿车停在马路中间，周围没有其他车辆，我在正常骑行中，一边骑还一边纳闷，是不是司机迷路了在找方向？我们之间虽然隔着很宽的绿化带，我还是刻意想离他远一点，几秒钟后，正当我骑到轿车前方时，瞬间眼前一片漆黑。我感觉自己在坠落深渊，我不停地挣扎，想要睁开眼睛，但是下坠的速度太快了，无法挣脱。

刺耳的刹车巨响、轮胎在地上深黑的划痕、尖叫慌乱的人群、支离破碎的现场……这惊心动魄的一幕幕，是电影剪辑时惯用的车祸场景。然而，当我真正被卷入车轮下的时候，这些场景竟是那么真实地发生了，我只感觉时间好像静止了，眼前开始天旋地转，在不停翻滚之后有种坠落黑洞的错觉，任由我如何挣扎都无法停止。

随着一声巨响，一切静止了，我感觉自己被大山压住了，当时莫名其妙地想到孙悟空，好像体会到了他被压在五行山下的感觉。其实后来我知道，那时候我还没有恢复意识，只是心里的一种感觉。睁开眼睛的那一瞬间，我就看到汽油在滴着，看到有擦痕的轮胎。那时我才意识到自己整个人卡在轿车底盘底下。我的脖子紧挨着汽车后轮，一只腿卡在汽车前轮边，另一只脚还挂在电瓶车上，脸生刮在地上。滚烫的排气管紧贴着后背，滋滋地灼烧着我，我想要挪开身体，却连一点点都动不了。

这时，我感觉全身上下好像只有"脑子"还能正常运转，拼命回忆刚刚发生的事情。看到排气管滴着汽油，我恍然大悟，难道是刚刚的轿车？我听到驾驶室的人一边走下来，一边打着电话说："老公，我好像撞人了。""我没事，她好像在车子底下。"

听到这里，我确定了，我就是那个她车子底下的人。而不知道怎么回事，那时的我，第一时间想到的竟然是："我接不了设计师了。""不行，我要出去，跟客户约好了做方案汇报。"

"救命。"我用了我能使出的全部力气喊着，那也是我人生中第一次喊救命。后来，感觉到越来越多的人围了过来，你一言我一语的，有唏嘘，有感叹，大概的意思是这人没救了。

我脑海中开始清晰地闪现各种想法：

客户等着我修改的动画片还未交付。

我要联系设计师交代工作。

我不能死。

……

可能此时看到这些文字的你，会觉得不可思议。然而，我当时确实就是这么想的。前两天和一个朋友聊天，他说："你的大脑构造可能和别人不一样，看待问题的角度总是那么不同。"所以，我想不止一个人这么想吧。

事实是车子再往前开一小步，我就没命了。

我一边想着，一边想要挣脱死神伸来的魔爪。一片慌乱中，有人试图抬车，我感觉到车子晃动了几下。

"千斤顶呢？"

"后备厢找找。"

我能感受到大家想要救我，尽管我知道这里面是有些试试的成分。当千斤顶顶起车子的时候，周围的人都不敢碰我，我拼命想要抬起头说话，但被死死压着，只有一只眼睛可以半睁开，我看到肩膀上的衣服可能因为拖扯已经被撕破，血渗了出来，但我还是竭尽全力挪动肩膀，想把自己挪出车底，让他们够得到我。

"我的肩膀……应该没事……请你们……拽我的肩膀吧……"

可是依旧没有人敢拉我。

"现在操作不当，万一大出血就不好了。"

120的呼救声越来越近。我能听到他们熟练地放下担架，问人在哪里，旁边的人赶紧让出道来。当我被拽出车底的那一瞬间，感觉上身和下身像脱节的列车一样，整个身体瘫在硬邦邦的马路上，毫不夸张地说，全身上下，感觉只剩一只眼睛还能动。

当时的我是趴着的，他们直接把我抬上担架，发现不对，又把我翻转过来，那时我感觉下身剧痛无比，像是要被撕裂了一样。

我被搬上了救护车，医生说："赶紧联系家属。"

"不行，不能让他们知道。""就算来了也帮不上忙，还徒增烦恼。"这是当时的我在脑海中闪现的想法，现在回想，没错，这就是我，很真实，关键时候总能保持如此清醒的头脑。医生都庆幸当时没把这么"聪明"的脑袋撞坏了。

"我父母来不了。"我用微弱的声音回复着医生。

"不行，这种情况必须有人过来，赶紧的。"医生听到我的回复也很诧异，提高了音量吼着我。

"我的手机在电瓶车车斗里。"当时我就想找个熟悉的朋友来帮忙。

于是，他们赶紧安排人下车去帮我找。没想到，带回来的消息是："没找到，听说被一个男孩子捡走了。"

后来不得已，联系了我的客户。因为是中午，可能都在休息，120不停拨打电话都没有人接听，医生催促我找家属来签字。

"我没有家属，自己签字可以吗？"我央求着说。

"病危通知，自己不能签字。"医生有些不耐烦了，估计也是很少见到我这样的"怪人"。

其实我也无法确定能联系上谁，可能从小到大都习惯了自己为自己的一切负责，说我自己签字都不行的情况还是第一次遇见。

终于，当我看到客户冲进来的一瞬间，我竟然有点想要掉眼泪，但又及时忍住了。没想到当初总是以预算低和我讨价还价的客户，关键时候却是我的救命恩人。

医生说："车底出来的，存活概率很低。"

他们就跟医生商量："我们现在立马转院，送到市区最好的医院试试！"

医生想要劝阻："她是车子挤压过的，现在生命体征极度不稳定，转院路上万一大出血是很危险的。"

客户急了："那也要想办法转院，你们先检查。"

"她没有家属签字。"还是卡在了签字的问题上。

我让客户联系了我的妹夫，因为妹夫以前是协助我打下手的，所以很多客户都有他的联系方式，等妹夫赶到现场的时候一脸蒙。医生让他不停签字，他估计是害怕了，签到病危通知的时候说不签了，还打电话给爸爸，声音有些颤抖地说："大姐出了车祸，很严重，你们赶紧来吧。"

我印象很深刻，那个时候，妹夫的腿在发抖，我使出全身力气叫他过来，把电话放在我耳边。

"我是皮外伤，你们千万别来，来了添乱。"我尽可能用平静的、最像我平时状态的语气跟爸爸说着,让他放心。

我让妹夫挂了电话,没忍住训了他一顿:"你不知道他们的情况吗?"

客户忙前忙后地张罗着,我上了一台又一台机器,那时候是真的很痛,连呼吸都是痛的。

"你不能掉眼泪,现在脸上都是伤,会毁容的。"医生一边用生理盐水清洗着我的外伤,一边警告着我。

我咬牙切齿地强忍着,此时说自己是在拼命一点不为过。结果陆陆续续出来了:有内出血,有积液,还好不致命;脑震荡,骨盆粉碎性骨折,后背烫伤,腿上摔伤,生命体征不稳定……

其实,现在回想当年的那一幕幕,我的内心也是受触动的。生死垂危之际,陪在身边的竟然是客户。更让我意外和感动的是,在医生的"好言"劝说下,客户仍冒着极大的风险,顶着巨大的压力,坚持为我办转院。

"一定要不惜一切代价抢救!"时至今日,他们的这句话还时常回荡在我耳边,温暖我的心。想想都后怕,若是没有他们的及时出现,或许后来的我不可能这么健全,甚至没了小命也无人知晓。

为了确保我得到最好的治疗,争取最高的存活概率,在他们的坚持下,我开始了转院之路。为防止路上颠簸导致大出血,他们特意买来绑带绑住我受伤的部位,把我稳稳捆在担架床上。那是我第一次感觉到被"扎扎实实"地保护着。

当救护车开在转院的高速路上时,我跟妹夫说:"联系一下设计师。"

"什么情况？我在门口没等到你啊。"电话那头传来了熟悉又焦急的声音。

"别说话，我出车祸了，动画最后修改稿在我电脑桌面上的最后一个文件夹里，文件名是'终结版的终结版'，已经发送给后期团队修改，你做最后审核，好了交付给客户。"

记不得设计师说了什么，但我知道电话那头传递的是紧张、担心，是有些不知所措的情绪。

"我没事，你放心。"我想尽可能安抚好他，担心因为我，耽误了客户的事情。

在护士震惊的眼神中，我交代完了"后事"。我瞬间就像泄了气的气球一样，一下子瘫了，一丝声音都发不出来了。我终于明白，"信念"对于一个人到底有多重要，我也明白了影视作品里，每次等一个人交代完"后事"，就安心闭上眼的情景是不夸张的。我转动着眼睛，听着120的呼啸声，竟然感受到了一种被"特别"关心的感觉，至少在车里的这几个人，把全部精力和注意力都放在我的身上，这是从未有过的体验。

## 二、"爸，你快来吧，大姐要死了"

自从"失声"以后，我也失去了任何自主能力。我僵尸般躺在抢救室里又硬又冷的担架床上，全身疼到头皮发麻，那时感觉到度秒如年。因为内脏损伤不明，加上生命体征不稳，医生不能给我使用止疼药，我就只能硬生生地咬牙扛着。

浑身的擦伤、烫伤以及骨盆粉碎性骨折让我不能动弹，医生只能把我的衣服剪开，让我赤着身子躺在临时用的担架床上，盖上被子去做各项检查。因为没有家属陪同，有些情况下当被子掀开的时候，女孩的羞耻感大过了受伤的疼痛感。

医生说我这种情况一时半会儿还做不了手术，为了防止等待手术时间久了，我的骨头长错位，要在双腿膝盖上穿上钢条，拉着几公斤重的砝码保持身体平衡。面对这样的说法，我是迷茫的，更是害怕的，但在当时那种场景下，我也只能任由"摆布"了。

记得在那位老师傅推我去打钢条的时候，我是极其无助的。也是因为没有家属陪同，他掀开我的被子，把我晾在冰冷的房间，自顾自地做准备工作。当时我觉得自己的尊严被侵犯了。我试图用微弱又略带恳求的声音说："能不能帮我先盖一下。"师傅不理我，只管做术前准备。我看到他的助手很年轻，像个实习生，我就求他帮我盖一下，他看看师傅，我感受到了他的为难。那一刻，我的眼泪落下了，此时的自尊心显得那么卑微。

老师傅在我的双腿膝盖上打了两针，因为我是平躺着的，对他的操作一无所知，应该是麻药吧，只记得还没等有反应，他就用类似于锤子、钉子之类的道具在我的腿上敲起来，我只知道有冰冷的东西刺进我的膝盖，可是我不知道是什么，那时似乎也无所谓了。

越是迷茫越是害怕，我第一次感觉自己就是砧板上的鱼肉，任其摆布。可能那位师傅早已习惯了自己的身份，对每日单调重复的工作已经"麻木"了，哪有什么怜惜可言。这件事情一直在我内心深藏着，似乎比伤痛更重的是无情。

"现在几点啊？"躺在抢救室观察的我，感觉快要疼晕了，我控制着自己不要问，但还是会问出口。

"还有多久天亮啊？"越到深夜疼痛的感觉就越加剧。

"快了。"每次问过后，护士都随嘴这么说一句安慰的话。

每一次我以为过去了很久，问完一算，其实几分钟之前刚问过嘛。我第一次体会了度秒如年的感觉，我是多么期待天亮，因为医生说天亮了，我就可以住进病房了，不用睡在担架上，那样就会舒服很多。

我以为这是真的，事实上等待我的是更加漫长且难熬的疼痛。

车祸后快半个月了，我仍旧没法进行手术。因为我是车子碾压过的，生命体征一直不稳定，也就不能使用止痛针和止痛药。躺在重症病房里，一直高烧不退，浑身出的汗能把衣服和床铺浸湿，像躺在被雨水淋过的棉花里，衣服糊在身上，非常难受，每次换病号服或者检查都像上刑场。一开始，我的心率也十分不稳定，床头的心率监测仪经常会因为过快而报警。

那段时间，我严重缺乏睡眠。因为一闭上眼睛，身体会不自觉地开始痉挛，仿佛被车子猛烈撞击一样，然后我会因为痉挛的疼痛醒来，一直这样恶性循环。

白天不能睡，晚上越到深夜越疼得钻心，我经常疼得忍不住

"哼"出声音来。隔壁病床的病友是一位建筑工地的工人师傅，因为高空作业不慎坠落，瘫痪了。

"妹妹，我知道你很疼，但我现在很羡慕你啊，我连疼都感觉不到了。"他的"别样鼓励"让我莫名有种心酸的感觉，更加深刻感受到，在这个城市里，每个人都生活得很不容易。

一次，他很想吃苹果，家属没忍住，就破了禁忌，偷偷喂了一口。没想到，这个举动竟然差点要了他的性命，医生大动干戈地抢救，中途我还听到了窒息的声音。他是南方人，家庭条件不错，很多家属来医院陪同。面对抢救时的惨状，家属号啕大哭，这样的哭声在这层楼经常会听到。还好抢救及时，救了回来。

在医院里能窥见人间真实的样子，每个人在这里承受着来自生命不同的痛楚，或许你无法忍受的当下，正是别人渴望的曾经。

自从进了医院，每天早晨都要拍片子确认我的身体情况。每到8点钟，护工就会过来把我移动到推车上，两个床中间短短的距离于我却像跨越大江大河，每一个轻微的动作对我来说都是酷刑。

大约一个星期后，在上海工作的弟弟从妹妹那里得知我出车祸了，跑来看我。其时他的工作地就在医院附近，我没有告诉他，因为那时的他还天天让人操心。来到医院，看到病床上的我"面目全非"，他好像一下子懂事了，至少比以前"消停"了很多。

他每天守着我，听到心率监测仪的"哔哔"声就会紧张地站起来，一副随时要去喊医生抢救我的架势。有一次，他被吓坏了，大概是凌晨3点，我疼得控制不住哼唧着，医生进进出出很多次，弟弟以为我不行了，偷偷给爸爸打电话："爸，你快来吧，大姐要死了。"后来，爸爸说，弟弟给他打电话的时候，他也莫名其妙地睡不着，我想可能是父女也连着心吧。

第二天，爸爸就赶来了。我记得很清楚，他拄着拐杖，一脚深一脚浅地走进病房，我从他拐杖落地的声音能感受到他心里的感觉。当他穿过帘子看见"皮外伤"的女儿，身上插着各种管子，双脚被悬空吊着，膝盖上横插着两根钢钉，腿上还吊着两个为了矫正骨盆用的七公斤砝码时，他的眼角瞬间泛起了泪花。他的喉结不自觉地上下动了动，想说什么但又好像被东西卡住了说不出来。这是我从没见过的爸爸的样子。

"别担心，医生说，做完手术就好了。"我主动开口说话，也是想尽可能安抚他。爸爸走到我的身边，我看出了他的心疼，但又不知道如何表达。

随后，爸爸打电话给小姑："你快来，情况不是晓芹说的那样。"很快，小姑赶来了医院，可能女性比较容易表达感情，小姑眼泪"唰"地掉了下来，抓住我的手不停揉搓，不停念叨着："受苦了。"

小姑给我擦身的时候发现我脚底翘起了厚厚的老茧，她惊讶地问："你平时都干什么工作啊？"

"开货车，搬大米，扛摄像机拍摄，搞活动……"我随口说着，仿佛此时还是想多跟他们聊聊天。

"你这脚像八十岁老太太的脚。"我从小姑的话里听出了心疼。

"我脚底很疼,你看能不能把它削掉。"

小姑摸了摸翘起的一边说:"等它慢慢脱落吧。"

后来爸爸也关注到了这一点,他不禁感慨:"晓芹呀,从小就吃了不少苦。"

"晓芹,等你好了之后,别再创业了,找个好男人嫁了吧。"爸爸的话让我沉默了一会儿。

"爸,我喜欢创业,这样能更快地实现人生价值。"我解释给他听。其实,我想说,当初选择创业的时候就想好了,不管发生什么,要一直做下去。

"你已为家里做得够多了,以前我们没办法,一直让你吃苦。"不知道是爸爸没听到我说的话,还是他想说完他想说的话。

此时,我的眼泪已经在眼眶里打转了,他也背过脸擦泪。我怎么会不懂爸爸的心呢?爸爸又怎会不关心我呢?父女之间的爱,都偷偷藏在这些曾经羞于表达的心里话之中。这些天,他看着我躺在病床上也没有休息,不断联系客户对接工作。我想,应该在那一刻,他也释然了当初对我的担忧吧!

有了爸爸和小姑的陪伴,时间好熬多了,那也是我记忆里和爸爸说最多话的一次,我感受到了陪伴的幸福感。

## 三、做了一道给出答案的选择题

那时候,医生说在我手术前,滴水不能进,只能靠营养液。每天早上8点开始打点滴，一开始打到下午三四点就能挂完了，后来静脉输液久了，仿佛身体也在对抗，输液的速度也开始慢了下来，有时到晚上八九点才能结束。这样持续半个月，中间还紧急输了几次血，在医院的治疗下，我的生命体征终于慢慢平稳下来。

有一天，医生破例让我吃了个鸡蛋，说不能再等下去了，明天再检查看看是否能达到手术指标。那是我第一次发现食补有那么大的作用，就因为一个鸡蛋，我勉强达到了手术指标。

终于要手术了。

我天真地以为伤筋动骨一百天，熬过了一百天，我就能好了。而手术的前一天，我才知道自己伤得到底有多严重。其实，在那之前，我还盘算着，手术完毕，是可以坐着轮椅去工作的。

术前教导时，医生说："你伤得很严重，目前有两套方案给你选择，第一套是腰部的前、后都要剖开，前面可以间隔打开，后面只能全部划开，大概20厘米的伤口，你是疤痕体质，肯定会留下疤痕。"我有点吃惊，怎么跟我想的不一样。

"第二套方案呢？"我急忙追问，期待听到让我惊喜的回复。

"前面一样，后面进行微创手术，但可能会落下残疾。"听到这，委屈加上恐惧一股脑涌上来，这哪里是选择题，明明是给你答案的必选题。

显然，我只能选择第一套。

为了让手术更精确，术前我还要进行拍片检查，这次跟每天的例行检查不同，要把我人侧立起来拍摄。本来我的骨盆就已经碎裂了，怎么能立得住呢？医生说："这个片子拍出来，明天才能更精准地手术。"护工和小姑他们尝试了几次，都不成功，我疼得喊出了声。医生看着我不忍心地说："要么先别拍了。"

我想起医生的话，为了手术成功，我拼了命也要拍出来。

"医生，再给我一次机会吧。"说完，我立刻把身边的人分工，"小姑，你稳住我的头，阿姨，你稳住我的上半身，医生，你稳住我的腿，待会儿不管我怎么哭喊，你们都不要管，一定要扶稳我。"

随即，走廊里回荡着清晰又刺耳的撕心裂肺的哭喊，身边的人一边流着泪，一边稳稳地扶着我。拍完后，连医生也忍不住落泪了。那天参与这场"战争"的还有《扬子晚报》上海站的记者，她来探访我的情况。那天采访完，因为人手缺乏，她也加入了我的亲友团。时隔一天，也是我手术成功后，她还发了一篇稿件，里面清晰描述了她那天采访我时的感受，以及我刚做完手术的样子。

到了手术的日子，一大早，我就被挪到手术专用推车上，包裹成粽子一样推进手术室。病房到手术室，要经过医院的室外小路，车祸后这么久，我第一次看到外面的天空，有几秒钟，我竟然感觉到自己是从头到脚"喘了口气"。然而，当路上的车驶过时，我竟然惊恐地哭了，感觉车朝我直冲过来一样。那一刻我意识到，这场车祸除了带给我身体上的重创，也在我心里留下了难以抚平的伤痕。

刚注射完麻药，我清晰地听到医生说："先做前面，如果能撑下去，再做后面。"我潜意识里告诉自己，不管怎样，一定要撑下去。

那天，不知道过了多久，我在迷迷糊糊中被推回病房，只见我身上的衣服和床单上还有很多血迹。我记得，爸爸那天就看了我一眼，就再没见他了。后来，我听小姑说："肇事方派来的人真的不是个人，你刚出手术室，我们看到你惨白的脸很心疼，害怕是不是没有脱离生命危险，估计他怕你爸心疼你而闹事，没想到他'威胁'你爸说：'你女儿还没脱离生命危险，你要保持情绪稳定，否则后果不堪设想，这次手术是鬼门关走了一圈的。'"

现在想来，如果他当时真的是个光棍的话，还能勉强去理解，但他也是那么宝贝自己的女儿啊！我手术前的一段时间，他代表肇事者负责和医院对接，所以他一直跑医院，说起来这一点他做得还是让我感动的，虽然是职责所在，但毕竟不是他撞了我。但他每天不痛不痒地说一些话，有时候还是会无意间伤到我和我的家人。"今天气死我了，我把饭菜烧好了，死丫头竟然泡了方便面吃。"那时的我还滴水不能进，靠打点滴维系生命。我感受到了他的气，还有他的爱女心切，也更感受到他对我的无视。

其实，我特别遗憾当时的我没能站出来找他理论。因为，在我的世界里，无论什么时候，无论我处在什么境况下，别人伤害我可以，伤害我爸爸绝对不行。

肇事方做的出格的事情也不是一件两件，现在想想那时的包容和退让，是在纵容恶人继续行恶，他们以为有了保险就是保险公司的事情，与他们无关，自始至终也没有一点真诚的歉意。

记得在媒体报道了我的车祸后，社会多方表达了对我的关心，其中我的母校也来关心事发经过，然后我就收到了肇事者老公的一通威胁电话。

"社会这么关心你，我们就不管了，就交给社会吧！"听到电话里冷冷的甚至带着胁迫的语气，以我当时的认知，居然没有生气，还想着表示歉意，加上我发自内心地觉得肇事者并不是故意的。

那天的我，接完这通电话后，强忍疼痛，用一只手半举着，一个字一个字敲出了一封长长的道歉信，大概内容是，我没有要打扰他们的意思，学校也只是出于关心去了解一下情况，我已经与学校沟通了，不会再去打扰他们。第二点，是将心比心地告诉他们，我现在真的很疼，庆幸是她撞了我，如果是我撞了她，她肯定是无法忍受这样的疼痛的，因为我还年轻，我还能忍受……当年的我就是这样，自己错没错都能为别人找出一堆理由，这就是爸爸"不护短"教育的影响，虽然会吃点亏，但总的来说，在外闯荡需要这样的"钝感"和度量。

但有些人和事，并不是你退让就能解决的。后来，肇事方派来处理事情的人变本加厉。当时，在抢救室外，他冒充成我的家属说不用备血。治疗期间，跟医院提出，医保范围外的药不要用。因为请护工没有发票，无法报销，也不安排人来照顾我，导致有一阵我只能用医院那种帮忙打饭和擦身的临时护工。但我因为长期平躺，是需要护工经常按摩手脚或者翻身的，直到小姑来才暂时解决了这个问题。

今天，我把肇事方无所顾忌的行为写出来，就想描述清楚一个以为有"汽车保险"就可以抹灭自己的错误带给别人伤害的心理状态，呼吁肇事方不能有了"保险"就失了责任心。"保险"解决了物质受损的问题，但解决不了事故对受害者的全部伤害。受害者仍旧要为这一错误承担财产、健康、时间，甚至生命安全的损害。

由于医院的病床紧张，在历经了将近7个小时的手术之后，我就被通知五天后转院或者回家。我告诉医生，我家就我一个人，回去的话，那我连饭都吃不上。听到我这么说，再联想起这段时间我在医院的遭遇，医生心软了，帮我对接了他们的共建医院，可以转过去。那时，我感觉在医院的时候，和那些不能主宰自己命运的小动物也没什么区别，并在此刻深刻理解了"健康才是生命的本钱"这句话的意义。

## 四、生命中最冷的一个节日

2012年的春节，是我和爸爸的生命中，最冷的一个节日。

2011年10月，我发生的车祸，挨过了手术的煎熬，到了2012年的1月，我转到康复医院做康复训练。从发生事故起，肇事方的态度就很让人寒心。不管我如何设身处地替他们着想，都没能换回他们的善意，他们反而更加没有底线地给我带来身体上和精神上的双重伤害。

眼看着快要过年了，我特别担心自己不在家，爸爸会操劳过度，正逢肇事方委托人来医院看我，我跟他们提出希望雇一辆救护车送我回家，陪父母过个团圆年。结果换回的是他的严词拒绝，理由是保险不报销这个费用。

他们看出了我的情绪，居然说出让我这辈子都忘不掉的话："谁让你本命年不穿红色的内衣辟邪的？""不是你被撞的是最大受害者，说不定撞你的人才是。"

此言一出，把隔壁床90岁的奶奶气得坐了起来，奶奶是一个儒雅的人，从来不会说脏话，那天她指着他说："你还是人吗？人家年纪轻轻的小姑娘被你们撞成这样，你们毁了人家的一生啊。""你没有子女吗？你为人父母看到孩子伤成这样一点都不心疼吗？"那人灰溜溜地逃走了。

2012年的春节，我是在医院过的。后来听小姑说，年三十那天，她吃了饭，心里感觉不对劲儿，就去了我们家，大老远就看见爸爸一个人坐在屋前，家里冷冷清清的，一点过年的气氛都没有。听到这些话，我的心里特别不是滋味儿。

回忆起那年春节，本应该是全家人和和美美团聚的日子，而我只能在病床上遥望家的方向，爸爸蹲在老家门前，抽着旱烟，试着看向上海的星空。那一刻，我们在心里都默默地跟对方说了一句："新年好！"

我前两天把曾经车祸的资料找出来，想"温故而知新"，突然在材料里发现爸爸在我车祸后的第二年，发生了一次严重的脑梗。他也没有第一时间跟我说，后来他说那天差点把命丢了，我顿时毛骨悚然。

他说那天大晚上黑灯瞎火的，他开着柴油三轮车载着妈妈从二姑家回自己家，刚出门不久，就突发了脑梗。但当时他并不知道怎么了，就是感觉头晕目眩，呕吐不止，三轮车还在路上快速行驶，他极力控制着车，尽可能把控着方向、踩住刹车，最终车子滑行出去几百米，停了下来。随即，他从车上摔了下去，妈妈当时吓坏了，不知所措，爸爸断断续续说"赶紧回去找二姐"，妈妈慌慌张张往回跑，但是已经记不得来时的路。爸爸说他趴在路边控制不住呕吐，一直硬扛等着，等啊等啊，大约两小时过去了，妈妈才带着二姑找到他，送他去医院。

这一次虽然凶险，但并未给爸爸留下严重的后遗症，只是头脑经常混沌不清。我听说之后吓坏了，赶紧带他来上海复查。医院开了一种长期服用的药，要天天吃。从那以后，我就特别害怕爸爸的脑梗二次复发，所以去香港的时候，我给爸爸买了两颗"安宫牛黄丸"，一颗放在他身上，一颗给弟媳妇拿着，强调必要时吃下去可以救命，可是最后还是没有用上……我的这场车祸看似爸爸并没有帮上很多忙，但我知道他肯定没少操心，是日日夜夜睡不着的操心。

此时我的心里并不好受，肇事方带给我的伤害我并没有那么在意，但带给爸爸的我一直记着。

还有一件让我忘不掉的事，发生在第二年过年前夕。我第二次手术，肇事方一直未出现，直到我转了医院，她的老公提了大袋小袋的慰问品来到医院，尽管聊的话题并不令人开心，是关于事故处理的事情，以我当时的认知，我是迷茫的。但是看到他还算有诚意，我稍感欣慰。

没过两天，我把他送的礼品转送给了一个经常给我煲汤送来的朋友，没想到晚上她打电话跟我说："梁晓芹，你的东西都过期一年了，你到底还有多少这样的东西啊，千万别吃啊！我这两天过来帮你整理一下。"

"不可能啊，这是肇事方前几天刚拿来的，怎么可能？"

"啊！他们还是不是人啊？拿过期一年多的海产品给你？"

那天挂完电话，说实话，我很受伤，为这事我给《扬子晚报》的冯可姐姐打电话倾诉，她说："你要告诉对方，否则他们会觉得你一个小姑娘好欺负。"

我酝酿了好久，最终是发了一条短信，但内容还是善意地提醒，大概是说这个食品过期很久了，你们看看家里还有没有，别吃坏了肚子。他回复说是前几天朋友送给他的，他也没注意，然后表达了歉意。

现在回忆起这些，我是心疼自己的，谁能想到那时我这个小姑娘还是那么不谙世事，也不懂得什么是自己的权益，在伤害面前还想着将心比心，我不是没有分辨能力，只是很容易妥协和替他人着想。也可能就是这样的"钝感力"和这样的个性塑造了我，就像如今，我依然坚信爸爸说的"吃亏是福"，依然渴望我只是一个孩童，用一个孩子的视角去看世界。

## 五、原来这就是十级孤独

在这个医院，我度过了近三个月难熬的时光，因为久卧，靠开塞露方便的我已经完全不行了，每天要处理的大事是我的如厕问题。护工阿姨想尽了办法，用热水敷，用水声引，用手推……每次结束，阿姨都心疼地说："人家生孩子也不过如此。"再后来，"哎呀，今天生了双胞胎"……当我回忆起当时的一切时，我都不敢想象我是如何度过了那段时光。

两个月后，医院下了通牒，说我的双腿萎缩得厉害，每天这么躺着肯定不行了，最好转康复医院。更糟糕的是，出院前，我出现了持续高烧的症状。检查后发现，原来是在之前的治疗中，只顾着骨盆和腿，后背烫伤的地方早已经腐烂，严重发炎了。医生说这必须马上处理，刻不容缓。

"这个有点严重，明天打开看看，轻的话做个植皮手术，严重的话只能把脓水挖掉，再看如何处理了。"说完叫护士做好从大腿上取皮的准备工作。

上了手术台，本想局部麻醉就行，但是医生打开后又决定要全麻做手术。等我清醒的时候，护工阿姨告诉我后背那个地方被缝合起来了。我以为那肯定就快好了，没想到后背的伤在愈合的过程中才是一种难忍的凌迟。一开始是像很多根针在伤口上不停地扎下，慢慢变成针扎的刺痛，以及像成千上万只蚂蚁在皮肤上爬行一样的痒。如今，我的背上清晰地留着一块伤疤，那是一点一点长开的疤痕，有大半个手掌大小。谁能想象这个生长的过程有多煎熬，好像是有一年多的时间，我一直伴随着针刺的疼痛和钻心的痒，在焦灼中生活。

当时，我的腿部已经严重萎缩，小腿骨瘦如柴，关节处发生了粘连，完全不能弯曲。于是，等后背的伤疤稍微好转了之后，我又转院去了松江一家康复医院，康复医生看了我的情况，无奈地说："你要是再不来，就真的不用来了，以后只能躺着了。"

我第一次害怕了。为了能下床走路，我谨遵医嘱，甚至更加拼命复健。那时候我膝盖的伤还没有完全好，腿部稍微弯曲伤疤就会撕裂开，渗出血来，医生不好下手，我强忍着疼痛，用拳头敲打膝关节处，试图一点点让膝盖弯下来。

为了取得更好的康复效果，我请求医生："一定要够狠，我能忍的。"功夫不负有心人，我慢慢可以下床走路了。

说来也奇怪，后来能坐在轮椅上去器材室康复的时候，我格外招那些因为脑梗在康复的爷爷奶奶喜欢。他们因为脑梗，有时智力也受了影响，经常不听医生的话却听我的，我带着他们一起康复训练。那时，我就像个孩子，除了偶尔被肇事方的恶劣态度惹哭外，天天笑嘻嘻的。

尽管我认真地进行康复训练，但有些东西是不可逆的。直到现在，我的两条腿也能看出明显的粗细不同，对于别人来说轻松的下蹲动作，我却再也做不了了。最近，我又开始了康复训练，以前一到雨天，受伤的地方就隐隐作痛，疼到我一直用拳头捶打来缓解疼痛。今年一入冬我的腿就没有停止疼痛,无论我怎么按摩都没有用,深夜也要忍受着疼痛的折磨。康复师告诉我,这些年我都是用小腿使力走路,我的胯部因为手术的原因根本没动弹过,胯部的肌肉已经萎缩了,胯部的关节也使不上力。再这样下去,几年后,我的腿就真的要抬不起来了。我的身体告诉我,我必须要克服掉这个困难。

2012年的12月24日,距离车祸的发生已经过去一年多时间。上海的一些道路和店铺都挂上了彩灯、圣诞树、仿真雪花等装饰物,空气里是浓浓的迎接圣诞和新年的氛围。我一个人站在医院病房的窗户前,看着外面灿烂的城市夜色,有一种寂静的落寞。

我摸了摸腰间的一串钢板钢钉,它像是一条项链缠绕在腰间。我经常开玩笑说:"腰上环着项链,还配上了几个耳钉。""又像是微笑的嘴加上数颗獠牙。"

我用这种方式打趣着,也在想办法安抚自己紧张的心情,因为,再过几个小时,我就得进手术室把骨盆上的钢板钢钉取下来了。医生当初不建议我全部取掉钢板钢钉,说这个部位神经很多,搞不好会有后遗症。说不怕,是假的。但又带着一种乐观的幻想,认为取下来之后,我就能回到从前的那个我了。我依旧固执地坚持"全部取掉,一个不留"。

那天的我可以说比一年前更惨一些,我隔着医院的窗户,静静地看着远方。我只想多看一眼这窗外的风景,下一次见不知道又是何时了。隔着铺满雾气的窗户,我能闻到圣诞的味道,那种热烈的幸福的味道。瞬间，我的眼泪滑落下来。下午的时候，打电话给小姑，小姑因为农忙不能来帮忙，这一次签字只能是我自己了。收到这个信息的时候我感到难过，还有些许委屈和害怕。

第二天一早，我乖乖躺在护工准备好的推车上，那一刻，我是难过的，我的眼泪默默地滑落下来。但是，是我自己又一次没有通知爸爸，总想着靠自己。我想象着，爸爸的最后时刻，心脏疼痛到难忍的时候，从口袋里摸出手机，看了看又揣进怀里。那一刻，我们想的应该是一样的，总想着自己能行。可是，我们还是会高估自己。我总是想，他没那么逞强该有多好。但依我们的个性，即使是再来一次还是会做同样的选择，好像这样的遗憾就是注定的。

进到手术室，麻醉的呼吸罩戴上之后，我就失去了知觉。

"梁晓芹家属在不在？过来接一下患者！"

"梁晓芹家属！"

我在医生的呼叫声中慢慢恢复了知觉，心里想："医生啊，我没有家属……"

记得那天，我被推进病房的时候，我的一些朋友都在那里等我，我因为镇痛泵过敏控制不住呕吐，只有强忍着伤口被撕裂的疼痛，不停地说："对不起，吐了你一身。""对不起，我控制不住想吐。"我看到他们无微不至地照顾我，我的内心是暖的。

后来，我看到有一个热门话题的讨论：一个人做过什么孤独的事儿？一级孤独是一个人逛超市，三级孤独是一个人看电影，五级孤独是一个人去唱歌，七级孤独是一个人去游乐场，十级孤独是一个人去医院……网友们根据分级，"晒"出了自己的各种孤独状态，也引发了其他网友的共鸣。

我，也算经历过十级孤独和十二级疼痛的生死淬炼了，在最痛的日子里，我脑海中也曾有个声音在叩问我的心："是不是我注定命苦？是不是我怎么努力都没有用？"

## 六、那些未署名的信封

突如其来的车祸，将我绑定在冰冷的病床上，一场场大大小小的手术让我体会到痛到极致、心力交瘁的无力感。2011年的冬天真的很冷，但那年冬天，我收到了太多来自朋友、母校以及很多素不相识的陌生人的关心与帮助，我的心被一点点焐热了。

我是10月12日入院的，熬了两天，等我头脑彻底清醒后，我告诉自己不能"坐以待毙"，我虽然身体不能动，但可以正常思考，嘴巴还能说话，就想着要做点事情。我当时的公司在做酒的代理，《扬子晚报》的冯可姐姐帮我介绍了洋河酒的供应商。那段时间，我的一个客户需要批量采购这种酒，由于手机丢了，我联系不上供应商。于是，我就想着联系冯可姐，对接一下这个事情。

因为记不得手机号码，还有全身不能动弹，连手都抬不起来，我就麻烦来看我的朋友，请他用手机登录我的QQ，然后在联系人里找到冯可姐，跟她说一下我的情况。

"晓芹出车祸了,很严重,她让我跟你联系。"这是朋友发过去的消息。

"你们看,现在的骗子真多,盗用梁晓芹的QQ号,还跟我说她出车祸了。"冯可姐后来跟我说,这是QQ弹出来我的对话框后,她看到那些文字后的第一反应,还大声跟办公室里的其他同事说起。

"她上个月助学活动还在这里啊!"这是报社的另一位同事接下来的话。

是的,每年助学季我都随着《扬子晚报》助学直通车去助学,他们太懂我这一路的跌跌撞撞和不容易,他们何曾能想到命运如此会开玩笑呢。后来听说《扬子晚报》的一个老读者,我们是在《扬子晚报》25周年庆典上认识的,并且同是作为《扬子晚报》读者代表在庆典上发言。他听了我的演讲很激动地握着我的手说,"天将降大任于斯人也"。当他看到我出车祸的新闻时,急忙给《扬子晚报》打电话确认,听说电话那头老人家掩面痛哭,说"这孩子命怎么这么苦啊"。我知道,他们都太爱我了!

朋友跟我说,消息发过去了,但对方不信,说我是骗子。没办法,我让朋友语音拨过去。

"冯可姐,是我。"

"是谁?哪位?"电话那头的声音很大,此时的冯可姐还沉浸在要与骗子斗智斗勇的氛围中。

"冯可姐,是我,我是晓芹,我真的出车祸了。"

我在电话里把事情的经过简单地说了一下，我能感受到电话那头的她很震惊，也很担心。为了能帮助我，冯可姐在微博上写了一条"2007级阳光学子梁晓芹在上海遭遇重大车祸"。我怎么也没有想到，这条微博能有那么大的影响力，发布后被很多人看到并疯狂转发。

紧接着，原本冷冷清清的病房，来了很多看了报道寻着找来的陌生人。不仅如此，我还第一次感受到收礼物收到手软的滋味，鲜花、水果，甚至还有很多没有署名的信封，里面有鼓励的文字，也有慰问金。连护士进来后都打趣说道："你这屋都可以开花店和水果店了。"这一切都让我很意外，也特别感动，带给我很多的力量。

后来，《扬子晚报》的记者和利群助学行动小组的工作人员一起来到医院看我。没想到，肇事方看到有报社的人过来，怕他们把事情报道出去，竟然理直气壮充当我的家人，要把记者赶走。他的这个行为严重伤害到了我，他不知道《扬子晚报》对我来说有着亲人般的意义，是至亲的存在。

那天，《扬子晚报》的叔叔阿姨知道我的手术还没有做，不想把事情搞复杂，就早早回去了。当天晚上他们写了一篇很长的报道，标题是"晓芹，挺住！"冯可姐姐在发稿前联系我说："最后写了肇事方的态度，这是那天看到的情景，听听你的意见。"

"肇事者是大学老师，她老公是国企领导，如果这样写了，那肯定会影响他们的工作，还是删了吧。"从来没有害人之心的我很容易想到这些。

"但那天他们的态度太恶劣了。"

"毕竟我的手术也还没做呢。"

"好的,听你的吧!"

在媒体报道后,我的病房里再一次堆满了陌生人送来的鲜花和水果,他们都是看了我的故事后自发送来祝福的,我母校的学弟学妹还自发组织了捐款。《扬子晚报》也在全报社发起了爱心倡议,学妹还送来大家一起折叠的千纸鹤……

当天跟《扬子晚报》一起来看我的,还有南京大地建设上海分公司的总经理汤俊峰。他曾经作为社会爱心人士的代表,参加了利群阳光学子报告会。我从大二开始就回到助学报告会现场力所能及地助学,在大三的时候受《扬子晚报》邀请主持阳光助学报告会,在《扬子晚报》搭建的助学平台上,我以自己的成长经历勉励学弟学妹们要奋发拼搏,要学会感恩,回报社会。在这里,我也实现了当初受助时的承诺"要将爱心传递下去",我一直在践行着自己的诺言,这实际上也变成了我前进的动力。

那时,在报告会上,我与汤总有过一面之缘,没想到他居然记住了我,看到报道后,提出要来医院看我。

那时的我,整颗心被感动填得满满当当,好像再多一点都要溢出来了。那一刻,看着窗外蔚蓝的天空,我意识到自己并不孤单,我并不是这个城市的过客。我在心中默默鼓励自己,当痛苦来临时,现实的状况让我无法躲避,只能迎难而上。而这种境遇也是考验自己的契机,勇敢面对就可以收获成长和蜕变,这是命运的塑造，让我们更加坚强、勇敢，有担当。

## 七、像第二次拥有生命一般去拥抱生活

2011年的车祸，对我而言有灭顶之灾的打击，疼痛煎熬的绝望，但我一直有一种能力，化悲伤为力量，我庆幸自己有死里逃生的幸运，绝处逢生的眷顾。

尽管后来的官司打得我心力交瘁，眼泪不知道流了多少，那是一个女孩的无助，想要立于这座城市的难。因为无知、软弱，抑或更多的是毫无保留的善良，我的心一次次被扎伤。可能不是每个人都会经历生死劫难，但也难免遇到一段特别难熬的日子，生活窘迫、情场失意、工作瓶颈……这些或许会成为压垮我们的最后一根稻草，但这些又或许铸成我们坚不可摧的铠甲，推着我们穿越至暗时刻，爬出深渊，重新构建梦想。

"如命运般发生在我们身上的事情，肯定会以某种方式塑造我们。"意义疗法创始人维克多·E.弗兰克尔在《生命的探问》中，写下了这样一句话。我很赞同这个观点。其实，一直以来，苦难都好像是我生活中甚至是生命中的一部分，但我也很幸运，因为相伴而行的还有苦难之后带来的温暖与美好。

《生命的探问》是一本很治愈我的书。弗兰克尔在集中营经历过一段无比黑暗甚至是惨绝人寰的日子，无数次濒临死亡，但又与死神擦肩而过。因为有这样的经历，他体会到了另一种人生，也实

现了属于他的自我超越，使他从更高的维度去看待痛苦，消化痛苦，甚至感激痛苦。正像这本书所说的那样，弗兰克尔一生都在传递一个主题：所有痛苦，都是考验人性的机遇。

　　书里还有一段话："当不幸通过命运而来，不可避免、不能忽视时，这种不幸造成的痛苦才是有意义的。"

　　那年的车祸，我是从车轮下捡了一条命逃出来的。当我抬头再次看到刺眼的阳光，呼吸到自由的空气时，我知道自己重生了。尽管重生之路漫长、坎坷，但因为有扑面而来的关心和鼓励，有一份份的祝福和帮助，我感到自己又是那么幸运。

　　回忆自己一路从小乡村走到大都市，从生命垂危到重获新生，我遇到了太多愿意帮助我的人，其中的很多恩情我没有办法一一回报，我陷入了沉思，思考要怎么做才好。其实，答案很简单，我要做的是将这份爱心传递下去，我必须要做一份更大的事业，让自己有能力回报社会。所以，那一刻的我决定了，接下来的日子，要像第二次拥有生命一般去拥抱生活，做自己想做并擅长的事，帮助更多需要帮助的人。所以，无论今天的我、未来的我从事哪种行业，践行社会价值将永远成为我的事业。我曾经看过这样一句话：如果企业所做的事情，不是为了让这个世界更美好，或是对人有积极的影响力，那么企业的所作所为都是徒劳而已。

　　很庆幸，生活在这个充满活力的时代，可以靠奋斗改变命运。新时代，新机遇，给企业带来了新的发展契机，我们可以勇敢地做梦，再拼命去圆梦，这一切都是今天这个时代和国家赋予的。所以，我们要做的不仅是不忘初心，因为，初心往往已经决定结果。而且要怀揣一颗感恩的心，将企业发展壮大。感恩，能使我们浮躁的心得以平静；感恩，能使我们用另一种角度去看待和思考周围的问题；感恩，也是最好的企业文化，是企业发展的正向推动力。

用诚心做好企业，用爱心回报社会。在接下来阳光明媚的日子里，我会坚持回报社会，让企业发展惠及更多需要帮助的人。

大学毕业，本就是开启人生新篇章的美好时刻，命运再次向我发起了挑战。而挑战成功的我，愈发相信，当生活足够残忍时，挺过来的人生，一定能见到更加灿烂的阳光。

## 八、缘起那句"多少钱，我马上转给你"

2011年的夏天，怀着对新生活的美好期待，我全身心地投入创业中，也做好了轰轰烈烈大干一场的准备。就像大家常说的那句话："意外和明天不知道哪个先来。"那场从天而降的车祸让原本东奔西走，从不知疲倦的我彻底停下了脚步，躺在病床上，连翻身都要靠人帮忙才能完成，那种无力感是无法用语言形容的。

入院后没多久，一个在我车祸前一周才认识，也只是合作过一次的印刷厂老板，我称他"老丁"的人，给我打电话，问我最近的情况。没想到，那个我第一印象并不是很好，我还经常调侃说"长得就不像好人"的大男孩，居然成了我后来的事业合伙人。

因为身体疼痛，我的声音很弱，跟他说我出了车祸，在住院，具体工作只能电话里对接。没想到，老丁执意要来医院看我，怎么劝都不行。后来，我们聊天时，他回忆说："梁晓芹，你都不知道你当时有多吓人，走进病房，看见你躺在那，全身上下好像只有一只眼睛是能动弹的。胳膊、腿不是挂着，就是吊着。脸上都是擦伤，结着厚厚的血痂，有一只眼睛都被血痂盖着，我当时第一反应是，完了，好好的一个姑娘，要毁容了。"

今天，我们俩再聊起那天的场景时，还会忍不住互相调侃。他的内心活动是，这姑娘真的是捡了条命，但逃不掉毁容了。而我的内心活动是，这个人怎么这么固执，还真的到医院来了，咱们又不熟。

"丁总，我们上次的印刷费是多少钱来着？我回头叫人转给你。（那时汇款只能去银行或者用电脑网银）"老丁说，这是我见到他后说的第一句话，我自己都记不得了，但他说，这一字一句是让他忘不掉的。因为，在生意场上，拖欠货款的事情常有发生，更何况是出了这么大的变故。但他怎么也没想到，我一个躺在病床上，"生死未卜"的人，满脑子还惦记着跟合作方的约定，这份守信的精神让他既震惊又感动。他连忙说，那些不重要，让我好好养病，如果公司有需要帮忙的地方，他很乐意帮助我。就这样，我对他的印象稍有改观，想着至少人家还专程来医院看我，主动提出帮我处理公司业务。后来，我们就在QQ上偶尔问候，保持着联系。

车祸后，我有一年多的时间都在康复，当我感到身体基本恢复，再次回到我的"战场"时，跟我业务有关的一切也好像经历了一场车祸,"面目全非",过去的合作方都流失了,公司的员工也早已涣散了。记得出院那天,我没有回家,坐着轮椅直接去了办公室。推开门的瞬间我被震惊到了,办公室一片狼藉,像是被打劫过一样。那一刻,我才意识到这场车祸于我而言意味着什么。没办法,前方的路被堵上了,只有重新寻找出路,把眼前的困难当作机遇,重新起航探索二次创业。在我踌躇的时候,听说收废品可以赚钱,就这样,我和我妹夫,开上了那辆希望牌小货车去收废品了。那是一家车企在上海的生产厂,有一些废料,我们可以去收,再转手卖掉。

那天早上大概6点钟,我接到工厂电话,让我们过去收废铁。剧情有些相似,又是凌晨的突然袭击,又一次,我打了一圈电话,没有叫醒愿意来帮我搬铁的人。翻着手机里的通讯录,"老丁"两个字让我眼前亮了一下,决定试试。

"能不能派两个工人来帮我搬东西,我付钱。"

"工人早上要去送物料。"

"哦。"尽管略有失望但也习以为常,就挂了电话,想着就跟妹夫两个人,能抬多少算多少吧。

"你把地址给我,他们不能来,我过来好了。"没想到他打回了电话。

"就在洞泾地铁站出站口,你出来就能看见我。"

"好的,15分钟到。"

听到手机听筒里传来的15分钟,坦白说,我没有抱幻想他会准时到。他跟我说了自己的地方,我看了一下地图,坐地铁过来至少要半小时。我和妹夫刚找好停车的位置,还想着耐下心慢慢等着吧。没想到,那天他真的在15分钟后赶到了,是打车过来的,睡眼惺忪。他的这个举动让我刮目相看,"这个男孩还挺靠谱啊"。

那天,从早上6点到下午,老丁和妹夫一刻不停地搬运废铁,然后放到秤上称,我负责在旁边记录。印象特别深的是,那天的老丁好像一个行走的"水桶",出了很多汗,整个人湿漉漉的,我还在心里嘀咕了一句,他这种出汗方式,应该找个盆子来接。

我们里里外外,搬上搬下,忙碌了一整天,开着小货车一趟又一趟运往废品回收站,这里用的是地磅秤,开车上去过秤。没想到,这个秤有些问题,我明明是一点点记下的斤数,到了这里称下来要比我们收的时候少了很多重量。"卖不卖了,不卖拉走",我们都心知肚明地互相看了一眼。所以,尽管每斤只有几毛钱的差价,但整车下来,因为重量差,我们还赔了一百多块钱。

统计完一天的"战绩",我们三个人面面相觑,这是完全没有想到的,我们辛苦了一整天,用汗水浇灌下的结果竟然是赔钱。

尽管有些无奈,我还是忍着一天从早站到晚,浑身的不适以及腿部传来的疼痛感,笑着跟老丁打趣着,"真的是行行有门道啊!"并诚挚地邀请他吃晚饭。可他拒绝了,说还有工作要做,让我也早点回家休息,就这样离开了。

后面还发生了一件事情,让我对他的印象有了更大的改观。到了年底,我组织朋友们一起聚餐,结束后有人提议去唱歌。那晚全部的消费都是我支付的。后来，老丁看不下去了，抢着去买单，还振振有词地说："一群大男人，怎么能看得下去让一个女孩子买单？"老丁的这句话，让我挺意外的，"这个'坏'男孩还挺仗义！"在那之后，我就把公司的所有印刷业务都交给他来做，渐渐地，我们对彼此有了更多的了解。老丁是个"有趣"的人，明明行为举止粗鲁，却说自己从小饱读古典文学。他的口头禅是"要有框架思维"，大大小小的事情都喜欢总结个一二三，并说自己是个很早就觉醒了的人，知道自己人生的方向，就是"以商入道"，通过不断挑战补充阅历，不断学习提升认知，不断思考提升境界。随着我们不断越级挑战、跨越圈层，我才知道，这些思考早已成为老丁为人处世的法则。他的出现，也在无形中影响着我。

2013年的5月，我和老丁正式开展合作，此时距离我出车祸过去了近两年的时间，我感到自己的身体在慢慢恢复，也因为事业上有了真正的合伙人，有了可以和自己一起战斗的人，我对未来更有了信心。这一年，我26岁，在一个平常的清晨，我在网上看到了一段关于青春的文字，很有感触，还转发到朋友圈：

> 这一年，我变了，更加顽强了，更像一个仙人掌了，随便丢到哪都能活了……这一年，我变了，学会了让舍得的和舍不得的都随缘了……这一年，生活告诉我，人与人之间亲近与否，除了血缘外，还在交心。

今天再翻看，发现当年并未真的懂了，后来岁月不断地在拷打无知无畏、愈挫愈勇的我，直至真正唤醒这个无比"钝感"的小姑娘。

## 九、越努力越幸运，越感恩越幸运

我和老丁盘点了各自手中的资源，决定还是按照之前的商业模式做，包括平面设计、制作等。只是，这时候的我们缺少稳定且合适的设计师，接到了业务在第一个环节就没有办法保证准时交稿，这让我们很被动。此时，那个看起来有些五大三粗，我以为只能做些苦力活的老丁勇敢且很有担当地站出来了。

"不就是设计嘛，有什么难的，又不是研究飞机坦克，我来自学。"老丁说这话的时候，眼神里写满了坚定，让我有些意外但也只能选择相信他。果然，老丁又一次以实际行动证明了他的能力，从那以后的很长一段时间，他就好像"长"在了椅子上，自学了包括CDR、PS、AI、ID多款设计软件。从最开始的一窍不通，一点点打磨，到无师自通，再到熟练运用。更让我惊喜的是，他不仅学会了基础操作，还通过多看多学，逐渐提升了设计美感，激发了创作灵感，交稿作品质量越来越高，越来越惊艳。而完成这些，老丁仅仅用了几个月的时间。

老丁的优点有目共睹，但缺点也很明显，让我们又爱又恨。性子太急，总是迫不及待地想要把脑海中的东西展示出来，无论沟通还是设计，一旦遇到障碍就会急躁，你会感动于他"噼里啪啦"敲击键盘时的投入，也会因为他的疏忽大意而无奈摇头。

有一次，我们公司所有人就为老丁的"澎湃输入法"买了单。

那时新公司运营没多久，也是通过之前的资源，我们接到了一家职业技术学校的校园文化氛围营造项目，他们计划通过校园打造申报评选四星级学校，包括文化墙、宣传板、标识、标语等全套的包装设计。学校要求的时间很紧，一周内必须完成全部的设计、制作、施工，上墙布置，迎接审查。为了能按时保质地完成项目，我们制订了周密的工作计划，要求每一个环节都不能出现一丝问题，老丁设计，然后发到甲方检查确认，紧接着返回工厂上机制作。我们当时已经做好了通宵达旦拼一星期的准备。就这样，我们终于踩好时间，在审查前两天，完成了全部制作工作，当天晚上在上海装好车，连夜出发去常州。

我印象很深，当时是我和老丁以及妹夫三个人开着小货车在前面带路，后面跟着三辆大货车和搬运及安装工人。天亮前，我们赶到学校门口，学校负责人此时已经在等我们了。他看着我一个姑娘带着三十余人的大部队，很是惊叹。我像教练一样熟练地指挥着现场，跟着负责人进入学校，确认每一个位置需要装置的材料。那个时候的我，腿还没有完全休养好，尽管外表看起来不再是一瘸一拐了，但每走一步，我还是感到扎心的疼痛和使不上劲的无奈。

当我安排好一切，看着每个人各司其职、热火朝天地忙碌着，心里有了更大的底气，一定能如期交工。突然，校长惊慌地跑来告诉我们一个让所有人大惊失色的信息,所有的文件稿里,英文"学校"这个单词打错了,本应是"SCHOOL",错打成了"SHCOOL",这时候老丁也慌了,我花一分钟的时间深吸了一口气,让自己镇定。我让校长不用担心,我告诉自己,一定不能急,要尽快找到解决方案。因为第二天早上9点就是迎接审查的时间,如果派人返回上海工厂打印,再送过来,时间来不及,只有在当地找印刷厂。于是,我就让老丁以学校为圆心,到附近寻找符合我们打印条件,有最新设备的工厂,找到后就让他守在那里看着做。

"把您学校长期合作的印刷厂联系方式给我,其他交给我们,您就等着明天早上8点来验收吧。"校长看着我信誓旦旦的样子,似乎也有了信心。

我带着工人留在原地,继续把能做的工作尽快做完,争取腾出所有人手备用。过了一个小时,我接到老丁电话,找到了符合条件的机器,算是好消息,但同时也带回一个不太乐观的消息,机器坏了,需要修理。老丁就在那里,先帮着老板修机器,等机器正常工作后,再打印,印好一部分,就派人送回来一部分,我接着安排安装布置。我们从当天早上8点到学校开始干活,一直到第二天早上8点,完成了全部工作,我们打扫好了卫生,等着校长来验收,记得那天校长无比感慨,"巾帼不让须眉啊"。

后来的审查也很顺利,之后,校长对我们表示了谢意,也表达了歉意,因为在这个事情上,他们也存在校验失误的问题。学校承担了额外打印那部分的费用,并邀请我们吃饭表示感谢。我们连连婉拒，因为那个时候的我已经累到连说话甚至呼吸都觉得累的状态，几乎24个小时地爬上爬下，到后来腿已经完全抬不起来，一步都跨不出去了。

返程时，妹夫和工人师傅跟车回去，我和老丁坐大巴车。在车上的我，意识到所有问题都解决后，提着的那口气终于松掉了。此时，因为久站，大量走动带来的疼痛感特别显著地呈现在我的身体上，感觉腿和腰再一次脱节了，我想那次的超负荷工作，其实对我术后的身体造成了二次伤害。事实证明，不能太"急功近利"，今天的我还在收拾残局，阴雨天的疼痛仿佛都在提醒着这件事情。

这个项目我们忙前忙后，不分白天黑夜地熬着，我更是感觉又"搭进去半条命"，但最终的收益也仅仅算得上是凑合。我们开始思考，单纯的平面设计及印刷制作太单一，加之这个行业已经很饱和，价格也比较透明了，效益不乐观，必须要拓展业务链。于是，我们延伸了三条线，基于平面设计的基础，并将我大学所学专业做到学以致用，外延了原创活动策划与执行以及影视拍摄制作两条新的"老业务线"。

说干就干，我们查阅了大量的活动案例，同时结合地方旅游资源，策划推出了第一场大型徒步活动"上海Love Color Run——爱心彩色跑"活动，并定在同年4月份举办，留给我们筹备的时间只有两个月。为了办好这场活动，我们做了很多功课，收集并学习国内外的活动经验，我还特意飞到深圳，参加了在3月份举行的深圳彩色跑。当天的参赛者都穿着白色主题上衣，或快或慢，从头到脚以最炫的色彩，洋溢着最美的笑容，冲过终点线。真实的体验，让我对彩色跑有了更深刻且全面的理解，也有了自己的解读。

"上海之根"松江作为爱心彩色跑欢乐之行的首站，我们深知任务之重，一定要考虑全面，准备周到。为此，我们走访了松江区旅游局、度假区管委会、公安消防、市场监督局、市容绿化局等多个参与指导和保障安全的相关部门。为了找到最优线路，我们徒步考察，一点点比较、丈量，最终确定了跑步路线，从松江月湖公园抵达佘山欢乐谷，刚好是全城风景最秀丽、跑者最欢乐的五公里。我们在慢跑的途中设置五色彩粉站，分别是红色爱心、紫色浪漫、希望之绿、橙色青春、金色辉煌，途中工作人员向通过各站点的选手撒粉以示祝福，于是就在这漫天的色彩中，选手们到达最终站点欢乐谷并开启一天的音乐狂欢。

活动当天，共有两千余名跑步爱好者汇聚在佘山国家旅游度假区，参加五公里爱心彩色跑。随着"开跑"的令声响起，转眼间，从月湖雕塑公园出发的一路成了狂欢的海洋，每个人都用力挥洒着手中的彩粉，身穿白色T恤的参赛者们如同进行了一场人体彩绘一般，大家走走停停，开心地玩起自拍，记录美好瞬间。在终点站，我们还准备了丰富的节目与设施，所有爱心选手不仅能享受快乐、刺激的娱乐项目，更能在互泼彩粉中进行青春的狂欢。

这样，128元的报名费，不仅可以参加活动，还能进入月湖雕塑公园游玩，性价比还是很高的，吸引了很多年轻人参加。我们倡导的理念是，跑步速度不重要，重要的是跟朋友家人一起来亲近自然、为爱奔跑！我记得报名参加活动的彩色跑伙伴具有不同的年龄，拥有不同的跑步经历，当天的活动大家都玩得很开心，跑得很尽兴。

因为活动很有创意，又带有倡导生态、健康、公益的宣传性质，所以引起了包括地铁的换乘广告、上海交通广播这些曝光率比较高的媒体平台的广泛关注。我们也拿到了品牌商的赞助费，加之门票费用，整场活动办下来，还是有比较可观的收益。

看着项目的盈利，我和老丁既开心又感恩，此时，我们俩商量着这笔钱的用处。坦白说，那个时候的我们是缺钱的，因为公司的业务还不稳定，需要资金周转，但他了解我，知道我的成长经历，知道我是如何一步一个脚印走到今天的，更了解我内心深处一直有一颗想做公益事业、回报社会的心。所以，我们俩一拍即合，决定拿这笔费用去做公益。

我们联系到松江区教育局，请他们推荐并对接了十几所农民工子弟小学，在六一儿童节来临前，举办一场助学报告会。报告会现场，特意邀请三位曾经是寒门学子后来通过努力在不同的领域，拥有各自成就的爱心人士与150名品学兼优的学生分享各自在实现梦想道路上的坚持、责任和感恩，给农民工子弟鼓劲，打气，让他们明白只要努力学习，就能改变自己和家庭的命运。我们还给每个学生发了500块钱奖学金及一些学习用品。

通过彩色跑活动，我们与欢乐谷乐园建立了友好关系，并达成了携手公益的愿景。因此，在报告会结束后，作为儿童节礼物，我们带领到场的150名孩子到欢乐谷游玩。不仅如此，我们还联系了松江区对口援助的西藏南木林县仁堆乡完小，为全校101名小学生寄送生活、学习用品，鼓励他们好好学习，告诉他们在几千公里外的上海，有很多人都默默地关心着他们，让他们要勇敢做梦，种下梦想，终有一天会看见属于自己的绚丽彩虹。后来，我收到了西藏学校发来的视频，看到孩子们穿上我们采购的校服，抱着学习用品，我的心里暖融融的，为多年前自己受助时许下的承诺，也为自己这些年的坚持，更为当时的我，身边围绕着那么多有爱心的人。

助学活动结束，让我们意想不到的是，引起了媒体的强烈关注，也让地方政府部门很震惊，没想到我们一个初创公司能将利润毫无保留地拿出来做公益，有责任心，有担当，履行了企业的社会责任。紧接着，区领导对我们也给予了更多的关注和支持。多年后的今天，回头看当时的情景，浮现在我脑中的词语是"感谢"和"无心插柳"。

感谢是自然的，感谢政府对我们的帮扶，感谢同事对我那份心意无条件的支持，感谢当时帮忙参加彩色跑活动的每一位爱心人士。而说到无心，似乎更像是一种感悟。当初我坚定地选择做公益，只是单纯地想感谢并回报社会，并没有额外刻意的钻营与设计。所以，我一直在说，越感恩就越幸运。以后的好多事，我都凭借着"赤诚之心"去做，对最后的结果其实并不在意，上路时的初心和从容的心态才最珍贵。

后来，我们又策划、组织了"夺宝佘山——全民徒步挑战赛"活动，主打独一无二的徒步生态环境，时下最流行的闯关挑战之路。在彩色跑的基础上，增加了定向赛主线，同时设置了寻宝、指压板、水枪大战等闯关环节。有了之前爱心彩色跑的成功案例，这次活动我们得到了上海市文明办、上海市共青团、上海市体育局以及五星体育、《文汇报》等主流媒体的支持，活动组织规模更大，宣传辐射长三角，参与人数近万人。值得一提的是，此次活动我们邀请到了中国杯壶行业的龙头品牌"希诺"作为冠名方，承担本次活动的部分费用，而我们也带着这份"希望与承诺"一起践行公益。直到今天，我与"希诺"董事长黄伟军每年无论多忙，也要一起走访寒门学子，捐资助学。

后来，我们又一鼓作气，策划了"我们恋爱吧——相亲交友活动""松江青年歌手大赛"等一系列备受好评的活动。这些活动的成功举办让我意识到，想做成一件事情，只需要认准目标，然后为此全力以赴，老天一定不会辜负每一个努力奋斗的人。渐渐地，我对活动策划及执行这个业务变得轻车熟路，也越来越得心应手。这时候，我们开始思考，对于长远发展来说，原有的经营范围还是有很大的局限性，公司发展遇到了瓶颈，我们必须要想办法突破。而突破一定要基于自己已有的一些基础，不能盲目。再有，新的方向一定要有创新性，符合国家的方针政策。还有很重要的一点，是要带有原创性，不能轻易被模仿或替代。

2014年，李克强总理在达沃斯论坛上提出"大众创业、万众创新"，要在960万平方公里土地上掀起"大众创业"的新浪潮，形成"万众创新"的新态势。2015年，"双创"战略在扎实推进，为响应国家号召，我们原创设计了一个纪录片节目《创业新锐》，通过15分钟的视频，讲述各行各业青年创业者的创业初心以及坚定走下去的创业故事。这是一个创业的时代，这也是彰扬创业精神的时代，这更是富有激情的年轻新锐，尤其是创意萌动的大学生，挑战自我，梦想成真的时代。"大众创业，万众创新"，势不可挡。我们想通过一系列的节目，告诉大家尽管创业维艰，但"坚持、感恩、成长、突破"是创业带给我们的最宝贵的人生财富。

那段时间，我们又开始了没日没夜的连轴转，选人物，定主题，拍片子，剪片子，每一个环节，团队上上下下所有人都很默契地配合。幸运的是，最终呈现的效果很好，引起了各方面的热烈讨论和持续关注。不仅在上海教育电视台、东方财经频道、松江电视台、爱奇艺、陆家嘴智慧社区等媒体平台播出，很多高校背景的著名教育网站也将专门开设"创业新锐"的新课，这是对我们最大的肯定与支持。

## 十、合伙人，合的是格局和人心

随着业务的拓展、项目的增多，公司发展蒸蒸日上，但此时的我们陷入了迷茫。我们渐渐意识到，眼前做的是一个个零碎的项目，与其说是在做企业，不如说是在做生意，我们更希望能够成就一家企业,持续地创造价值。于是,我们决定在基础业务稳定发展的前提下,选择一些项目和团队,尝试用积累的资金、资源和认知为其赋能。很快,我们就找到了一些项目,其中包括教育培训机构、连锁餐饮、国际早教、月子会所、婚庆中心等等,简言之,当时市面上流行哪个,我们就加入进去试试看。

结果,我们还是低估了创业的艰难,更是高估了人性的纯粹,以为只要是无条件给项目投入资金和导入资源,就可以"风雨同舟"甚至是"运筹帷幄"了。事实却是另一番景象。创业是一个需要全力以赴和全身心投入的事,因为只有自己全面融入,才能及时校对方向,只有秉持破釜沉舟的决心、以一当十的动力,才有可能看到胜利的曙光,胜败由心力而生。

越努力才能越幸运,只有努力付出了才有资格享受幸运。只有不带任何杂念,纯粹地去做一件事情的时候,好运才会降临。世界上没有那么多的天赋异禀,那些出色的项目都是经营者持之以恒,真正用心坚持并做到极致换来的。

在这个过程中,我们还经历了合伙人之殇。我们以百分之百的真心对待每一个创业合伙人,但因为我们没有全程跟进,由于种种原因,他们可以很轻易地以各种理由与我们隔离开。如果项目进展受阻,我们要共担责任,而当项目一帆风顺时,我们又要遭遇钩心斗角,被迫"下船"。在遭遇让我们深感受伤的一系列事件后,我们意识到,对于创业公司来说,合伙人之间的不信任,比商业模式和行业选择不当更具有毁灭性。合伙人,合的是格局和人心。

正当我和老丁慢慢疗愈这份合伙人之殇时，一次偶然的朋友间的帮忙，让我们认识了今后事业中的另一位合伙人，我们称呼他"老贾"，一个看起来憨憨的90后。

在我们看来，老贾也是一个非典型90后，他做起事来非常有"老黄牛"的精神，很坚韧、勤奋，也能吃苦，更重要的是他有一个和我非常契合的特点，这也是后来在一档节目中主持人对我的评价，叫作"钝感力"，即对挫折、困难甚至苦痛等负面事物的感知不敏锐，可以平静坦然地处理各类糟心的工作。虽然他的思路不如老丁活跃，但也同样颇有智慧，他更能专注于某个领域并深耕下去。

在帮助老贾解决了一个颇为棘手的问题后，他来到我们的办公室，我们聊起了目前在做的事。我一直以为他就是一个我们常说的"二房东"，先把房子从房东那里租下来，再分租出去，赚一些差价，可老贾给我们描绘了另一幅事业蓝图。

他说，他要做的是品牌公寓。在以前，租赁市场乱象丛生，因为信息的不真实，二房东假装跟业主说租房子，然后再分租给别人。因为相关法律和制度的不健全，房东和租客的权益都无法得到保障，不仅是金钱上的损失，更消耗精力。假如中间出现了任何安全问题，二房东不负责，那权责就更没办法界定了。

他给我们看了当时已经在做的一些品牌公寓业态，他们统一装修，规范管理，非常符合年轻人的消费观。这些公司的出现规范和提升了租房市场的品质，也已经出现了一些头部公司，例如自如公寓、蘑菇公寓、平安好房等，这些公司都建有自己的平台，所有产品在App上一览无遗，操作起来也很方便。

2015年3月，政府工作报告首次提出"互联网+"的行动计划。此后的那几年，"互联网+"对传统行业进行优化升级转型，使得传统行业能够适应当下的新发展，从而推动社会的不断进步。在这股风潮下，全行业都在以新模式和新业态提升整个市场经济的品质。诚然，在众多因素下，一些互联网企业淡出市场经济舞台，但留下来的是各行各业的品质及服务升级。不少行业都在通过这种形式提档升级产品形态，服务人员有了标准的培训和规范，对于消费者和从业者都是一种保护。

回头来看，既然不少行业都能借着这股"规范的东风"来整改自己的版块，租赁市场一样也可以。

听到老贾这么说，我们商量着，这确实还属于行业规范的早期阶段，查找国家相关政策文件发现，这也属于国家宏观政策导向，地方细则都还没有。我就想，要在这个行业，做品牌，做品质，做标准，做口碑。再进一步对接相关资源，合力做到这个区域的头部，这是我们当时的设想。同时，我们谋划着，我们在这个领域深耕，等有了一定影响力，有了品牌效益后，可以得到政府和市场的更多关注。

越聊越开心，我们三个人一拍即合，新项目正式启动。紧接着，开始细致分工，老贾负责公寓的筹集、设计施工、销售售后等工作，老丁负责品牌的搭建、融资和宣传推广，我负责战略规划、对接政府和媒体资源，扩大项目的影响力。

在接下来的合作过程中，我越来越意识到"合伙人"三个字意味着什么。以前我认为"合伙人"要三观一致，即对现实世界具体事物的感官一致；对人生终极目标和实现路径的看法一致；对自我价值评判选定的标准一致。然而在经历了合伙人之殇后，我认为三观一致只是基础，"合伙人"还需要在性格、能力、思维方式互补的前提下，通过调频，实现认知高度一致、成长速率一致等等。很幸运，我遇到了真正的合伙人，大家务实肯干，崇尚知识，敢于挑战。我们共同立下了在做企业这条路上登顶的决心，凡事一起冲，一起扛。

我很赞同俞敏洪的一段话："此生从年轻时开始，就不断经历各种困顿和挑战，也在困顿和挑战中找到了人生发展的机遇和战友。再经历新的困难和考验，一路前行直到今天。我尊重命运的安排，但从不屈服于命运的专制。我相信个人的努力，是一生精彩的关键因素，并且必然能够改变人生的困境和痛苦。尽管困境和痛苦依然会不期而至，但人生境界必定已经提升，就像我们登上了更高的山头，必然能够看到更加壮阔的世界。所以，我一直相信，发生的一切，都是最好的安排！"

凡是过往，皆为序章。看向未来，我在朦胧中看到，地平线上那缕新生活的阳光，正在冉冉升起。

## 十一、走来了一只"悠闲的猫"

有了新的创业思路，我们各司其职，在这里，不得不夸赞一下老丁的创造力和行动力。品牌的新名称"闲猫"，正是他的巧思，寓意为悠闲的猫，这非常符合我们的品牌定位："乐观、向上、热爱"。此外他还设计出了闲猫、夜猫、宅猫、萌猫、猫叔"五只猫"的卡通 IP 形象，用以代表社会上创新创业者、都市白领、大学生等不同群体。

2015年11月，闲猫品牌正式创立。同年，我们在地铁站及商圈周边归集了第一批共计一百套公寓，推出了"闲猫"主题的房源，房间风格或简约、明朗，或清新、别致。每套房间内都可以看到"五只猫"的卡通形象，出现在抱枕、杯子、脚垫等家具用品上。同时我们把以往做文化传媒的经验也用在新项目上，在社区中开展了诸如"闲猫Party""闲猫相亲会""闲猫音乐节"等一系列主题活动，把"闲猫公寓"打造成了一个集居住、社交、公益为一体的住房产品。

首批公寓一经推出，就被抢购一空，市场反响热烈，主流媒体也对"闲猫公寓"进行了深度报道，探讨关于时下新都市青年人对品牌公寓的需求，这大大增强了我们的信心。那个春节，我们三个人都没有回家，一起吃着火锅，规划着未来，我难得地喝了一杯酒，仅仅一杯也足够点燃豪情，我们迫不及待要在新的一年大干一场。

2016年伊始，我们再度紧锣密鼓地开展起了工作。老贾一边带领团队归集房源，我和老丁开始走访政府相关部门，想要打造这个新兴行业的各项标准。我们先是拜访了房管局，探讨了能否针对以公司为主体的从事合法经营租赁的企业，制定相关的从业资格及管理规范；我们接着拜访了人社局，探讨以人社局为平台，打通辖区青年人才和品牌公寓之间的信息壁垒，让青年人才可以垂直选择品牌公寓，从而降低人才住房成本，避免"黑中介""群租"等市场乱象；我们接着还拜访了公安部门，尝试开放"闲猫"住房管理系统后台，实时同步流动人口信息，替换以往居委会上门登记为主的人口信息录入工作；此外，我们还拜访了各个街镇，协商共同打造"零群租"试点小区，从源头扼制群租，同时推动整个行业的从业人员往品质化、规范化的方向发展。

这些工作在我看来很有意义，一如我之前所讲，我们希望通过建立品牌、提升品质、制定标准，一方面为自己的企业积累影响力，一方面也承担起社会责任，为改变和改善一个行业做出贡献。开心的是，在中国，企业家是幸运的，每一次推动都会得到重视，也都会得到反馈与支持。很快，松江区房管局成立了代理经租机构的管理部门，"闲猫"有幸成为第一家签约机构；《上海市非居存量用房转化租赁住房》政策修订的时候，"闲猫"成为参编单位；街镇也都邀请我们在辖区打造"零群租"试点小区。其中，位于地铁站旁的"泗泾新苑零群租试点小区"成为上海社区治理工作学习的对象。

这一年，"闲猫"快速发展，团队人数超过50人，管理规模达到1 000间；这一年，"闲猫"得到政府及市场的广泛认可，收获无数鲜花与掌声；这一年，我们三个合伙人完成了从"做生意"到"做企业"的转变。然而，正当我们摩拳擦掌准备迎接2017的时候，一场风暴悄然而至。

## 十二、这是最好的时代

一个企业的发展要经历初创期、发展期、稳定期和衰退期，一个行业的发展也是如此，只是在信息化格外发达的今天，这个周期会被压缩得格外紧凑。如果说2015年前后是长租公寓行业的初创期，那么这个还没有走过幼年的新兴行业，在2017—2018年遭遇的可谓灭顶之灾。

在《加快培育租赁市场》各项试行政策的刺激下，住房租赁市场发展进入快车道，长租公寓行业也受到了资本追逐。金融机构的入场，让一些经营长租公寓的企业开始了野蛮生长。他们利用"租金贷"工具，通过租客信用从金融机构套取租客一到两年的租金，转而用以发展房源，有些头部机构甚至高收低出，以资本运作方式参与收房，形成了市场抢房的格局，这种方式助推了租赁价格的上涨，也为后面行业的"暴雷"埋下了伏笔。

2017年，"闲猫"本应大力发展，却遭到了资本系的全面夹击。举例来讲，原本一套租金2 000元/月的毛坯房，"闲猫"投入市场后的租金在3 000元/月，这中间的利差是投入设计装修的摊销费用、系统的开发运维费用及后续的管理服务费用，当规模达到一定的数量，边际成本降至最低的时候才会产生净利润。

而资本系租赁机构凭借融资优势及"租金贷"等金融杠杆，在不考虑成本的情况下恶意竞争，2 000元的毛坯房直接3 000元收取，有时甚至高出销售价格抢房，这些企业前期通过做高市场占有率及经营数据，后期通过抬高市场租金价格获取利润，最终依靠IPO进行套现。

作为一个企业经营者，我并不排斥资本，相反我认为资本是助推企业发展的重要工具，资金的融通也是经济发展的血液，然而我做企业的初心是实现社会价值和自我价值，而非以逐利为根本目的，所以我认为融资发展要在尊重经营、设好红线、坚守初心的前提下进行。在资本系疯狂收房的那两年，"闲猫"当时的规模效益正好处在盈亏平衡点，我不得不面对一个艰难的选择，那就是融资发展被资本裹挟，或谋求转型另辟生路。我很庆幸我们一致决定，做出了宁可从头再来，也不参与这场资本"游戏"的决定。

后来的事情大家多多少少都在媒体上看到过，公寓行业大规模暴雷，头部公司拖欠业主租金，租赁企业老板跑路，租客被赶离房屋依然要偿还租金贷等新闻。这一系列的负面消息，让民众一时谈"公寓"色变，也造成了刚刚起步的长租公寓行业遭受到空前的信用危机，几近夭折。

回到2017年,"闲猫"拒绝使用"租金贷"等金融杠杆快速扩张,也拒绝了许多投行的"橄榄枝",决定保持初心,转型升级。那时恰逢上海市松江区提出G60科创走廊发展战略,也就是如今赫赫有名的《长三角G60科创走廊一体化发展国家战略》的1.0版,区政府提出沿G60高速公路构建产城融合的科创带,打造九大产业集群功能板块,大力发展新材料、人工智能、智慧安防、节能环保等战略性新兴产业。

我和老丁觉得这是一个机会,产业的转型升级带动城市的更新建设,这些转变离不开人才的汇聚,而人才汇聚的首要保障就是住房。我们商量之后,决定带着"闲猫"来个转型升级。我们先是提升了企业发展战略,由原来的"房子是借来的,但生活是自己的"改为"契合G60科创走廊发展战略,围绕产业集群打造人才的住房及生活服务"。随后我们升级了整个业务线,产品定位由之前的一间房改成了一栋楼,用以改造为高端人才公寓;市场定位由地铁、商圈沿线改为G60科创走廊上的产业集群;人群定位细分到了各类科创企业的青年人才。战略和规划做好了,我们觉得要起一个响亮的名字,最终敲定为"闲猫国际青年社区"。

2018年,"闲猫国际青年社区"正式起航,我们遇到的首个问题就是,这第一栋楼从哪里来?我们联系了所有的资源、渠道,找遍了市场上的整栋物业,要么位置不好,要么价格太高,要么物业配套条件差,不适合改造为酒店式公寓。

苦苦寻找半年,最接近成功的一次是某地产企业的一栋物业。

我们带着理念与方案，和这家房企进行了一轮又一轮的沟通，大家都觉得对比下来我们的方案最有创意、最有前景，然而就在我们以为胜券在握的时候，被电话告知，集团董事会没能通过，原因是觉得我们没有做过整栋项目的案例。我们当时是有点绝望的，业务拓展陷入恶性循环，我当时气愤地说："芝麻都能捡起来，西瓜抱不起来吗？"的确每位创业者都会遇到这样的问题。没有蛋哪来的鸡，没有鸡又哪来的蛋，所谓"万事开头难"讲的就是这个道理。要说不气馁是不可能的，苦苦找寻了半年也没有进展，让我们对自己拟定的发展方向产生了怀疑。然而，此时老丁带来一个消息，成为我们坚持下去的最后一个希望。

"听说临港松江科技城有一栋楼现在正在招租，想要做成人才公寓。"老丁讲起的时候有点犹疑不定，后来听他回忆的时候才知道他当时想试试，但临港产业园区可是世界一流、全国领先的国家级产业示范基地，临港松江科技城也是松江区G60科创走廊的龙头板块，老丁没有信心，毕竟那半年的遭遇差点挫败了他强大的自信心。但是，我听后觉得必须要全力尝试，我从农村到上海读书、创业、发展，抓住每一次看似不可能的机会，已经成为我的行为准则。我想到在临港松江科技城妇联的一次活动中，我作为上海市三八红旗手进行过分享，当时丁桂康董事长就在现场，我们交换了名片，他为人谦和，着装一丝不苟，我觉得应该能有机会与他进行一次沟通。

于是，我当即编写了拜访信息。等待的时候我和老丁忐忑不安,静坐无话,好在没过多久我就收到了回复,"周三上午10点是否可以"。老丁很兴奋,跳起来说要去升级方案,我也开始整理起了思路。

会晤如期而至,我们决定坦诚以待。我们讲述了创业的故事、遇到的壁垒,也坦言我们只是一个发展中的小企业,缺少大型项目运作的经验,却有着竭尽所能不负所望的态度。这份真诚触动了丁董,他讲到企业不分大小,大企业都是从小企业成长起来的,企业之间合作关键是战略,这点我们看法相同。现在的临港是艘大船,他愿意带我们上船,为我们护航一程,因为他相信我们最终也会成为一艘大船。离开临港,我和老丁竟然没有任何的庆幸,有的只是感动。情怀是每个人都渴望的,但是真正能够用心用情做事的又有几人?我们暗下决心,就算倾尽所有资金、精力,也要将临港松江科技城的项目做成上海市乃至全国人才公寓的标杆。

后来的半年,我和老丁、老贾一起全力以赴攻克临港松江科技城人才公寓项目,我们邀请了国内外优秀设计师团队参与设计方案,其中包含了上海世博会巴西馆的总设计师龙百度先生、中国包装设计大师顾传熙教授。最终,我们选择了更为了解上海文化的顾传熙教授作为项目总设计师。他基于老上海印象里猫咪从门上的猫洞探出脑袋的画面,为我们重新设计了logo,并用一抹蓝色将整栋楼体点亮。老贾亲自挂帅作为项目工程负责人,吃住都在项目上,一方面学习大型装饰装潢工程的知识,一方面抓细节、保质量。

半年的装修期一晃而过,"临港松江闲猫国际青年社区"正式开业，两百间高品质公寓推向整个园区。不出所料，项目一经推出就受到了政府和媒体的广泛关注，很快便认定为松江区G60科创走廊人才公寓，成为松江产业集群人才住房和人才服务的高地，引来各级部门前来调研，并作为产业吸引人才、留住人才的样板在全市推广。此时，我和老丁长舒一口气，总算完成了对临港的承诺，竭尽全力、不负所望。

后面的几年，"闲猫国际青年社区"在上海遍地开花，我们走到了国家级松江经济技术开发区，走到了闵行人工智能产业试验区，走到了临港金山先进制造业基地，运营人才公寓社区十二处，同时也和海尔、世茂、卓越、正泰启迪等大型企业建立了战略合作关系。这期间，爱折腾的我们在基本盘稳定发展的情况下，提前布局起了投资管理、信息技术、文化传播等多个领域。如今，随着"G60科创走廊发展战略"上升为"长三角G60科创走廊一体化发展国家战略"，"闲猫"正式开启了扬帆长三角的计划，并将积累的产业资源加以梳理，成立了"闲猫众创投资中心"，未来还将通过产业服务、人才服务、金融服务，携手产业集群产城融合、产金融合、产学研融合，助推长三角产业集群高质量发展。

其实，创业之路走到今天，我一直在思考，无论做生意还是做企业，首先要确定的是，这件事情是否会对这个时代带来积极的影响和推动作用，应该以什么样的方式去解决一些社会发展过程中亟待解决的问题。后来，在跌倒与站起来的过程中，我清晰地认识到，无论生意还是企业，首先强调的是"责任"两个字，根植于社会需求这片土壤，才能有生存的能力。

我一直是很幸运的，朋友也说我做的事情都是"踩在点上"。但我知道，很多时候，创业做的不是颠覆性的壮举，你需要做的仅仅是在政策的引领下，深耕一个领域，以老一辈企业家的匠心精神加上新时代青年企业家的创新精神，将一份普通的事业做到极致。

不管未来的"闲猫"走到哪，我们要做的是始终保持对社会的敬畏之心。在我们国家，自古都不缺人才，需要的是企业家对创造社会价值的渴求以及修身齐家治国平天下的家国情怀。沧海横流，方显英雄本色。我始终坚信，千千万万的平凡企业家终将支撑起中国市场经济的不平凡。

第六章

# 拼命，就是最好的命

这么多年，我走过了风里雨里的求学路，趟过了跌宕起伏的创业路，我的心被感动和感恩满满地占据着。

　　因为自己淋过雨，所以我想做个撑伞人。我坚定地告诉自己，要将这份爱心传递下去，"要给他们困顿的生活打开一扇窗"。这是每次助学活动的期待，更是我的初心。我要用实际行动，传递奋进的力量，如果决定追逐梦想，便只顾风雨兼程……

　　贫苦的家境和残疾的身体，让年轻时候的父亲脾气很暴，看似不可亲近。可因为我带给他的阳光和温暖，父亲渐渐好像变了一个人。他变得柔软，变得温暖；他会被我感染着一起加入公益行动中。看着皮肤依旧黝黑，但笑起来明亮灿烂的父亲，我是那么幸福！

　　对生活不灰心，不信命，我和父亲一起选择了与"命运"抗争。

　　我们坚信：拼命，就是最好的命。

## 一、因为蜕变而美丽

偶然间翻看过一本书《青春，与七个自己相遇》。青春离不开大笑、痛哭、思考、长大。或许每个人的青春不一样，每个人青春里的故事也不一样。但青春故事里的主人公都一样，就是"我"。只不过这个"我"，时而明媚、时而宽容、时而倔强、时而冒险、时而华丽、时而柔软，而最后遇见的"我"名叫成长。

从农田里那个羞涩的小女孩，走到今天，在上海打拼自己热爱的事业，我是幸运的，心中是满满的感动与感恩。这些年，总有人说我长得像梅婷，加之我的成长环境，能走到今天，会出现这样那样的声音。作为一名女性创业者，走在这条布满荆棘与坎坷的创业之路上，更加会遇到许许多多意想不到的挑战和考验。但我总是习惯性地留下积极的，丢掉消极的，因为我知道自己这一路是如何走过来、熬出来的。就好像，我知道蝴蝶是如何破茧成蝶。当生命挣脱了桎梏的束缚，每一点的成长和蜕变，都是那么震撼人心，美丽动人。所以，我说，我不是因为美丽而蜕变，而是因为蜕变而美丽。

最初，我尽可能地"苛求"自己做到无可挑剔，随着选择的路愈发艰辛，发现无可挑剔是理想状态。一开始遇到误解抑或刁难我还试图解释，努力用行动去证明。后来发现，处于困局中的你无论怎么做都是徒劳的，索性沉下心，把时间精力汇聚在我的创业上，让时间说话，用结果证明。多年以后，我终于克服了原生家庭的后遗症，但30年后的内心和小时候依旧相同。只是，今天的纯粹与坦荡不是最初的无知者无畏，而是自己熬过一切的底气。

回望自己走过的岁月，有一锄一锹的田间耕作，有起早贪黑的寒窗苦读，有兢兢业业的创业打拼，有满腹辛酸的深夜痛哭，更有无处诉说的疲惫与绝望。尽管背负着生活的重担，承受着命运的碾压，我依然选择乐观和坚持。我始终坚信，走过泥泞就是坦途，就好像当年和爸爸去卖西瓜，走过漫长的响水大桥，就能走到我们可以收获的地方。

一次次破茧成蝶，一次次焕然新生，回望过去走过的路，我会对生活给予我的一切报以感恩之心。因为，蜕变势必要伴随着痛苦，需要我们积蓄、坚持、隐忍，在泣血中挣脱往昔的束缚，在砸碎过去的锁链中寻觅新的生机。一份磨砺会带来一份收获，一份苦涩也会酿造一份甘甜。摸爬滚打后，就能在最深的黑暗里，窥见光明，能在最苦的境遇里，品到回甘。

一直以来，不管我在外面有多么光鲜，多少荣誉，"家"始终是我最大的牵挂。因为，这里有我最爱的爸爸，有剪不断的亲情血脉，有离不开的情意绵绵，有放不下的牵肠挂肚。在我的心里，我今天所获得的一切，都是爸爸成就我的，他不仅是给予我生命的父亲，更是我人生路上最重要的导师。而我每次取得一些荣誉后，都会迫不及待地给他打电话分享，尽管有些荣誉他并不知道意味着什么，但我能从电话里感受到他是为有我这样的女儿感到骄傲的。他知道自己的女儿不仅在镇上、县城很有出息，在上海这样的城市，也是被大家竖起大拇指的，那是他作为父亲最幸福的感受吧。

后来，我陆陆续续上了一些电视节目，也会给爸爸打电话，告诉他播出时间，家里电视机收看第几频道可以看到我。爸爸也总是"很激动"地守在电视机前，寸步不离。只是，有些节目不是江苏省台，是其他省市的卫视，爸爸不会调有线电视，看不到节目中的我，他就特别着急，"怒火中烧"，甚至要砸了电视机。为了不让他因为"调不出来我"而生气，我就索性不跟他说其他卫视的节目了。

2016年，我在江苏电视台教育频道参加《家有儿女》节目的专访，主持人安排现场与爸爸连线。当爸爸得知这是在录节目的时候，电话那头传来的是爸爸有些紧张、低沉但能明显感到满满自豪感的声音。

"小时候让她干那么重的农活，有点对不住她。"

"我女儿是农村孩子里最值得骄傲的。"

那是我第一次听到爸爸这样说话，深深地触动了我，是的，在所有父母心中，自己的孩子都是最好的。

我在24岁那年，很荣幸地当选为连云港市的政协委员。此后的每一年，我都要回老家开政协会。爸爸知道后，每次我回家，都会开着他那辆我称为"敞篷跑车"的三轮车，到响水车站接我、送我去开会。坐在"敞篷车"里，任凭寒风呼呼地吹，有时还会下点毛毛细雨，冻得我瑟瑟发抖，但我看到爸爸在驾驶座里微微昂起的头、坐直的身体，我想此刻的他，心里应该是很骄傲的吧。所以，我每次回去，尽管可以自己开车，或者有人送我，不用再经受"风吹雨打"的洗礼，而我都会毫不犹豫地选择给爸爸打电话"约车"。这也成为我们父女间的一种默契，因为在那一段接送的路程中，爸爸体会着以自己女儿为傲的喜悦，我体会着爸爸以我为傲的幸福。

爸爸的这一生，虽然腿上有残疾，但他竟也是个车控。为了能用左腿踩上刹车油门，他总有办法改造自己的爱车。从最初的二八大杠，到柴油三轮车、四轮车再到新能源小汽车，每次的提档升级都是爸爸埋头钻研后的"闪亮登场"。而每次提新车时的那一通"付费电话"，都带给我们父女俩满满的幸福感。

"闺女，你爸爸的车订好了，你还是把钱打到我的支付宝账号哈。"电话那头是车行老板的催款声，以及爸爸乐呵呵的炫耀声。我知道此时的爸爸是无比幸福的，因为这个老板一定会一直在他面前夸奖他的孝顺女儿。

其实，对于每一辆新车的改造，我都是格外佩服爸爸的，他不惧怕改变，勇于学习新技能，那种拼劲、韧劲、勤奋劲又时刻影响着我，耳濡目染中我也不再惧怕改变，反倒会愈挫愈勇，迎难而上。

为了安全，我每两年会张罗给他更换一辆新车，去年刚换了第三辆，依旧是红色，他最爱红色，除了二八大杠是黑色，其他一律选择了烈焰红色，仿佛他热烈的生命一样。

2014年，庆祝第三十个教师节，灌南县委组织全县的教职工开了一场报告会，请我回去做了自己成长故事的分享。我突然有个愿望，希望爸爸也在现场。从小到大，爸爸从来没有来参加我的家长会，也没有看到我接受表扬和褒奖的时刻，这一次，我想让他感受一下。当时我和县委领导沟通，邀请了爸爸到报告会现场。

"大家好，很荣幸今天站在这里与大家分享我的成长故事，今天是教师节，我特意把我人生的启蒙老师请到了现场，那就是我的爸爸！"

开场前，我很认真、很郑重地向在座的各位介绍了爸爸，印象很深刻，那天坐在台下的爸爸其实是很紧张的，他站起来跟大家打招呼，面部表情都有些僵硬，但从他灼灼的目光中，我看到了由内心而发出的自豪和骄傲。

2020年，由中宣部、国家互联网信息办公室、国家新闻出版广电总局、中国记协主办的"好记者讲好故事"演讲活动在全国巡讲，收获了很多积极的反响。我的奋斗故事也在其中。后来江苏省也积极响应"好记者讲好故事"的巡回演讲活动，安排在省内各个市的学校、工厂、机关单位等巡讲好故事。当时连云港市一共安排了两场，一场在江苏海洋大学，一场来到了我的家乡灌南县。

在灌南的那一场，我又把爸爸接到了现场。那天的爸爸依旧是将"骄傲"两个字写在了脸上，跟大家一起合影，吃饭，侃侃而谈。这一路，他的女儿披荆斩棘地走过来，他是陪伴者，是见证者，更是推动者，所以，爸爸是最有发言权的。

"晓芹，我看见冯大姐了，冯大姐真年轻，这么多年，她一点都没有变。"爸爸拉着我，有些惊喜地说道。

冯大姐？哪里来的大姐？我心里想着，爸爸这个年纪了，现场哪有人能是他的大姐啊？

"冯可啊，跟当年到家里来的时候一模一样。"

后来，我每次跟冯可姐见面还会打趣地开玩笑。爸爸第一次见冯可姐是在2007年，我考上大学的那个夏天，在我的家里，冯可姐写了关于我的报道。没想到，爸爸对她的印象那么深刻，在13年后，居然一眼认了出来。我想，当年爸爸对她的到来，对《扬子晚报》的雪中送炭也是万分感恩的吧！

后来，江苏省委宣传部为江苏省内的"好记者"们组织了一场为期三天的培训，活动的最后一天，主办方邀请我给"好记者"们分享我的"好故事"。接到邀请的时候，我还是很忐忑的，台下近两百位记者都是江苏省各个媒体战线的资深记者，很多都是荣获国家级省级"好记者"荣誉称号的优秀记者，讲故事我是不擅长的，但我还是应下了。好像我一路走来也都是这样，面对任何艰难的挑战，我都会先抓住机会，然后想办法克服。我想我最大的优势是坦诚，是一路走来的经历。那我就单纯地分享成长小故事吧。经过精心准备，我站到了这个很有分量的舞台上。

做完两个小时的分享，我看到台下很多人抹着眼角，还有人迫不及待地想跟我交流。《新华日报》经济新闻部的主任、高级记者杭春燕说："你的故事我听冯可讲了很多遍了，但刚刚听你讲，我又一次被打动了，你真的很了不起。每次听冯可记者巡讲你的故事的时候，我就在想到底是怎样的父母教育出这样积极乐观又很努力上进的女儿,今天听你讲,我很受触动。我有个女儿,作为父母,特别希望她健康快乐地成长成才,但我们很清楚,没有永远的快乐,我们不可能保护她一辈子。所以在孩子的教育上,我们做父母的其实挺盲从的。到底该不该挫折教育,每次看到一些孩子受挫抑郁或者跳楼什么的我们又特别担忧,但看到她不努力的时候又很焦虑她的未来。现在我可以尽全力保护着她,可是到社会上谁能护她呢?如果我刻意让她受挫,又十分担心她心理承受不住。特别想让女儿也来听听,我相信你的故事能对她有所启发,让她明白妈妈没说出的那些心里话。"

这一幕让台上的我很受触动。

从小到大我几乎不知道什么是母爱,但是从杭主任的话语里,我能真切地感受到,母爱是多么的小心翼翼。父母们体会过生存的艰辛,想要把自己对于世界的认知传递给孩子,让他们尽可能地避开不必要的坎坷,过得比父母更幸福。可是,哪里有一辈子的幸福呢?在孩子没有真正懂得这个世界规律的时候,又怎么能真正理解父母的心呢?就像一句台词里说的:"爸爸也不是生下来就是爸爸,爸爸也是第一次当爸爸啊,就请我的孩子,体谅一下吧。"说起来,父母也是第一次成为这样的角色,他们也不知道养育孩子的正确答案到底是什么。或许,这个问题本身就没有正确答案。奥运冠军谷爱凌的成长故事刷爆了全网,我们都希望培养出这样的孩子,但这又一次对父母提出了更高的要求。

从现实的角度,我只想分享两点想法,是我们作为普通人都能够得着的，也是我写这本书的用意之一。

第一点是给孩子的。自从我失去爸爸以后，我才意识到人生最大的遗憾莫过于失去至亲的人。当我陷入无尽的自责时，老丁对我说："你已经为你爸爸做了很多，他是没有遗憾的，想想我们呢？我们绝大部分人还在让父母操着心呢，还一点没有尽孝呢！"是啊！这样的遗憾是平常的时候想不到的，只有真的失去的时候才能体会，到那时才叫真的来不及，无论你想拿什么去换，都毫无回响的。在此，我想倡议，真正爱你的人才是无价之宝，"子欲养而亲不待"是人世间最大的遗憾，如不想留遗憾，就多打打电话，常回家看看吧。

第二点是给父母的。不要妄想去用自己的身躯遮挡掉孩子成长路上一切的风雨，首先是不现实，其次这并非真正爱孩子最好的方式。人只有亲历风雨，方能知道何为难、何为痛，才能学会珍惜学会敬畏，才能成长才能觉醒。你挡掉的可能是他此生的财富，当他真正需要独当一面时，你却没有了遮挡风雨的能力，他该如何面对未来一路的风雨呢？你不能指望一个没有经历过匍匐之苦、跌倒之痛的人突然就能奔跑起来吧？学会放手，学会放松自己的神经，要相信你们的孩子都很优秀，让他们感受到你们的信任，感受到轻松的爱。

那天活动结束，杭主任一回家就把我的故事讲给了她十岁的女儿听，随后发微信跟我说："女儿听后，表现已有改变，临睡前跟我讲，感觉今天很充实，但愿她能坚持。"后来女儿出现拖沓偷懒的时候,杭主任也转变了"下不了手"的心软态度。我回复说:"十岁的孩子愿意听、愿意调整已经不容易了,以后有机会我可以跟她交个朋友。"那天,她还连夜写了一篇专题报道《"樊胜美",何以逆袭成"安迪"》,她希望我的故事能够影响和感染到更多有梦想的人。

## 二、爱,有来有往

大二开始创业,到今天已经整整13年,我也早已把创业这件事当作我的人生主线。这期间我走过泥泞,甚至穿越了生死,幸运的是,我也登过高峰,遇见过冬日最美的暖阳。

我一直说,能够走到今天,我首先要感谢伟大的祖国,感谢这个伟大的时代,让我们这些从农村走出来的孩子有机会实现人生梦想。然后,我要特别感谢我的爸爸,是他身体力行,教会我做人做事的道理,他教会我无论何时都要怀有一颗感恩的心对待生活给予我们的一切。

2007年的夏天,通过社会资助,我迈进了大学的校园,从此,我的人生发生了翻天覆地的变化。这份恩情,我始终铭记于心,知恩于行。所以在那之后,只要有能力我就会做一些公益以践行我当初的诺言——"把爱心传递下去"。

第一次接触公益,是在大一那年的暑假,我和几个爱心人士一起来到湖南省娄底市新化县,那也是我人生第一次坐飞机,到长沙后,又转车到新化。当时分配走访对象的时候,提出有几户人家还住在山上,没有通车,要靠步行,我毅然决然选择要到那里去。

我记得,那天的我们先是坐了一段路的汽车,然后换成了摩托车进山,但最后的一段路是连摩托车都上不去的,只有下来徒步前进。我们爬了好一会儿,终于到了学生家里。进门那一刻,我有些震惊,眼前的贫苦远远超乎我的想象,房间里黑漆漆的,仅靠一盏煤油灯勉强照明。屋里更是脏乱,孩子的父母没有工作,全家依靠低保糊口,那名学生怯生生地站在角落,我上前蹲下身子心疼地将他拥进怀里,我的手触碰到他粗糙的衣服,瞬间让我回想起小时候的自己,回忆像是断了线的珠子,敲打着我的心口。

尽管当时的我并不富裕,吃饭也是靠食堂里的勤工俭学来维持,但还是毫不犹豫地将身上所有的钱都给了他,并千叮咛万嘱咐,一定要好好学习,靠知识改变自己和家庭的命运,走出大山,看看外面的世界。

那个孩子激动地接过了钱,连连鞠躬道谢。我从他的眼神里看到了被关心和在意的惊喜,他给我的正反馈让我坚定地意识到助学这件事情是对的,是有价值的,也是我一定要坚持做下去的。

到了大二的暑假,《扬子晚报》助学活动如期而至,我申请去参加报告会活动,并作为曾经受过资助的代表上台与大家分享我的故事。去之前,我将自己初次创业赚的2 000元取出来,装到一个信封带了过去,很想尽自己的绵薄之力帮助贫困学生圆大学梦,但因为不够5 000元,不能帮助到一个学生,我当时还有些不好意思拿出来。等到活动结束后,我悄悄走到当年去灌中时提问"穷人的孩子缺什么"的何玉萍阿姨身边,拿出信封,塞给了她。

"我今年还没有能力资助一个学生,但我相信明年的我,一定可以的。"

说这话的时候,我的内心是谦卑又期待的,我总觉得不够 5 000 元,觉得很抱歉,但又特别希望能尽自己的一份力,回报这个帮助过我的社会。

震惊、不可思议,这是我当时从何阿姨及报社其他工作人员的眼睛里读出来的。他们知道我都还"自身难保"呢,怎么会有这份心。他们表示收到我这份心意了,但钱不能收,让我好好读书,将来有能力再来捐助。可那天的我,态度也很坚定,让他们务必收下。

带着这份承诺,我变得更加努力。幸运的是,从那以后的每一年,哪怕是我车祸后还不能长久站立,我都如约而来,带着我的心意和励志故事,为更多的贫困学生带去希望。

从被资助的寒门学子到提供资助的阳光学子,我的不一样让《扬子晚报》感到很意外。所以,从我大三开始直到今天,报社专门邀请我做阳光助学报告会的主持人,让我的故事、我的"底气"带来更多向上的力量。

后来,我知道一个人的力量是薄弱的,我又吸引和感染了很多周围的朋友一起去助学,并且带领公司一起加入助学行动中来。在这个过程中,我最开始是用微不足道的现金去提供物质上的帮助,到后来，我和《扬子晚报》的工作人员都发现我的故事、我身上的那种不服输的劲头更有价值，更能引起贫困学子的共鸣，让他们感同身受并从中看到自己的希望，"我要给他们困顿的生活打开一扇窗"。

我每次都现身说法，以自己身上的故事告诉他们，我是如何从曾经的他们走到现在的自己。我能够做到的事情，他们也一样可以。所以，后来每年的《扬子晚报》阳光助学直通车活动我都会参与，走访寒门学子家庭，带去通过学习改变命运的希望。

"有晓芹在，那些孩子的眼里是有光的，因为，他们可以从晓芹的身上看到希望。"

这是《扬子晚报》的一位老师无意间说的一句话，让我很有动力，因为，我知道，这是拼命的我带来的能量。

从那以后，每年的走访活动，无论我在哪，都会赶回江苏与《扬子晚报》一起参与。2019年的夏天，我出国考察国外养老产业，10天的行程到了第4天，就从法国飞了回来，只为不想错过这一年的阳光助学报告会的活动。包括2021年，对我来说是受到致命打击的一年，身体和精神都饱受折磨，7月正是我抑郁症重度的时候，我在北京寻找心的"出口"，但当我接到助学直通车启程的电话时，还是毅然决然地从北京赶回老家，这次我们来到了连云港市灌云县。

其中走访的一个家庭让我大受触动，这家的父母都曾是严重的小儿麻痹症患者，几乎丧失了全部的劳动能力，甚至是生活能力。

妈妈不仅身体有残疾，精神也不好，每天就在床上生活，正常平躺对她来说都是难事，家里连脚都插不进去，脏、乱、穷完全不足以来形容这个家庭的窘迫。

而不幸中的万幸是，家里有两个女儿，她们身体健全，在奶奶的悉心照顾下看起来也干净清爽。唯一与同龄女孩不同的是，这两个孩子的眼里写满了无知和无措，不管问起她们什么，回复我的都是消极的话。我问起考了多少分、想报考什么学校什么专业时，她们的回答激起了我的逆天改命的脾气。

"考了也考不上什么好的，所以就没参加考试。"大女儿就是一脸很无所谓的样子。

"没研究，反正也上不了好大学，看了也没用。"小女儿考了大专的分数也是这个状态。

看着唯一抚养她们的奶奶佝偻着的背，再看着眼前家里的破败不堪，两个女孩的轻描淡写，让我控制不住想要告诉她们一些心里话。

"你们知不知道，有些人注定生来就要拼命才能改变命运的，我和你们都应该算是的。现在的你们是最最落魄、最最差的时候。你们如果再不努力，再不拼命，你们这个家是永远无法改变命运的。可能下一次我们再来，还是来到你们的家，再来帮助你们的孩子。"

"我们可以帮助你上学，但谁都不能给你奶奶养老，给你家盖房子啊。"

看到破败不堪的房屋,我能想象下雨天的场景,已经不在意会戳痛她们,我想恶人让我来当吧,只要她们能醒一醒。

那天的我,说这些话的时候可能声音不大,却是我发自内心的"嘶吼",我拼了命地想叫醒她们。

我又讲了自己的故事,告诉她们我是如何一步步从最苦的日子里走出来的,我的风雨求学路是有多波折,但我为何还要坚持,因为坚信大学能开出"逆天改命"的花来。

"舅舅和叔叔会负担我们的学费。"

听到女孩的话,我很欣慰,觉得她们虽然家庭贫困,但还是幸运的,有亲戚愿意帮衬。但我要告诉她们,谁都不会帮谁一辈子,谁也不能依靠谁过一辈子,日子要自己拼出来,抓在自己手中的希望才是真的希望。越是这些不计回报的帮衬越要想着靠自己努力去回报他们才好。

"你们假期都在干什么?"我问。

"没什么做的,就待在家里。"两个女孩儿理所当然地应着。

"那你们去镇上啊,找找兼职,既可以赚些家用,还可以丰富社会实践。"我有些着急地跟她们说着。

让我怎么也没想到的是,此时,坐在角落里的爸爸,听到我这样的劝告,"蹭"地一下站起来,很生气地怒吼起来,尽管我听不清他说了什么,但从他斜视我们的眼神里读出了他对女儿的爱护。这样一位连温饱都没办法满足女儿的父亲,还那么心疼自己的女儿,不想让她们出去干活。眼前的父亲,这个一门心思为女儿着想的父亲，让我又一次泪目了。

"你看，你们的父亲多爱你们啊！他舍不得让你们干一点活，可他的舍不得又有什么用呢？你们为什么不为了他去拼一拼呢？如果我是你，为了这样的父亲，这样的奶奶，我一定会拼尽全力，而不是坐以待毙。"我又一次使出浑身解数去劝说她们。

我又讲了很多进大学以后拿奖学金、勤工俭学、创业的故事，说完这些话，我隐约感觉到原本混混沌沌的房间里好像被我激起了"火花"。奶奶和两个女孩儿都听进去了，而且动起来了。她们围着我问，要怎么选专业，怎么报志愿。尤其是奶奶，老人家很激动地拉着我的手，让我帮帮她们。

根据她们的实际情况，我建议可以考虑幼师专业或者养老护理专业，只要踏实肯干，认认真真，毕业后找一份还不错的工作，不仅可以改变自己的生活，还能在一定程度上改变家庭的窘迫。

"读书真的是所有人最后的捷径，姐姐也可以找一所民办的大专，选一个类似的专业，否则只能继续留在这片土地上，继续重复着和父母同样的命运。"

我和她们讲了很多很多，一缕夕阳透过雨棚折射在我们的脸上，我们的内心都很充盈。

后来，两个女孩还主动联系了我，我知道她们开始有变化了，也开始行动起来了。

我想榜样的力量就在于此了吧!

在助学的过程中,这样的情况并不少见,不管家里多么困难,父母都会把最好的留给孩子,越是这样反倒越进入了怪圈,孩子好像对自己的处境没有那么敏感了。要知道,进入社会以后,那些条件优越的孩子都还在拼命奋斗,如果你不拼命,你拿什么去突出重围啊!可惜这些父母还不懂既来之则安之,也不懂该如何运用手边的"劣势"资源。我是多么庆幸自己拥有这样无师自通的父亲,把"穷"的教育用到了极致。

其实,物质的贫穷并不可怕,怕的是人面对贫穷时的麻木,怕的是精神上的妥协。包括后来,我们以企业的身份帮扶偏远地区的一些贫困县,采买他们的农产品,我想除此之外,我们可以想出更具持久力的脱贫方式,既扶志也要扶技。对于生活给予我们的苦难与贫穷,唯有自己从精神和能力上战胜它,才能看到晴空万里与彩虹一片。

所以,在后来的很多场活动中,还有我回大学母校设立的梁晓芹助学金的报告会中,我都提出了,扶贫扶的不仅是经济上的穷,更要端正精神上的穷。"志不立,天下无可成之事。"没有移不走的穷山,但唯有精神扶贫才能彻底斩断"穷"根。我也经常会跟大家分享我和爸爸的故事,讲述我们两代人在不同的时间和空间拼命的故事,我们也曾苦过、累过,甚至绝望过,但我们都没有想过放弃。只要你自己不放弃,就没有人可以替你放弃。这个时代,只要你拼命努力,就有机会"逆天改命",实现梦想。

扶贫，首先要扶志。

自救者，人恒救之。

这么多年来，我一直坚持在做"助学"这项公益行动，因为，我的能力有限，其他公益领域，我有心却没有那么多的精力。但2018年，奶奶的离开，让我开始关注村里的那些孤寡老人。我想替奶奶做点善事。

奶奶儿孙满堂，尽管年轻的时候吃了不少苦，晚年生活还是幸福满足的。但在我们村，有很多独居老人，有些是没有儿女，大部分是儿女不孝，他们的晚年生活很凄凉。于是，我就想，为他们做一些事情，做一次他们的孙女儿。那年春节，我提前买了很多年货，还准备了几十个装有500元现金的红包，提前请村干部统计这些老人的住所，在年前，挨家挨户地走访，去看看他们，陪他们聊聊天，让他们感受一次孙女陪他们过年的感觉。走之前，我还把寓意着新的一年红红火火的红围巾给他们围上。老人对于我们的看望表现得很惊喜，拉着我的手不肯放，乐呵呵地看着我。而那天的我也特别高兴，尽管天气很冷，但我的心里暖洋洋的，好像是自己在为奶奶做着这些事情，我想她老人家在天堂看到应该也是开心的吧。

每年，我都坚持去做助学活动，不仅是给他们现金资助，我更想通过自己的故事，告诉那些穷人家的孩子，穷是不可怕的，怕的是你缺少了与穷做斗争的勇气和能力。人这一生苦都是差不多的，尽早地吃苦是一件幸运的事，但深处苦中有时很难自我察觉这个道理，我想用我的方式传递这份觉知。

因为看到了我的成长和蜕变，所以爸爸也很支持我的助学活动。每年我回老家，走访困难学生家庭，他都特别支持，还告诉我让我尽自己的能力去帮助那些孩子。其实，我知道，善良和感恩是爸爸遗传给我的基因。就好像在老家，他总是拄着拐杖，奔走在村里的每个角落，做着自己力所能及的帮助他人的事。哪怕遇见来村头卖粉丝的小摊贩忙不过来，他都能拄着拐杖帮人家称秤、算账、收钱，忙活一下午。

记得给爸爸换第三辆新能源代步汽车时，老板极力推荐了一辆车，出于前面两辆车的交情，爸爸对老板无比信任，接受了他的推荐。没想到那辆新车开了几天就自燃起来了，幸好爸爸带着小孙女及时逃离了车子。爸爸告诉我前两天老板夫妻两人买了很多礼品来过家里，但是什么都没说就走了。爸爸后知后觉地明白过来是老板故意把问题车推荐给了他。我听后火冒三丈，竟然如此对待连买三辆车的老客户，觉得这样的老板心眼坏透了。我当时要去找老板理论，但爸爸说老板后期态度很好，说好了帮忙换辆新车，劝我就算了。这可是威胁到生命安全的事情啊，但是爸爸说看得出来他们知道错了，换了车就行了。看到爸爸坚定的态度，我也只能作罢了！但交代他再有这样恶劣的行为一定送去工商局处理。是啊！想想这一路走来，我不就是爸爸的"复制粘贴"吗！连对待恶意伤害的样子都是如出一辙，但我知道这样的"善良"是错误的。

疫情期间，各地都缺少防疫物资，爸爸给我打电话。

"晓芹，老家这边都买不到口罩，你在上海，能不能帮忙采购一些，给村里捐一点。"坦白说，听到爸爸这么讲，我有些意外，因为那时的他还依旧为儿子一大家子的生活省吃俭用，估计自己都舍不得戴口罩，居然提出为整个村子考虑。但我又很开心和骄傲，因为通过这件事，我看到了爸爸因为我而产生的改变，他不仅会身体力行帮助别人，还被我感染到，也"舍得"捐赠财物来践行公益。

后来，我在上海想尽一切办法，买了几千个口罩寄回老家，爸爸收到后，又一次特别骄傲地开着他那辆红色的小车，把口罩送给村干部，然后再给村里各个路口值班的人送去。我想，送口罩那天的爸爸，应该也是充满骄傲和喜悦的吧。

爱，从来不是单向付出，我收获了社会上那么多陌生人的爱，在我的心里，化成了力量，融入我的血液。所以，当我有一些能力，第一时间涌入脑海中的想法就是回报，帮助更多需要帮助的人。我知道，这是爸爸的基因早就在我的血液中埋下的伏笔，我是带着我们梁家两代人的心意去做我们认为应该做的事。

人生真的是短暂又匆忙，爸爸突然离开的这一年又让我深深地思考了生命的意义。人生短短几十年，我们的时间是有限的，那到底如何让生命有价值呢？曾经我的世界只是要改变家人的命运，此时我意识到我做再多也不过如此了，再也改变不了什么了。我想力所能及地回馈社会，可是有顾虑的付出产生的能量是有限的。曾经是为了温饱，在实现温饱的过程中追逐人生的价值和更多的可能性，但经常被无形的规则束缚，以后我的内心应该更开阔一些，更自由一些，只愿去追逐更多的可能性。我的生活，我的事业，我的未来，不应该被眼前束缚，应该尽情地做自己内心想做的事，我想尽情地付出，毫无顾虑地付出，就像这趟人生旅程结束的时候，我们已经不需要吃饭、不需要房子车子，甚至空气和水那样。似乎爸爸的离开让我彻底明白了人生就是这样的一趟旅程，应该全心全力做你自己想做的事。当我想明白这事时，我跑去跟老丁、老贾商量，咱们去建闲猫希望小学吧，不要等到明年后年，等到满足个人需求以后，就现在启动吧！我希望从孩子开始，他们是充满希望的，也是有无限可能的。很幸运，他们无比赞同我的想法，这一生拥有这样的同行者也是无比幸运的吧。

### 三、我只是那个笨小孩

人生旅程到这里，我早已体会过了人间百态、众生百相，但我依然选择用一颗阳光、乐观的心去面对，因为，我只是那个笨小孩。

"你赚了多少钱啊？能捐这么多。"

"你年纪轻轻，怎么赚的这些钱啊？"我也曾被这样质疑过。

那时，因为深深体会过高三寒门学子的不容易，既要拼命学习，又怕考上以后没钱交学费，我每年都会回到母校组织助学金发放，给每个人准备了 2 000 元奖学金，让他们心无旁骛地学习，一心一意准备高考。我还以自己的高考故事勉励他们,考上大学后,我也会帮他们对接《扬子晚报》的助学金以及自己也会尽可能帮助他们圆大学梦。

记得那天我是这么回答的:"其实我也没有多少钱,也没捐多少钱。但举个例子来说这个事情,现在我们两个人都有两万块钱吧,我愿意拿出一万元来助学,你愿意吗?"对方无话可说。

一直以来,我都在创业里摸爬滚打,多少次死里逃生,我哪有什么钱,有的只是这份坚守的初心。当我第一次接受社会陌生人给我的捐助后,我就默默地告诉自己,要把这份爱心传递下去。所以,在那之后,我所做的一切都是在默默遵守心中的诺言而已,而这个诺言又无形中成为我奋进的动力。

时间从来不语,却回答了所有问题。今天的我,回望走过的这些年,我依然可以单纯地跟这个世界相处,但心境已然不一样了。自己依旧是那个孩子,没有破碎的心,没有痛苦的眼泪,没有那么多的无奈,只有一个磨破的膝盖,一个天真的眼神。不再是无知者无畏,而是看破一切后的释然。这一生,我只想尽可能多地去体会⋯⋯

2022年闲猫年会,到了最后抽奖环节,我跟嘉宾说:"你有本事把我抽出来",后来他的一句"众望所归"点燃了全场,38号,我惊呼了出来。我能说那句话是有底气的,这么多年,我从来没中过奖,我相信自己不会中奖这件事,跟相信天上不会掉馅饼一样笃定。

上台后，大家起哄表演个节目，说真的，我是五音不全、肢体不协调的人，唱歌跳舞于我而言不如让我绕操场跑两圈。但鬼使神差，我给自己点了首《隐形的翅膀》："每一次都在徘徊孤单中坚强，每一次就算很受伤也不闪泪光，我知道我一直有双隐形的翅膀，带我飞飞过绝望……隐形的翅膀让梦恒久比天长，留一个愿望让自己想象。"

音乐一起，台下跟着互动起来，唱着一句句歌词，眼角泛起了泪花，唱着唱着发现与该晚"如虎添翼"的主题不谋而合。我在歌声里祝愿大家都有一双隐形的翅膀，但我仿佛已经看到了在我身上的那双翅膀，正准备展翅翱翔。

## 四、"生个女儿多好啊"

终于，我和爸爸两代人的努力，改变了家里的生活状况。我在大学期间帮家里翻修了房子，在县城给父母买了门面房，后来又给父亲买了辆四轮电动车，尽可能把最好的留给父亲。每逢节假日，家人团圆，有说有笑，心里都是暖暖的。我从小的奋斗目标就是让父亲享享清福，让家人幸福，这也是我前进的动力。但直到他离开，我想他是真的没有享受过清福，为了弟弟，总感觉他有操不完的心，仿佛是习惯了操心一样。

父亲的前半生，一直在跟命运抗争，跟贫穷抗争，生活的重担压得他喘不过气。我很少看到他笑，童年时的我甚至都怀疑父亲是不会笑的。但父亲笑起来的时候很好看,像太阳一般。

　　随着家里小孙女的到来,父亲紧锁的眉头终于舒展开了,经常开怀大笑,我才发现父亲原来是那么爱笑,父亲每天最大的乐趣就是照看小孙女。小孙女是他一手带大的,小家伙乖巧伶俐,俏皮可爱,灵气逼人。都说"隔代亲",远远超过了与子女之间的感情。对于这种说法,我之前只是听说,自从小孙女降生,小家伙就成了父亲的掌中宝,小孙女的活动半径就成了父亲的整个世界。每每看到父亲用慈祥的眼神望着她,使出浑身解数逗乐小孙女,用不算灵巧的身体护全宝贝孙女的时候,我知道了那三个字的分量。我那严厉的父亲,对儿媳妇、小孙女大方得也是让我目瞪口呆。我不时还打趣他:"我怀疑我真的不是亲生的女儿。"他连忙反驳:"你那个年代能一样吗?能养活你们就算好的了。""醋意"在嘴上,但我心里是高兴的。

　　父亲还有一件特别乐于做的事,就是带孙女去逛超市,只要小家伙想要,他都会毫不犹豫地买给她,这与我脑海里的父亲简直是天壤之别。我还纳闷儿,父亲的思想里,不一直是"重男轻女"的吗?

　　"生个女儿多好啊,将来像大姑姑一样有出息!"这是后来的父亲会挂在嘴边的一句话,他打心底里觉得弟弟生了个女儿是福气。

　　说实话,每次听到父亲这么说,我的心里都甜甜的。原本那么固执的父亲,那么想要男孩儿的父亲,到今天,因为我而改变了观念，我想我已经向他证实了"女儿不输于男孩"。对于父亲的改变，我很喜悦，也很骄傲。

有一次，弟妹跟我聊天，提到父亲非常喜欢小孙女，经常抱着她笑呵呵地说："你怎么这么机灵啊，跟你大姑姑小时候一模一样。"

她的话令我顿时泪下，她诉说的场景，我没有亲眼看到，但她所描述的父亲，我不意外，而且我感到深深的理解，就像拼图被填满一样，我仿佛再次触摸到了与父亲之间的情感纽带。我意识到，父亲的情感是深藏在淡漠的外表之下的，当有了可以表达的机会，就会情不自禁地流露出来。父亲对我的爱是如此深沉而厚重，我也惊喜地发现，父女之间这种无须言说的理解，是如此奇妙。

我们的生命镌刻着一样的姓氏，我们的身体流着相似的血液。乡土记忆里的爱与温暖，父亲对我没有言说的爱都深深镌刻在生命最深处。到今天，我也终于释怀了，在我的生命中，父爱从未缺席。

弟妹嫁过来的时候，带了一个小女孩儿，这个小姑娘跟父亲没有任何血缘关系，只因为她甜甜地叫着"爷爷"，父亲就将她视为亲孙女对待，亲生孙女有的，她全部都有，甚至拥有得更多。看着父亲对两个孙女浓浓的爱意，我试着去理解他。他其实内心是很柔软、很温暖的，过着苦日子时的他，不是不爱女儿，是重重的生活担子压得他爱不动。今天，他有这个能力去付出爱、表达爱，他就会毫不保留、毫不犹豫地拿出自己拥有的全部。

## 五、那个爸爸打了101分的他

如果时间没有继续往前走,截至笔下的今天,我已经拥有极大的幸福和满足了。因为,我有活泼可爱、积极向上的"闲猫",那是我的事业;我有人大代表、三八红旗手、创业青年等社会性的标签,那是对我的认可;我有弟媳、妹夫、小侄女这些家里的新成员;还有爸爸看到孩子一切安好后欣慰的笑,那是我的家庭。此时,无论是对于我,还是爸爸,都已经算是扼住了命运的喉咙,改变了自己和家庭的命运。爸爸跟我说,他的人生已经很圆满了,也感到很知足。我一直知道唯一让他放不下的就是我的幸福,他想看到那个能替我遮风挡雨,为我分解忧愁的人。

从小到大,为了家庭,为了爸爸,我都习惯性地把自己放在最后一位,为弟弟争取幸福,护妹妹拥抱幸福,替爸爸守护幸福。而对于爱情,对于我的幸福,我一直觉得那是最大的奢侈品,我好像把所有的力气都用来爱家人,而忘了留给自己,给那个对的人。

直到2020年底,我的那个他出现了。

当初一定要介绍我们认识的中间人只是说,我和他是他认识的人里最年轻有为的,如果我们能合作一定能干点大事。对于这样的介绍,我一向不会上心的。没想到介绍人从我这离开一周后,就跑去了他那儿,还当面帮我们拉了微信。但是,我只是碍于情面加了对方微信,后来我再也没有主动说过话。

突然有一天这小伙说:"梁总,在南京啊?方便时请您小聚?"

我一向对异性是"无事不登三宝殿"，生怕给自己惹了是非，于是婉言谢绝。后来有多次这样的情况，以至于人家都心灰意冷了。直到有一天，我正好出差在他公司的附近，他又一次询问我，我本是来出差寻项目的，谈了多次无果，正想找个东道主了解了解当地情况。平时的我就是这样，谈事可以叫我，吃饭闲聊可以忽视我。对于这一特性，估计一开始他一定有些厌烦，但现在可要偷着乐了。

初次见面，他高高的个子，整个人看起来干净清爽，说话很有礼貌，举止绅士，给人一种温润如玉的感觉。因为我们来自同一个地方，他家就在我当年读过小学的大北村后面的小北村，两家竟在同一条大路上，就是我初中时放学回家的必经之路，也是爸爸倚着洋槐树学上二八大杠的那条路，他来自"小北村"，我来自"大南村"，天南地北，实际就是在那一条路上，没有比这更正宗的老乡了，所以在"寒暄"的过程中，多多少少带有一些家乡情在。后来，他频繁地问候与约见，让我对这个笑起来好像春天里明媚阳光的大男孩多了一份关注。渐渐地，我发现我们俩居然有那么多的相似之处，我们都来自同一个地方，我们都是创业者。不知为何，我们之间有永远聊不完的话，那是一种似曾相识又相见恨晚的感觉。相投的志趣、契合的三观、互补的性格，以及无处不在的默契，让我相信，原来世上真的会有个人在等你。

更让我意外和惊喜的是，眼前的这个他也心怀一颗暖暖的爱心，热衷于公益事业，而且总是默默地做。更让我们俩都意想不到的是，我们走出灌南，有了一定成绩后，都选择回老家捐资修路，而我们修的路居然很有缘分地交叉在一起，形成一个"丰"字。所以，当我们在熟悉中越来越确认对方就是彼此那个对的人的时候，就坚定地牵起了对方的手，决定要一起走下去。

2021年春节，我准备把他带回家见爸爸。回家前，我提前"打了预防针"，跟他说："到我们家可能会没有饭吃哦。"没想到，走进家门，眼前的一切让我震惊又惊喜。爸爸又一次为了我，那么兴师动众。他把叔叔和姑姑都请到家里张罗做饭，准备了一桌子丰盛的饭菜，目光所及的所有家具都被他打扫得一尘不染，还特意穿上一件他最得意的新衣，我看得出他对我们回家的重视。席间，从不喝酒的爸爸再一次破了规，频频举杯欢迎那个他的到来，全程都是"嘿嘿嘿"地乐呵着，我从他的眼睛里看到了满意和心安。

饭后，我跟爸爸打趣着说："这个人你还满意吗？你打多少分？"

"101分。"

爸爸的声音很大，很有力，很坚定。那一刻的我，看着我身边的两个男人，一个生我，养我，给予我生命；一个陪我，护我，照亮我人生。那一刻的我真觉得自己是这个世界上最幸福的人了，家人在身边，爱人在眼前，最好的时光在路上。

那天全家人都喝了酒，每个人的脸上都红扑扑的，我临时起意，组织大家在家门口拍了一张全家福。这是我的那个他第一次也是最后一次与爸爸见面，我们拥有了第一张也是唯一一张合影。

人生如此奇妙，从那个冬天懵懂的相遇，到如今选择携手一生，感谢我的那个他，为我创造的一个个"小惊喜"，做我平淡生活里最耀眼的星辰。一辈子很长，恰到好处的喜欢最舒服。你不用多好，我喜欢就好。我没有很好，你不嫌弃就好。

未来的人生旅程还很长，也许是坦途，也许有曲折。但有你，有我，有我们愿意携手相伴，共同成长，就感觉很心安。予一世真心，共一人偕老。因为，四季有你，胜过人间无数。

## 六、爸爸，我爱你

有事做，有人爱，有所期待，我以为生活就这样美好地下去了。我们筹划着在2021年7月1日，建党100周年的日子里举办婚礼，对爸爸，对我们，都是一份最美好的礼物。然而，意外又那么猝不及防地降临了。我的整个人，整个心都被掏空了。

那是2021年4月20日的下午，我和客户谈好事情准备晚餐，我们都点好了饭菜，此时，我接到了四叔打来的视频电话。出于对客户的礼貌，我挂断了。后来，四叔又打了过来，这时的我看着手机屏幕，心里一颤，我知道，可能出事了。我急忙接起来，视频里是爸爸，他躺着，闭着眼睛，插着氧气管。

"快回来，快回来。"

看着视频电话里的爸爸，我整个人蒙掉了，手足无措，眼泪唰地流下来。急忙跟客户打了招呼，然后给驾驶员打电话，让他掉头回来接我。上了车，去接了妹妹一家，我们开始往家里赶。

车子飞驰在回家的路上，我哭得歇斯底里。我继续给四叔打电话，声嘶力竭地求他，让他想办法救爸爸，一切能用的设备、能用的药都要用上。

"四叔，我给爸爸买过两颗安宫牛黄丸，就在他身上，求你一定帮他把这颗药咽下去。"

其实，此时我已经收到家里传来的消息，爸爸不在了，但我就是接受不了这个事实。

一路奔回家，冲进屋，看到了让我这辈子都忘不掉的场景，爸爸已经躺在了殡棺里，我扑通一下跪在他面前，发出了苍天为何这般待我的怒吼。我疯了一样想把他喊起来，把他摇起来，但他就那么静静的，好像睡着了，我知道一切已经无法挽回了。那个时候的我，把爸爸离开的责任一下子揽在了自己身上，特别痛恨自己。心痛身痛，我多想老天可怜一次我啊！再给我一次机会好不好！我不愿意接受这个现实，但看着一大家人，需要我站出来张罗后事，理智也告诉我，爸爸是真的不在了，我要让他入土为安。所以，不管我的内心有多么痛苦，我都要强撑着做我应该做的事。

尽管写这段文字时，我依然不能控制情绪，泪水像断了线的珠子，但我知道我现在在做什么。

出殡前一天夜里，我守着爸爸写了悼词，在这个过程中，我一点点回忆爸爸的样子，回忆和他在一起的点点滴滴，我要试着去接受这个不得不接受的事实，爸爸真的不在了。回忆的过程，我明白，爸爸来到这个世界已经圆满，只是太苦了。他太累了，只是想去休息了。

一直以来，我们这个小家就是爸爸的全部。他为了妈妈的甲状腺病，会大动干戈地让我安排上海最好的医院手术，全程24小时寸步不离地陪伴。而对于他自己，明明身体已经那么难受了，为什么就不想给我或者给周边的人打个电话，寻求帮助。太多的为什么，而我却不知道该问谁。我多想坐上时光机，回到爸爸身边，我多想告诉他，他对于我来说，对于我们这个家来说是多么多么重要，我要恳求他，留一些"自私"给自己，匀一份关心给自己。可是，人生没有时光机，留给我的只有无尽的遗憾。

出殡那边，老家的习俗是要女婿在最前面举着冥巾，家里长辈说因为我们还没有结婚，让妹夫去，可我执意要让我的那个他举起这面旗帜。因为，我知道，这个他是爸爸满意的101分的女婿，爸爸看到也会欣慰的。那天，高高的他高高地举起了旗，走在最前面，家里人跟在后面。那天，无论我多么痛彻心扉，当抬头就可以看到空中飞舞的旗帜，心却是安的，我知道那个他就在前面，他就好像接过了爸爸手中的接力棒，也接过了爸爸揽在身上的责任。

爸爸离开后，我把爸爸的拐杖留下，就好像他还在我身边一样。我留在老家待了一段时间，想好好感受一下我的家乡，那是爸爸生活了一辈子的地方，也是我出生和长大的地方。

千百年来，家始终是中国人生命轨迹的起源和终点。回家，不仅仅是跨越地域间的山水阻隔，更是和从前的自己的一场重逢。一生的来路与归途，都在这里。而就在这段时间，我接到了可以落户上海的电话，并在同一天，我办理了爸爸的销户和我的迁户手续，我们家的户口本上在同一时刻没有了爸爸和我，这一切依旧那么巧合，仿佛我真的要和这片我曾经最最眷念的土地告别了。爸爸离开后，我听到了太多人的劝慰，太多的道理，但我始终走不出心里的那个结，我知道，有些事情不管外人如何共情都只能自渡。在处理后事的那段时间，因为有我要承担的责任，我不敢痛苦，不敢迷失，强撑着精神和意念，做自己必须要去做的事，而且是为爸爸做的事。但当生活回到正轨，泪水总是不受控制地倾泻而下，面对眼前的一切，我知道，我失去了方向。

爸爸离开后，我知道我病了，那段时间的我经常会莫名其妙地想着要离开，我不知道生命还有什么意义，还有什么值得我眷恋的。我住在33楼，好多次打开窗，就渴望着一跃而下，但想着身上的使命与责任，我又退了回来。我没有办法自暴自弃，我没有资格为所欲为。因为那份责任心，我必须挺过来。

父亲三十三岁那年，我出生了，而在我三十三岁这年，父亲离开了我，数字仿佛是神奇的约定。我终于明白，父亲给予我的东西是平凡的，也是珍贵的，他将朴实的价值观传递给我，身体力行地教导我要做对社会有意义的事，成为善良、感恩的人。我一遍遍地数落着自己，眼泪一次次夺眶而出，我愿意用自己的一切去交换他的归来。如果生命是一场循环往复，不论经过多少轮回，我静静期待着下一次与父亲的相逢。

爸爸离开后，浑浑噩噩的我，还好有他的悉心呵护。从接到爸爸离开的消息，他就寸步不离地守着我，我撕心裂肺地哭，他也只能偷偷地抹去眼角的泪水，然后压住自己哽咽的声音跟我说："爸爸完成了他这一辈子的使命，只是去休息了，在另一个维度等候我们相聚。"他的声音很轻，但很坚定。我紧紧地拽着他的手指，他也反馈给我紧握的力量，我能感受到他宽厚的手掌想要传递给我的温暖。

后来，他发现自己的陪伴也无法把我从深深的漩涡中拉出来，他看到我失魂落魄的样子，意识到出问题了。后来他带我去了精卫中心，诊断出重度抑郁症，医生看到我的状态让我住院，但我拒绝了。外面医疗机构的心理医生要我必须签署"治疗期间，如果自杀，他们不负责"的声明。那是一段极其黑暗的岁月，心是死的，世界是无光的。

决定要写一些东西，是在我抑郁第三个月的时候，据说是最严重也是最危险的时候。那段时间，我看了电影《寻梦环游记》，很受触动，它告诉我们真真切切的道理，也是每一个平凡的我们都会遇到的。电影里面有句话，"真正的死亡是世界上再没有一个人记得你"。是啊，心脏停止跳动不是真正的死亡，当世界上没有人再记得你的时候，才是。这半年，我一直在思考一个问题，如何让这个世界记得爸爸来过，我想，我带着他的精气神继续生活会是最好的证明。

于是，我决定，要提笔记录下爸爸一路走来的风风雨雨，我要让他的故事、他的精神被更多的人知道、记住。在写这些文字的时候,我的脑袋里好像在放电影一样,过往的一切都是那么的清晰,但当我把看到的场景落成文字的时候,我的心又是针扎一般的痛,键盘的敲击声就好像我的心在滴血的声音,虽然心是痛的,但我想,这些文字可以写下我和爸爸的故事,也就会写出希望来。

他知道我要写下自己与爸爸这一生携手奋斗的故事,非常支持,经常是我码着字,他就远远陪着。莫名的,我会突然抽泣起来,他就会立刻静静地出现在我的身边,轻轻地抱住我,摸摸我的头,然后帮我擦干眼泪,低声说:"有我在呢。"音调很轻,但给了我极大的安全感,他的存在就像爸爸还在身边守护着我。

每当这时,我会在他的怀里痛痛快快地哭一场,那是一种无所顾忌的发泄,我可以卸下身上的铠甲,把软肋毫无保留地给他。我们每个人都是一个容器,而当我们的容器无法承载我们的痛苦的时候,就需要其他人帮助我们承载,帮助我们消化。我是多么的幸运,遇到了那个对的人,我们都愿意做彼此的容器,去分担对方无法承载的痛苦。

听说过,人的一生,两句话概括:前半生是"理想照进现实";后半生是"现实照进理想"。前半生,我拼命奔跑,唯愿实现改变家庭命运的理想照进现实。后半生,我必须接受爸爸已离开我的现实,但有他在,他会让我做回那个小姑娘,继续怀揣理想。

我经常感慨,人生的出场顺序真的很奇妙,随着年龄的增长,爸爸终有一天会离开我,好在他是在那场意外之前出现的。更让我感叹的是,我们的相识、相知、相许是那么默契。原来,老天待我不薄，让我等到了那个对的人。他见过我最狼狈的样子，见过我家里不可理喻的一地鸡毛，还是那么坚定地牵起我的手，舍不得松开。原来，这就是爱情最好的模样，都说陪伴是最长情的告白，边打字边看着远处的他，我深深体会到了陪伴能带给人的力量。

2021年9月，他陪伴我过了34岁生日。因为从小家里就没有过生日的习惯，后来走向社会，更没了过生日的兴致。但那天的他为我做了精心的准备，看着精致漂亮的生日蛋糕和他亲自下厨做的几道小菜，烛光照在他的脸庞，好温暖，我闭上眼，合起双手，"万事如意，有他最好"。

《西游记》的故事很多人都耳熟能详，师徒四人要历经九九八十一难才能取到真经，一路上虽遥远凶险，但师徒四人从不畏惧，一路斩妖除魔，踏平坎坷，翻山越岭，成功取得真经归来。细细想来，人生不也如此？这短短的几十年，经历的又何止是九九八十一难。富贵贫穷，悲欢离合，生老病死，哪一个不是劫难！如果我们还在经历些看似过不去的坎，那就说明老天还在历练我们的承载力，去承载更远大的梦想。我们需要做的，是苦练七十二变，就一定能笑对八十一难。最后，当与这个世界说再见的时候，应该也只有这一路降妖除魔的经历才是可以带走的吧。

我相信，人生的意义并不在于最终获得什么，而在于经历什么。当我们回望自己走过的路，一路上昔日里我们播撒的幸福种子，在清风中徐徐上扬，这应该是一种很美好的体验吧。终有一天，我们都会静下心来，像个局外人一样翻看自己的故事，一会儿笑着摇摇头，一会儿笑着点点头。

人生无论是一场旅行还是一场修行，挑战越多就越强大，感悟越多就越通透。昼夜交替、四季变化皆是平衡，我坚信只要肯努力，就一定会有收获。因为，努力本身就是一种收获。

心若向阳，无谓悲伤，微笑向暖，年华未央。人生正如开花结果的植物，努力生长，丰盈自我，自会渐入佳境，收获更好的自己。愿你我都能在经历中成长，突破困境，执着前行。

生活应该是美好的，我们需要以感激之心对待它。虽然生活会让我们遇到不如意，但至少它给了我们"生命"，给我们机会去领悟"生命"的意义。固然生命在历史面前终将化作尘埃，但我希望通过我的努力，让父亲的生命足够的厚重。

父亲去世，大孙女好像一下子懂得了什么叫离别，她舍不得爷爷。弟妹给我发视频，我看到大孙女哭成了泪人，一手拿着芒果干，一手拿着爷爷的遗像，要喂给爷爷吃，嘴里念叨着："这都快过年了，爷爷怎么还不回来，我要他回来。"

看着视频里泪如雨下的孩子，我的心也跟着颤抖了。孩子的感情是最简单纯粹的，谁对她好，她就会记着谁，看着她的眼泪，我仿佛看到了父亲对孙女那份滚烫而炽热的爱。

今年过年回老家，大孙女拉着我的手说："大姑姑，我今年不放鞭炮了，也不要礼花了。"

"为什么呀？"

"因为爷爷在天上，如果放礼花会吓到他的，我不要。"

这就是孩子的世界,这也是孩子对于她在意的人发自内心的"呵护",我应声说"好",来守护她对爷爷最纯粹的爱。

因为骨子里倔强的性格,我从来没有对爸爸说过"我爱你",也再没有机会让他听见这三个字了,这是我一生的遗憾。但今天,我要把这句话写在书里,写在书的前言和结语,让全世界听见我说:"爸爸,我爱你。"

## 写在最后
## 相信未来会有无限可能

我有一个非常优秀的学妹Kari是美国宾夕法尼亚大学的心理学博士,有一天我在她的朋友圈看到一段话:"数年过去,我不记得很多具体的知识,依旧记得一位知名儿童发展学家——我的教授约翰·范图佐(John Fantuzzo),说过的一段话:你们之所以能在这里,在名校里上课,可以去梦想改变、创造美好的明天,是因为你们遇到过至暗的失败,你们战胜了这些问题,是穿破至暗的经历,喂养了你们的自我效能,进入正循环,你们越发相信自己和敢于尝试努力,然后一次次经过锻造,变得更好。但是同样的,有一批人,他们在苦苦挣扎,也很难改变自己的境遇,他们和你们最大的区别是,他们也遇到了困难,但是他们没有击破,而是陷在无法战胜外部问题的泥沼里,然后放大自我否认,循环往复。所以,你们要无数次回顾自己的至暗时刻,以及更重要的是怎么突破的,把这个突破的经历,当作生命的养料去滋养自己和影响更多人也去开始有破土的经历。"

看到这位儿童发展学家的话,我瞬间有了共鸣。我比较幸运,至暗时刻和挫折来得更早可能也稍微多一些。幸运的是,每一次我都能跨越低谷，冲破迷茫；每一次都是打破前一次局限的自己，成长为更有力量的人。同时，心里还不断有一种声音，想要去传递这份价值。

写到这里，我知道自己该停笔了。嗒嗒嗒嗒，键盘敲击，出现在屏幕上的一字一句，就好像在给过去30年的自己结一次"账"，长长的账单里有我，有爸爸，还有更多的人。当我写完这二十余万字的时候，回过头看我和爸爸携手走过的岁月，就好像在脑中放映了一部部名叫"成长"的系列电影，有波折，有转机，有感恩，更有满满的收获。惊喜的是，那份沉甸甸的收获，让在低谷期的我寻到了一种向上的力量，豁然开朗。所以，在最后，我想记录一些我的"观后感"，与书前的您相遇，分享，感谢您陪我走过了这一路风雨。

## 文字：谢谢你给我的"解药"

动笔写这本书的时候，正值父亲意外去世两个月。

两个月来，我始终无法接受父亲已经离开的事实。我前半生最重要的情感寄托，就这样生生地切断。而我已经无法再为他做些什么，无论做什么，也不能到达他所在的彼处了。痛彻心扉，低首无言，很多次，我习惯性地拿起电话，想打给他，但真要拨出去的那个瞬间，我恍惚了，这才意识到父亲已经不在了。变故来得如此突然。这两个月，我像是泄了气的气球，像是漂在水里的浮萍——这是我前面30年从未体会过的感觉，忽然间，我发现自己找不到生命还有什么意义。

前面30年，我一路奔跑，一路向阳，无数次跌倒，我都习惯性地掸掸身上的灰尘，笑着面对，总觉得这些只是前进路上的垫脚石，是为了历练我的承载力，可以承载更美好的远方。所以，不管发生什么，周围人看到的我，总是积极、乐观，由衷地笑着，仿佛我从未遇见痛楚一样，这点像极了我的父亲。

我知道，这种影响、这种无形的力量，是父亲给予我的。

今天，他轰然倒下，我发现我对这个世界的认知变了。我像被抽了筋的小鱼，无力挣扎，也懒得动弹。父亲留给我的最后影像，是我在医院的监控中调取的。我看到父亲风风火火驾驶着三轮车去医院，被确诊心梗，却被一些医生敷衍塞责，冷漠拒收。父亲，那时的你是多么无助，但你依旧忍受疼痛，拄着拐，迈着大步下台阶，却控制不住身体，突然倒地，依旧拼命摇动着手里的报告单，寻求帮助，继而昏迷。那仿佛是父亲一生的写照。

我多想再看父亲一眼，这一眼却成了万年。我多想在这个视频中定格下父亲最后的样子，但我又不敢去看，因为看一次，心就好像被鞭子抽打一样，痛得撕心裂肺，痛到无法呼吸。

父亲的葬礼上，亲朋好友来送别，过滤掉那些于我而言并无实际意义的劝慰，我更渴望在他们的话音里捕捉到更多关于父亲的往事，他们的只言片语对我来说是那么珍贵。语言真的很奇怪，它能温暖你，也能刺痛你，它能让你从头暖到脚，也能让你从脚凉到心。当父亲离开，当我听到人群中对父亲的慨叹，我才意识到，从前的我努力奔跑，懵懂无知无暇，从未静下来，也不知道从什么角度了解、欣赏父亲。所以，人群中那些关于父亲的言语，尤其是那些我过去不知道的关于父亲的事，会那么深深地刺痛我，让我感觉心里很冷，冷入骨髓。今天，他离开了，为什么那个我本应该最熟悉的人，却又令我感到有些陌生。对于父亲，我一直是很主观地判断着他的想法，当我突然发现我是那么不了解他，我需要从别人的口中一点点拼凑出那个我不是那么了解的父亲的样子，从不同人的口中去还原他饱经风霜的一生，这让我产生了深深的无力感。

那段时间，我开始抗拒社交，情绪很容易崩溃。挚友对我说："晓芹，你不能这样，父亲希望你好好的。"类似这种安慰的话，我听着是那么苍白，甚至会抵触。在这个世界上，没有人真正可以对另一个人的伤痛感同身受。你万箭穿心，痛不欲生，别人也许会同情，也许会嗟叹，但永远不会清楚你的伤口究竟溃烂到何种境地。

父亲在的时候，只要他开口，哪怕是我觉得不那么合理的"要求"，我都会毫无保留地"必应"。而今天，他就这么撒手离开，留下我孤零零地面对这个世界。突然间，我不想听话了。每每听到这样的叮嘱，我都会毫无顾忌地立刻反问："我为什么要好好的，他都不在了，为什么要听他的话。"

这种叛逆和挣扎，是我之前从来没有过的。

看到医院诊断书上"重度抑郁"四个字，我知道，我的心病了。

我去找医生，看文献，想尽一切办法自救，我第一次发现，原来这种病真的会在不痛不痒中丢了性命。如今网络太发达了，因为网络暴力而放弃生命的案例屡见不鲜，当失去时才发现他是一名"抑郁症患者"。

面对终日折磨着我的情绪，我试图去寻找解药。我看到了《寻梦环游记》里的那句话"真正的死亡是世界上再没有一个人记得你"，我想让这个世界记住我那伟大而平凡的父亲。于是，我提笔写下《你当向阳怒放》，开始了对自己过去的回顾与反思。一个个文字写下的过程，也是带着伤痛的抒发，还好，我咬着牙写完了。我直面伤痛的过程，也是自我疗伤的过程。我也越来越清楚自己存在的价值和意义，我是爸爸的传承和期待，我应该越过这座山去看看更远的风景。

慢慢地，我越来越喜欢文字，我发现文字是可以疗伤的，文字里有爸爸的身影、爸爸的脚步、爸爸的容颜。我意识到，文字可以将爸爸生命的价值延续，我也通过这种方式进行了救赎。后来，冯可姐姐跟我说："这么多年了，我发现，你每一次面临重大打击的时候，总能找到理由继续前行，一直向前、向上、向善。"

这一辈子，我没有对爸爸说一句我爱你，但此时我想告诉全世界，爸爸，我爱你！

## 药方：因为感同身受，所以我想说……

我曾经在心底里费解过，为何有那么多人想不开，死都不怕。

今年我知道了，还有人向往死亡，就像你奔赴梦想一样愉悦。原来那是一种病。

抑郁症到底是什么样子的？

101分的爱人在眼前，我能哭着跟他说"为什么要活着，我觉得这个世界没有什么值得留念的，这个世界没有我要的东西了"，那种无欲无求的感觉充斥着内心。然后我就想从高处"飞翔"下去，或者寻一处深不见底的河，一跃而下，仿佛那是一种期待，是一种享受。是的，这就是我感受到的真实的感觉，这就是你前面看到的能够翻山越岭的强大姑娘此时的状态。

所以当一群"键盘侠"与一个抑郁症患者对峙的时候会发生什么，不言而喻。即便你是朋友、家人，你用你正常的思维劝慰他（她），也会引来他（她）的反感，然后患者会躲着你，不愿意说话不愿意见面，因为他（她）觉得你不懂他（她）。是的，因为你们对这个世界的认知不同了，你热爱这个世界，而他（她）要努力寻找留恋并留在这个世界的理由。因为感同身受，所以我想说，请对抑郁症患者友善一些，包容一些，也许你会拯救一个游走在生命边缘的人。

当然，有人也许会说："我不知道他（她）是抑郁症患者啊。"甚至是直到最差的结果发生时，这些人还在推卸责任。那就请你对身边的每个人都报以宽容与爱。因为，对你整个人生来说，这一定不会是一件坏事。就像我前面提到的，以德报怨的品性让我吃了很多亏也受了很多伤，但纵观我前面走过的路、经历过的事，那些善良与感恩，其实在无形中给了我很大的正向能量，帮助我挖掘出内在更大的潜能，才让我有能力一次又一次从坏的境遇中逆袭出来。

这是我经历了无数沟沟坎坎得出的总结，也是我大病一场后得出的药方，这并不是靠感觉不痛不痒地随便说说，而是一个亲历者感同身受后的真实表达。我相信能量守恒，我也相信人在做天在看。所以，在这里我认认真真地再呼吁一次，用爱对待周围的一切，你的人生会越来越好的。这一点不仅会帮助到别人，更多的是帮助自己。

这里的内容是我提笔的时候没有想到的，我决定写下我和爸爸的故事，最初的目的是为了自救。因为淋过雨，所以我想做个撑伞人，当我走出来后，我还想帮助更多正在被冷冰冰的大雨淋漓的人。

当下，大家的压力太大了，或者抗压能力也没那么强了，抑郁的人越来越多，抑郁的理由也五花八门。有些可能正常时候的你都无法理解，但这就是我们生活的世界。生命很脆弱，让我们多一份善意，多一份理解，也许真的可以救人一命。

当然做到我建议的这一点实属不易，举个例子吧！我和合伙人老丁、老贾算是三观很一致了，磨合这么多年也算觉得是什么都拆散不了的合伙人，可是就在我生病期间他们的很多言行会被我放大，我失去了包容心，就像我前面说的有关我父亲的一切我都格外在意，此时尤为明显。但他们不能理解，单纯地认为以前也是这样的相处模式啊，哪里有问题呢？一开始，我还能压抑自己的情绪不断地告诉他们我此时的感受，但他们依旧理解不了，依旧我行我素。你看，都已经过了"七年之痒"的合伙人都无法理解我的脑回路，依然无数次触犯到我的心理底线，最后我不愿意和他们见面说话，更别提告诉他们我的内心感受，因为我断定他们无药可救了，然后我会警告他们："我要是没忍住一跃而下，抑郁的人就是你。"

然后，我把自己一个人关在家里，除了101分的他能找到我，好在他很懂我，他知道我此时不需要说话，也不需要劝慰。因为异地，绝大部分时间我们通过视频或者电话保持联系，然后他就是静静地陪伴着。他希望我发泄出来，所以无论我是歇斯底里地哭泣，还是很平常的样子，他都在默默陪伴着，他似乎知道这一刻我是好好的，说不定下一刻就生无可恋了。其实，我还想说谁都不知道的是，这个人已经救了我很多回。今天把这些写出来，就是想让看这些文字的你好好体会抑郁症患者的状况，当然那时的我是重度抑郁，情况可能更糟糕一些，但是我就想用力讲明白这件事，你看这又是爸爸遗传给我的善良与感恩在起作用，后来我竟然成功自救了。

感觉这次又是生命对我发起的一次大考验，我依然用最简单的方式穿过了黑暗见到了光，就是心怀感恩，就是不讲条件的去爱别人，爱人者人恒爱之！然后我竟然更加清晰未来的方向，变得更加有追求，内心更加圆满富足。

### 百变：生命是一个巨大的万花筒

我曾看过一个很有趣的比喻，说生命是一个巨大的万花筒，有着各种组合的能力，每个人想设计、梦想自己的未来，转出想要的图形，但万花筒不规则地转着，没有人能预知未来是什么样子。

我虽然来自小乡村，在泥土里摸爬着长大，从小就背负着改变家庭命运的责任，但我的万花筒里有我早早就许下的五彩斑斓的梦。

我把人生当成一场旅程，我觉得每一种体验都很珍贵，最终你能带走的就是经历本身，所以我尽情地去体验，无论这趟旅程是何种模样，我都能奋不顾身。我也感受到在拼尽全力后，总能赢得新的旅程剧本，一次次迭代更新，像极了打游戏玩升级，到了某种时刻，你会上瘾，沉浸式地"玩"上一场生命这出大戏，何尝不是生命最大的意义？

我拼命转动着我生命的万花筒，我也赢得了机会，看到这个世界各式各样的图形，最美的样子。2015年，我第一次出国，去了澳洲，扑面而来的气息，让我清晰地感受到这是与我生长的国家不同的另一个国度。风景很美，建筑也很有特点，尤其是一些有历史的老房子，是岁月的印记，留下时间的沉淀，仍有充满期待的生命力。草坪上，我看到年轻人捧着书在看，与旁边自由漫步的和平鸽融洽相处，那是一种非常平和的氛围。那个瞬间我突然有个意识，原来，世界是那么大，我向往着朝世界每个角落勇敢奔去。后来，我有机会去了日本、德国、法国、芬兰、毛里求斯等很多很多地方，看到了不同的景致，体验了各异的风土人情，开阔了视野，提升了对这个世界的想象边际。而在旅行的过程中，我又一次次感受到祖国的强大，祖国是华夏儿女最坚强的后盾。因为有国，有家，我行万里路而心中有根。

我拼命转动着我生命的万花筒，我也在努力奋斗中提升了认知，磨砺了灵魂，感知到了生命最好的样子。每个人都有一个觉醒期，或早或晚；每个人都会思考生命的意义，或多或少。有人认为生命是场修行，得多体会；也有人坚信生命是场游戏，及时行乐才有意义。无论如何解读，生命的奥义终将无法参透，但掌握主动选择权，活出生命的宽度是不变的真谛。我永远相信，越努力越幸运，越感恩越通透。感谢这个时代，给逐梦铺好了道路。感谢立于世上，志在辽阔，拼命，就有最好的命！

## 珍惜：父母是我们和死神之间隔着的一堵墙

我很少看综艺节目，一次偶然的机会被一个综艺节目里嘉宾说的一句话戳中了泪点："父母是我们和死神之间的一堵墙，父母在，你看不见死神，父母一没，你直面死亡。"

我偶尔会有那样的感觉，自己就像一个被命运误伤了的勇敢战士。倒下，站起来；倒下，再摇摇晃晃地站起来；再倒下，还是会拼了命地站起来，就算遍体鳞伤，但绝不服输。而爸爸的意外离开，让我失去了核心力量，不管怎么努力，怎么用劲，就是爬不起来了。就好像万花筒里好不容易转出了我想要的家的模样，但爸爸不在了，我的万花筒碎了。

在写下往昔的过程中，我深刻体会到人世间最大的遗憾和痛楚莫过于"子欲养而亲不待"。所以，我特别想借这个机会说：如果父母还在，找机会多回家看看吧。"父母在，人生尚有来处；父母去，人生只剩归途。"这句话不应只是看到后的慨叹，应该是放在心尖的警醒。因为，一旦失去了，那种痛是刺入骨髓中的绝望。

　　忙忙碌碌中，一个个有关于父母应该被珍视、被呵护的誓言，就像被抛下的孩子，仍惦记着撒谎的父母说："你在原地等我，马上回来。"然后没有怨言地、痴痴地等在那里。

　　可很多时候，这么一等，或许就要等到来生。

　　每个人的心里，都有一条长长的清单，列着"下一次……"和"等我……"可是它们总是被推迟、搁置。

　　那些我们没做的，我们以为还有机会的，我们说等下次的，最终往往以遗憾和懊悔的面庞，如山风海啸扑面而来，张狂而肆无忌惮地将我们吞噬。

　　人这一生，不是只有美好，还有遗憾，而有些遗憾注定让人痛彻心扉。我们和父母之间，终有一天会分离，那就让这个分离幸福一点，不要留下那么多的遗憾，因为真的好痛。

　　如今，我怀着自责和愧疚依然想尽全力弥补父亲这一生的缺憾，我思来想去，换了无数角度去想父亲的想法，可依然无法确定什么是他想要的。记得给爸爸办理销户的那天，我同时办理了迁户。这是巧合，不是刻意安排，意味着我们家的户口本上同一时刻没有了我和爸爸的名字。记得，那天我在派出所犹豫了很久，看了又看爸爸和我的身份证，最终还是按了手印签了字。

爸爸走得匆忙，家族里有我参加的第一次家庭会议是决策在何处安放爸爸，那天我又一次感情用事了。过年时回去看爸爸，走进安息堂，眼前的场景让我的泪水止不住地往下流，一股荒凉感涌上心头。破败的环境，四处漏风，陈设被厚重的灰尘笼罩，身后早已腐败的木门发出"吱吱"的响声，让人心生寒意。我努力地深呼吸，想放松下沉重的心，却在下一刻咳个不停。后来证明，家族的人百年后都"在一起"的计划也只是说说而已，只有我一个人当真了。这一年的经历，让我想明白了一件事，故乡有爸爸才有家，我们的小家已经开始了迁徙，我不能把爸爸一个人丢在远方，爸爸才是我们这个小家开始迁徙的第一代。

我们这一家人的命运是从我的出生开始有了变化的，爸爸这一生都是在拼搏奋斗中度过的。爸爸从未"自私"地"奢侈过"，这一次，我想帮他给自己的人生画一个"圆满"的句号。

这本《你当向阳怒放》献给我最最亲爱的爸爸，一处我精心在上海挑选的公墓安放我最最敬爱的爸爸。生前女儿没有好好地表达"我爱你"，这次你可以尽情地去"炫耀"一番；生前您没有机会饱读诗书，这一次可以耳濡目染，和很多文人墨客以及您口中的英雄们做邻居了。

可是，"马不停蹄""费尽心思"，我依然不知道这是不是您想要的。但我想，我和妹妹在上海，未来把妈妈也接到上海，我也在鼓励弟弟家的两个女儿要考上海的大学，将来也都来上海，我们这个小家永远在一起应该是您想要的安排吧。

## 感恩：做一个对社会有价值的人

我曾经参加过江苏卫视《德行天下》节目的录制，分享了自己的成长故事后，两位评论员老师的话让我顿时认识到父亲对我教育的意义。南京市委党校的惠天老师说："我觉得特别难能可贵的是你身上的坦然。虽然说看到命运以后，你不知道明天到底该怎么样，也许内心还有一点焦虑，但是你知道你该做什么。"南京佳境心理咨询中心王虹主任说："我从她身上看到的是我们一直都倡导的或者我们每个人都追求的东西，就是激情和梦想。她的激情不仅来源于家庭，更来源于父亲对她的现实主义教育。父亲赤裸裸地、现实地告诉她，跟他去卖西瓜，插了秧，才能去上学。虽然对她来说，她那个时候眼含泪水，但这个在我们教育里面是非常珍贵的一点，给了她学习的饥饿感。"曾经我还不知道，从未教过我一个字的父亲，竟然是一个农民"教育家"。也常有人认识我后，好奇地问："你的父母是怎么教育出这样的女儿的？"因为这个节目的录制，我找到了答案，我终于明白爸爸是如何把一个"寒门"女儿培养成对社会有价值的人。这是榜样的力量，原来爸爸才是我心中的英雄。

常有那样的场景：我"眉飞色舞"地讲着我的悲惨经历，听众不断地抹眼泪，然后会有人因为听了我的分享而获得了更大的能量。我想，这也应该是传递的力量吧！这也是我提笔写这本书的意义，我想照亮更多的同行者。

现在回想，这么多年走过来，我虽然总是会遇到各种各样的坎，但总能找到跨过去的方法。我一直心怀感恩，感恩自己如此幸运，尽管被打得七零八落，但都能支撑着站起来。

我坚信能量守恒，我在践行中获得了更深的感悟，处理任何复杂的人和事情，我都以"孩子的心思"直面问题，最后发现总能迎刃而解，而且更高效更简单。到今天，我发现，很多事情，你只要去做了，时间一定会给出结果。如果说时间是唯一的度量单位，那么时光就是刻在每个时间节点上的影像。云淡风轻也好，只争朝夕也罢，我愿一路奔跑，不负好时光。

走到今天，在很多人的帮助下，我取得了一些阶段性的成绩。但我知道，生活的富足并不在于拥有多少财富，而在于生命的经历是否有价值感；风光不在于珠光宝气，而在于内心的丰盈从容。人生的意义不在于获得多少社会资源或处于何种社会地位，而是为社会做了什么，留下了什么。所以，我会积极去做一些公益，经济上的捐助只是一方面，我更希望在精神上给予更多人一份鼓励。没想到，我"无心"的公益又总是能带给我意外的回馈，我就索性将这一切偶然看作"善有善报"的"歪打正着"吧。做公益的时候，我就是单纯地想着要回馈社会，从没想过这些举动能给我这么大的能量。而这样的感知，又催促我把"做个对社会有价值的人"融进生命中、血液中，变成一辈子要做的事。

## 未来：发生的都是生命给予我的礼物

我不打游戏，但略知其中的规则，人生和游戏很像，就是一个升级、进阶的过程，必须要一关关地闯，一关关地过，有了前面披荆斩棘的铺垫，才有到最后一关打倒"大怪"的喜悦感。所以，我们不妨将人生看成一场大型的沉浸式游戏，珍惜每一次打怪的过程，时刻保有那种起死回生的希望，你会在过程中体会到前所未有的乐趣。如果你觉得当下的生活有些苦，那就坚持一下吧，因为，人生是守恒的，你能得到多少，取决于你愿意舍弃多少，凡是让你痛苦难挨的，最终都会以另一种方式成全你。我坚信，未来发生的都是生命给予我的礼物。

《百年孤独》里有这样一句话："我们趋行在人生这个亘古的旅途，在坎坷中奔跑，在挫折里涅槃，忧愁缠满全身，痛苦飘洒一地。我们累，却无从止歇；我们苦，却无法回避。"

写到这里，我觉得内心有无比强大的力量在散发，不仅是对生活一如既往保有的积极态度，更有对很多事情和问题的思考，我学会了停顿，能平静、冷静地去看待问题，找到解法，我意识到这是一份宝贵的自我成长。

我有幸生活在一个前所未有的变革时代，我被这潮流裹挟、冲刷、碰撞。我不屈服于命运的安排，努力抗争，一路艰辛，一路坚持。改革开放40年的巨变有目共睹，我是亲历者、受益者。作为一名从农村里走出来的创业者，我深知今天的祖国给予了我们特别好的创业环境，作为新时代的青年人，不仅要有坚定的信念，奋勇拼搏，更要有"弄潮儿"精神，开拓创新，我期待着在这片热土上抛洒汗水，耕耘希望。

最后，我特别想说一声"谢谢！"感谢一路走来的所有。我也想对自己说声"谢谢"，在几乎被如山倒的无力感击垮的这一年，我终究还是熬过来了。我将怀抱感恩之心走下去，感谢生活的一切给予，感恩所有遇见。唯愿接下来的时光，能够继续向阳怒放，对过去做到和解，对未来不改初心。

有人说生命是场旅行，有人说生命是在修行，而对于我而言，生命无疑是一场梦境，不断地造梦、不断地追梦，当梦想照进现实的那一刻，生命也将绽放出最美的华彩，愿我们都能够一路奔跑，谱写绚丽人生。因为，于你于我，对我们每个不同却又相同的人来说，拼命，就是最好的命！努力向阳，定会璀璨怒放！

相信未来会有无限可能

## 梁晓芹相关报道

《"利群阳光助学直通车"苏北求证穷孩子缺什么》(2007年6月23日)

扬子晚报报庆25周年(2011年1月1日)

《除了当董事长,20来岁女老总还自己开皮卡送货》(2011年6月6日)

《"阳光学子"梁晓芹遭遇车祸 致骨盆粉碎性骨折》(2011年10月21日)

《在阳光下成长 在阳光下圆梦》(2014年12月5日)

《往届阳光学子梁晓芹成爱心使者》(2019年5月19日)

《这个超像梅婷的女总裁,你可知她曾因家贫四次辍学,创业失败收废品》(2019年11月19日)

《阳光学子梁晓芹携新书"向阳怒放"》(2022年4月20日)